Micol Ostow

NANCY DREW
Der Fluch

MICOL OSTOW

NANCY DREW

DER FLUCH

Basierend auf der Charakterentwicklung durch
Carolyn Keene sowie Noga Landau,
Stephanie Savage und Josh Schwartz für die TV-Serie

Aus dem Amerikanischen
von Doris Attwood

cbt

Bei diesem Buch wurden die durch das verwendete Material und die Produktion entstandenen CO_2-Emissionen ausgeglichen, indem der cbj-Verlag ein Projekt zur Aufforstung in Brasilien unterstützt.
Weitere Informationen zu dem Projekt unter:
www.ClimatePartner.com/14044-1912-1001

MIX
Papier aus verantwortungsvollen Quellen
FSC
www.fsc.org
FSC® C014496

Wir produzieren
Klimaneutral
ClimatePartner.com/14044-1912-1001
Druckprodukt

Verlagsgruppe Random House
FSC® N001967

1. Auflage 2020
Erstmals als cbt Taschenbuch September 2020

Die Originalausgabe erschien 2020 unter dem Titel »Nancy Drew – The Curse«
bei Simon Pulse, einem Imprint der Verlagsgruppe
Simon & Schuster Children's Publishing Division, New York

Text: Micol Ostow; basierend auf der Charakterentwicklung
durch Carolyn Keene sowie Noga Landau, Stephanie Savage und
Josh Schwartz für die TV-Serie
Übersetzung: Doris Attwood · Lektorat: Andreas Rode
Umschlaggestaltung: Isabelle Hirtz, Inkcraft
unter Verwendung eines Fotos von Nancy Drew™ & © 2020
CBS Television Studios Inc in association with Fake Empire und Nancy Drew
MP · Herstellung: UK
Satz & Druck: GGP Media GmbH, Pößneck
ISBN 978-3-570-31431-9
Printed in Germany

www.cbj-verlag.de
Dieses Buch ist auch als E-Book erhältlich

PROLOG

Ich gehöre zu den Menschen, die das, was wir als die sogenannte Wahrheit bezeichnen, gerne infrage stellen.

Ja, ich glaube an den Mythos des *American Gothic*. Dieser Kleinstadtcharme ist doch im Grunde genommen seine eigene Parodie, und Lokalstolz nichts anderes als unter blütenreinen Sonntagsklamotten versteckte Angst. Ich glaube, Norman Rockwell und Grant Wood hätten ihre helle Freude daran gehabt, ein ländliches Idyll meiner Heimatstadt Horseshoe Bay zu malen. Aber wie hätten sie uns wohl gesehen, wenn sie sich unserer traumhaften Küstenlandschaft gewidmet hätten?

Kratzt man den Lack einer x-beliebigen amerikanischen Kleinstadt ab, entdeckt man beinahe unausweichlich das schwarze, verfaulte Herz, das sich darunter versteckt.

Ich habe mein ganzes Leben in Horseshoe Bay verbracht. Seine Bräuche, seine Traditionen – sie gehören zu mir, sind mir angeboren wie meine Fingerabdrücke, durchdringen meine DNA.

Und ich liebe das Leben hier, trotz aller Kleinstadtgeheimnisse. Ich liebe die echten, lebendigen Dinge. Die skurrilen Eigenarten und kleinen Details, die unserer Stadt Licht und Leben einhauchen. Wie zum Beispiel die alljährlichen Feierlichkeiten zum Gedenken an den Tag, an dem Horseshoe Bay seinen Namen bekam. So zuverlässig wie die Tagundnachtgleiche, so sicher wie die länger werdenden Tage im Frühling. Eine Feier der Wurzeln und der Geschichte unserer Gemeinde.

Denn was könnte schließlich feierwürdiger sein?

Meine schönsten Erinnerungen an den Stadt-Namenstag sind in eisgekühlte Limonade getränkt und von frischer, sonniger Frühlingsluft umweht. Sie riechen nach dem letzten abendlichen Kaminfeuer des Winters, erstrahlen im Glanz des Sternenlichts, wenn die Sonne am Horizont abtaucht. Ich erinnere mich an so viele Dinge: Wie unglaublich klein ich war, als ich einer Traube älterer Mädchen zusah, die schwanengleich an mir vorüberschwebten wie Nymphen in der blauen Stille der Abenddämmerung, Kronen aus Blüten in ihr Haar geflochten. Ich erinnere mich an die Stimme meiner Mutter, wenn sie – lachend, aber furchtbar schief – die beliebtesten Hits von Horseshoe Bay mitsang, die live – und ebenso schief, das war fast schon ein ungeschriebenes Gesetz – auf der winzigen Freilichtbühne der Stadt dargeboten wurden. Und ich erinnere mich daran, wie ich als kleines Mädchen begeistert beim Sackhüpfen mitmachte und wie ich Händchen haltend mit meinen Freundinnen Riesenrad fuhr, lauter Meerjungfrauen-Prinzessinnen mit bunt geschminkten Gesichtern, die Münder vor begeistertem Entsetzen in stummen Schreien weit aufgerissen, als unsere Kabine den höchsten Punkt erreichte.

Aber ich bin nicht die Einzige mit Erinnerungen an den Namenstag. Jeder in dieser Stadt hat seine ganz eigenen.

Und der Legende zufolge sind einige von ihnen alles andere als glücklich.

Zu dumm nur, dass ich nicht an Legenden glaube. Ich glaube weder an Schwarze Magie noch an das Übersinnliche oder an irgendetwas, was ich nicht mit eigenen Augen sehen kann.

Blut. Wissenschaft. Fakten. Das sind die Dinge, an die ich glaube. Dinge, die ich in Zahlen ausdrücken kann. Dinge, die ich beweisen kann. Die ich in meiner Hand halten kann.

Ich glaube an Kleinstädte und salzige Luft. Und ja, sogar an die dunklen Geheimnisse, die meine Freunde und Nachbarn mit sich herumtragen, ganz tief in ihren Herzen. Wir alle haben unsere Leichen im Keller, unser persönliches Kreuz zu tragen. Das ist nun mal eine Tatsache, ein Nebenprodukt der menschlichen Natur.

Aber Legenden? Schauermärchen? Böse Flüche?

Nein.

Ein Fluch ist nichts anderes als ein Rätsel, das in eine eindringliche, ernste Warnung verpackt ist. Ich glaube nicht an Flüche.

Aber jeder weiß, dass ich einem guten Rätsel nicht widerstehen kann.

Und jeder weiß, dass selbst das beste Rätsel keine Chance gegen mich hat.

DAS FEST

Kapitel 1

– Freitag –

Besetzungsliste für den Namenstag: Countdown ist ABGELAUFEN!

Wenn es eines gibt, das die braven Einwohner von Horseshoe Bay lieben, dann ist es ein Fest, und kein anderes lieben sie vermutlich so sehr wie das Fest zum Stadt-Namenstag! Und das Kronjuwel dieser zweitägigen Feierlichkeiten? Nun, über Favoriten kann man streiten – und das tun wir hier auch! –, aber eines lässt sich mit Sicherheit sagen: Die dramaturgische Nachstellung der historischen Namensgebungszeremonie, die am Samstagnachmittag stattfindet, steht bei allen ganz weit oben auf der Favoritenliste!

Und in diesem Jahr sind die Erwartungen und die Begeisterung so groß wie nie, denn wir bereiten uns auf den hundertfünfundsiebzigsten Jahrestag der Namensgebung unserer schönen

Stadt vor! Was könnte schließlich bejubelnswerter sein als ein Horseshoe-Bay-Jubiläum?!

Es überrascht daher nicht, dass sämtliche Korridore der Keene High vor Aufregung nur so knistern – und vor endlosen Spekulationen darüber, wer in diesem Jahr zu den glücklichen Auserwählten zählt und es auf die Besetzungsliste für besagte Aufführung geschafft hat. Doch keine Angst, Neptunes! Mehrere Quellen bestätigen, dass die komplette Liste noch heute Nachmittag auf dem Schulhof aushängen wird, wo sie nach dem letzten Klingeln all jene unter euch erwarten wird, die schon beinahe vor quälender Neugier sterben. Und so begebet euch denn gen Schulhof und haltet sämtliche Daumen gedrückt. Doch vergesst nicht: Nur für ein paar wenige glückliche Auserwählte der Abschlussklasse wird dieser Stadt-Namenstag der beste sein, den sie je erlebt haben!

»Wow, Nancy, das ist definitiv ein … *lebhafter* Artikel in der heutigen *Masthead*-Ausgabe. Ehrlich, ich bin schon vom *Überfliegen* total erschöpft. Hast du heute Morgen vielleicht aus Versehen Erkältungsmittel eingeatmet oder so?«

Ich machte die Tür meines Spinds zu. Lena Barrow, Captain des Cheerleading-Teams und ein Drittel unseres absolut unzertrennlichen Highschool-Trios, wartete auf mich, ein leicht irritiertes Grinsen auf den Lippen und in der Hand ein zusammengefaltetes Exemplar der aktuellen Ausgabe unserer Schülerzeitung mit den jüngsten Ergüssen meiner Tätigkeit als Schreiberling.

»Ernsthaft?« Ich bedachte sie mit einem Augenrollen. Lena waren ausgeprägte Meinungen alles andere als fremd, und sie war auch ganz sicher nie zu schüchtern, ihren eigenen Standpunkt kundzutun – mit der Folge, dass sie hin und wieder Angst und Schrecken unter ihren Mitschülern verbreitete. Mein Glück war, dass ich einfach verstand, wie Lena tickte: Sie bellte gerne laut, biss aber nur sehr selten. Und mein noch größeres Glück: *Ich* ließ mir so schnell keine Angst einjagen. »Aber danke für dein Feedback. Ist hiermit zur Kenntnis genommen.«

»Was nehmen wir zur Kenntnis?«

Apropos »lebhaft«: Wie aufs Stichwort tauchte Daisy Dewitt auf, die Dritte in unserem Power-Dreigestirn. Sie drückte sich zwischen Lena und meinen Spind und vibrierte förmlich vor Energie. Ihre großen blauen Augen leuchteten und selbst ihr glänzendes, von der Sonne gesträhntes blondes Haar knisterte regelrecht vor Aufregung. Lena mochte vielleicht unser Cheerleader-Captain sein, aber Daisy lief definitiv allen den Rang ab, wenn es um Teamgeist ging. Außerdem war sie ganz allgemein ein entschieden freundlicheres und sanfteres

Wesen als unser Alphaweibchen. Und sie war meine beste Freundin.

»Nur die Tatsache, dass der Stadt-Namenstag offiziell vor der Tür steht!« Ich drückte Daisys Hand. Sie war in der Abschlussklasse, was – hoffentlich – bedeutete, dass sie dieses Jahr endlich die Hauptrolle bei der Aufführung bekommen würde. Unsere Kleine war aus mehreren Gründen die große Favoritin – schon ihr Nachname bestätigte schließlich ihren »Gründerfamilien«-Status, was in Horseshoe Bay praktisch einem royalen Titel gleichkam. Trotzdem war sie wegen der ganzen Sache furchtbar nervös, was irgendwie niedlich war. Und dabei war ihre Bescheidenheit noch nicht mal aufgesetzt. Bei jedem anderen wäre ein derartiges Verhalten absolut unerträglich gewesen, aber bei ihr war es einfach nur charmant. Es gehörte zu den Dingen, die ich am liebsten an ihr mochte, und war wohl einer der Hauptgründe dafür, dass wir seit dem Kindergarten befreundet waren.

»Oder dass zumindest die *Besetzungsliste* steht«, entgegnete Daisy. »Wie du ja selbst so gewandt in deinem, äh, enthusiastischen *Masthead*-Beitrag dargelegt hast.«

Lena wackelte selbstgefällig mit den Augenbrauen. »Was hab ich dir gesagt, Nance? Manchmal macht eben die Interpunktion die Musik.«

»Schon gut, schon gut. Ich verspreche, dass ich beim nächsten Mal nicht mehr so mit Ausrufezeichen um mich werfe.« Um ehrlich zu sein, hatte ich in diesem Punkt selbst so meine Zweifel gehabt, schließlich war »lebhafte Begeisterung« normalerweise nicht mein Ding.

Daisy hakte sich bei uns beiden unter und führte uns mit zielstrebigen Schritten den Korridor hinunter. »Schon okay«, trällerte sie. »Ich weiß, dass du wegen des Namenstags nur total aufgeregt warst – also *meinetwegen*, natürlich. Ich meine, ihr zwei seid wahrscheinlich die beiden einzigen Menschen auf der Welt, die meinetwegen genauso aufgeregt sind wie ich!« Sie kicherte. Wenn man mit Daisy zusammen war, kam man sich manchmal vor wie in einer riesigen Limonadenflasche, blubbernd und süß und jeden Moment bedrohlich kurz davor, total überzuschäumen oder überzusprudeln. Und das meine ich natürlich total positiv.

Wir gingen den Korridor bis zum Ende hinunter und verließen das Schulgebäude durch den Hinterausgang, der auf den weitläufigen, grasbewachsenen Schulhof führte. Der Himmel war blau marmoriert, von milchigen Wolkenschlieren durchzogen, und auf dem Schulhof …

Lena sprach als Erste aus, was wir wohl alle dachten. »O weh! Es wird Blut fließen.«

»Sieht definitiv ein bisschen nach *Hunger Games* aus da draußen«, stimmte ich ihr zu. Das war leicht übertrieben – aber wirklich nur leicht. Der Schulhof platzte vor Neptunes förmlich aus allen Nähten. Offenbar versuchten sämtliche Schüler der Abschlussklasse, einen Blick auf die Besetzungsliste zu erhaschen, während sich ihre Freunde im Hintergrund tummelten.

»Wie sind die denn alle vor uns hier rausgekommen?«, stöhnte Daisy. »Ich bin nach dem letzten Klingeln sofort zu euch gerannt.«

»Und das war dein erster Fehler«, erklärte Lena ihr.

»Okay, ich stürz mich rein.« Sie winkte uns noch kurz über die Schulter hinweg zu und hüpfte dann davon, um sich einen Weg durch das Chaos zu bahnen. Mir persönlich kam das Gewühl aus Schülern, die sich vor der mächtigen Eiche drängelten, an der traditionell sämtliche Ankündigungen angeschlagen wurden, allerdings vollkommen undurchdringlich vor.

Stolz beobachtete ich jedoch, wie Daisy eine Mitschülerin aus ihrer Stufe mit einem lässigen Hüft-Check zur Seite schubste und ihr ihr schönstes »verlegenes« Lächeln zur Entschuldigung schenkte. »Tja, sie ist ganz sicher *nicht* zum Spaß hier.« Das hier war ihr großer Moment, und ihre Begeisterung war richtig ansteckend.

»Mein kleines Mädchen wird erwachsen«, sagte Lena und wischte sich eine nicht existierende Träne von der Wange, obwohl sie in meinem Jahrgang und damit jünger als Daisy war. »Aber mal ernsthaft: Kann man ihr das übel nehmen? Sie stammt aus einer *Gründerfamilie*. Ich meine, das ist sozusagen die Rolle, für die sie geboren wurde. Sie hat quasi schon die Tage bis zu diesem speziellen Namenstag gezählt, als sie noch in den Windeln lag.«

Das entsprach der Wahrheit. Daisy stammte von einer langen Reihe von Dewitts ab, auch bekannt als eine der »wahren Gründerfamilien«, an die jedes Jahr bei den Namenstagsfeierlichkeiten erinnert wurde. Es war einer ihr Ururur-und-so-weiter-und-sofort-Großväter gewesen, der damals die Stadtrechtsurkunde unterzeichnet hatte. Colonel Chester Dewitt, obendrein ein echter Kriegsheld, gehörte bei der alljährlichen Dramatisierung wenig überraschend zu den begehrtesten Rollen. Jedes Jahr wurden bei der Zeremonie einige bedeutende Szenen aus dem Leben der ersten Bewohner von Horseshoe Bay nachgestellt, die stets in einer Darbietung der allerersten Namensgebungszeremonie ihren Höhepunkt fanden. Daisys Familie war natürlich viel zu achtbar, um sich auf ein so unseriöses Niveau wie Vetternwirtschaft herabzulassen. Daisy hatte daher wie alle anderen bis zu ihrem Abschlussjahr warten müssen, um überhaupt für die ersehnte Hauptrolle vorsprechen zu können.

Das war zumindest meine Version. In Wahrheit waren die Dewitts ein wenig … exzentrisch. Und ihr exzentrisches Wesen führte unter anderem dazu, dass sie sich am liebsten bedeckt hielten. Was hin und wieder extreme Ausmaße annahm.

Daisys Familie war unglaublich weitläufig: Tanten und Onkel, Cousins und Cousinen rankten sich in sämtliche Himmelsrichtungen, als hätte sich ihr Stammbaum in Kletterefeu verwandelt. Im Allgemeinen zogen die Dewitts es vor, am Rand der Stadt zu wohnen und ihre Kinder zu Hause zu unterrichten, wobei die Eltern die Gesellschaft der eigenen Familie der aller anderen Einwohner der Stadt stets vorzogen. Nur Daisy bildete eine Ausnahme in diesem elitären Familienclan. »Eigenartig« war das Wort, mit dem meine Eltern die Dewitts – sehr wohlwollend – beschrieben. »Eine Sekte voller Freaks« war eine andere Bezeichnung, die unter den weniger aufgeklärten Bewohnern von Horseshoe Bay weitverbreitet war.

Diese selbst auferlegte Isolation bedeutete jedoch auch, dass niemand von uns Daisys Familie oder ihre Eltern besonders gut kannte, nicht einmal wir, ihre engsten Freundinnen. Daisy hatte ihre Eltern förmlich angefleht, sie auf eine öffentliche Highschool zu schicken – und die nächste Schlacht mit ihnen ausgetragen, als sie in der neunten Klasse darum gekämpft hatte, sich um einen Platz im Cheerleading-Team bewerben zu dürfen. Sie hatte sich durchgesetzt, aber die restlichen Dewitts blieben trotzdem weiterhin unter sich. Übernachtungspartys fanden beispielsweise grundsätzlich bei Lena oder mir statt. Nur ein Grund mehr, warum ich mir so sehr für Daisy wünschte, dass sie beim Namenstag endlich ihren großen Moment im Rampenlicht bekam. Des übertriebenen Beschützerinstinkts ihrer Eltern wegen hatte Daisy im Laufe der Jahre so manche außerschulische Aktivität versäumt.

Plötzlich kam mir ein Gedanke. »Es ist doch absolut unmöglich, dass sie keine Rolle bekommt, oder? Und ... ihre Eltern werden es ihr auch erlauben, tatsächlich aufzutreten, richtig?«, fragte ich Lena. Eigentlich glaubte ich fest daran. Aber was, wenn ich mich doch irrte? Dann würde es hier schon bald zu ziemlich unschönen Szenen kommen, vor allem, wenn ich mir das Reality-TV-mäßige Wettkampfverhalten so anschaute, das sich gerade vor uns auf dem Schulhof abspielte.

Lena schaute mich an. »Es ist völlig unmöglich, dass sie keine Rolle bekommt. Unsere Süße hat den richtigen Stammbaum, und du weißt selbst, dass sie beim Vorsprechen alle an die Wand gespielt hat. Ausgeschlossen, dass ihre Eltern ihr das wegnehmen.«

Ich wusste Lenas Zuversicht zu schätzen, aber in meinem Metier wusste ich auch nur allzu gut, dass einen die Leute immer wieder überraschen konnten.

Was Daisys Vorsprechen anging, hatte Lena jedoch vollkommen recht, daran bestand kein Zweifel. Daisy war der Star der Theater-AG und bei jeder Schulaufführung seit der fünften Klasse in der Hauptrolle zu sehen gewesen. Ein paar Mal im Jahr ließ sich ihre erweiterte Familie doch in der Öffentlichkeit blicken und lief beinahe geschlossen auf, um sie auf der Bühne zu bewundern. Ich war mir sicher, dass ihr Vorsprechen perfekt gelaufen war.

»Aber mal ganz abgesehen von Daisys schauspielerischem Talent: Ihre Familie bringt doch garantiert jedes Jahr beim Thanksgiving-Essen eine eigene Privatproduktion der Namensgebungszeremonie auf die Bühne, oder? Zumindest habe ich mir die Feiertage bei den Dewitts zu Hause immer so vorgestellt. Daisy muss das Skript inzwischen komplett auswendig könn… Oh, warte! Jetzt wird's spannend«, unterbrach Lena sich selbst und lehnte sich vor Aufregung so dicht zu mir, dass sich unsere Schultern kurz streiften. »Sie hat es in die erste Reihe des tobenden Mobs geschafft. Sie steht vor der Besetzungsliste … sie überfliegt die Liste, sucht ihren Namen … sucht … sucht …«

»Das ist hier ja wie auf einer Safari, bei der sich die wilden Tiere gegenseitig in Stücke reißen. Nur nicht so zivilisiert. Die wissen schon alle, dass es hier um die Aufführung eines *Stadttheaters* geht, oder?«

Ich liebte Horseshoe Bay, sicher, aber hin und wieder musste ich eben trotzdem lachen, wenn ich sah, wie sehr sich manche Leute in diese vermeintlichen Höhepunkte des kulturellen Kleinstadtlebens hineinsteigerten, zum Beispiel, wenn sie ihre Mitschüler ohne Rücksicht auf Verluste überrannten, nur um den ersten Blick auf eine Besetzungsliste zu ergattern. Die Sache mit Kleinstädten? Nun, sie sind per Definition genau das: *klein*. Ich könnte euch die Vor- und Zunamen all meiner Mitschüler nennen und euch erklären, nach wem sie benannt sind. Ich weiß, wer gegen Nüsse allergisch ist und wer gerne irgendein nicht näher definiertes körperliches Gebrechen vortäuscht, um sich vor dem Sportunterricht zu drücken.

Ich persönlich hatte für meine Zukunft Größeres im Visier, jenseits des Kleinstadthorizonts, dort, wo das Gras entschieden grüner wirkte. Darauf zielten die allgegenwärtigen Motivationsposter in den Büros der Studienberater landauf, landab schließlich ab, richtig?

»Ja, ja, wir wissen alle, dass du innerlich längst auf dem Absprung bist, Nancy Drew«, zog Lena mich auf. »Aber ich werde dich in genau einem Jahr an diesen Moment erinnern, wenn wir beide uns gegenseitig über den Haufen rennen und versuchen, als Erste an dieser Besetzungsliste zu sein. Es ist leicht, entspannt zu bleiben, solange wir noch in der Elften sind. Aber du und ich, wir wissen beide, dass du in deinem tiefsten Inneren genauso auf diesen kitschigen, in Nostalgie getränkten Ruhm abfährst wie jeder andere in Horseshoe Bay.«

Ich machte den Mund auf, um etwas zu erwidern – tatsächlich wollte ich ihr sogar recht geben –, doch bevor ich etwas sagen konnte, wurde ich von einer gigantischen Explosion aus überschäumender Freude und blondem Haar beinahe von den Füßen gerissen.

»Ich hab sie!«, kreischte Daisy. »Ich hab die Rolle! Abigail Dewitt, die Siedlerin, die die ganze Stadt während des kältesten Winters in der Geschichte mit Essen versorgt hat, obwohl sie selbst an Scharlach erkrankt und halb erblindet war.«

»Bist du sicher, dass das Abigail Dewitt war und keine Szene aus *Unsere kleine Farm*?«, neckte ich sie und umarmte Daisy genauso stürmisch. »Aber Spaß beiseite: Herzlichen Glückwunsch!«

»Abigail Dewitt, ja?«, scherzte Lena. »Na, wenn wir ganz ehrlich sind, musst du für die Rolle ja nicht besonders viel schauspielern.«

Daisy winkte ab. »Es ist nicht die größte Rolle bei der Aufführung, aber definitiv die beste. Sie haben eine ganz neue Szene hinzugefügt …«

»Zu Ehren der Jubiläumsfeier«, beendeten Lena und ich den Satz gemeinsam und lachten.

»Und Coop ist Jebediah Dewitt, also …« Sie verstummte, eine Augenbraue in einem perfekten Bogen hochgezogen.

Cooper Smith war der Captain der Footballmannschaft, was – den unerschütterlichen Regeln sämtlicher Jugendklischees entsprechend – bedeutete, dass er zu den begehrtesten Jungs der Schule gehörte. Sehr zum Leidwesen der restlichen Schülerschaft hatte er jedoch nur Augen für Daisy. Wir waren klug genug, sie nicht zu fragen, wie sie ihre Eltern dazu gebracht hatte, ihr einen *festen Freund* zu erlauben. Daisy zu lieben, wie wir es taten, bedeutete auch, ihre eigenartige – und eigenartig geheimnisvolle – Familie zu akzeptieren.

»Ihr zwei müsst ja total aus dem Häuschen sein«, sagte Lena. »Darf er dir auf der Bühne denn auch einen kalten Wickel auf die fiebrige Stirn drücken? Oder dein von Wundbrand infiziertes Bein bandagieren?«

»Igitt.« Daisy verzog angewidert ihre schmalen Lippen. »Ich ignoriere dich hiermit offiziell. Und überhaupt: Bloß kein Neid! Schließlich seid ihr beide nächstes Jahr selbst dran!«

»Ich sterbe schon jetzt fast vor Aufregung«, höhnte Lena, lächelte aber trotzdem. Auch in diesem Jahr steckten wir bereits mittendrin und hatten uns praktisch für sämtliche Freiwilligenkomitees gemeldet. In dieser Stadt konnte man einfach nicht anders, als sich mitreißen zu lassen.

Typisches Beispiel: Das ungestüme Gewimmel der Schüler, die sich eben noch mit Zähnen und Klauen zur Besetzungsliste durchgekämpft hatten, löste sich langsam wieder auf, während diejenigen, die ihren Namen entdeckt hatten, in triumphierenden Jubel ausbrachen. Amanda Reeser, der ich in der Mittelstufe geholfen hatte, als sie den Verdacht hegte, jemand würde ihr Wissenschaftsprojekt sabotieren – was auch der Fall war –, führte einen kleinen Freudentanz auf, der keinerlei Raum für Fehlinterpretationen ließ. Doch so groß der Konkurrenzkampf auch war, da die Teilnahme an der Aufführung der Abschlussklasse vorbehalten war, ergatterten ohnehin fast alle, die vorgesprochen hatten, *irgendeine* Rolle, weshalb man die Stimmung auf dem Schulhof nur als glücklich und ausgelassen bezeichnen konnte. Und die Freude war richtig ansteckend. Daisys Freude war auch meine Freude, *unsere* Freude. Und ja, Lena hätte so vehement mit den Augen gerollt, dass sie ihr vermutlich aus den Höhlen gefallen wären, wenn sie mich so rührselig hätte daherreden hören. Aber dennoch: Ich war nun mal in rührseliger Stimmung. Meine Freundinnen waren happy. Ich war happy. Alles lief ungewöhnlich friedlich, ungewöhnlich gut.

Daisy zerrte uns über den Schulhof, auf dem sich unsere Mitschüler jetzt in kleinen Gruppen zusammenfanden, sich mit Freudentränen in den Augen umarmten und voller Aufregung mit ihren Freunden abklatschten, während sie über Textlernen, Kostüme, Proben und andere Dinge aus der Abteilung *Ich kann's kaum erwarten, dass es endlich losgeht* plapperten. Es war das reinste Minenfeld, nur mit strahlenden, grinsenden Teenagern statt mit irgendetwas *Gefährlichem*.

Na ja, nichts *wirklich* Gefährlichem, jedenfalls. Wir waren eine Realität gewordene Energydrink-Werbung.

»Ich *glaub* es nicht!«

Ich blieb wie angewurzelt stehen, nur einen Moment, bevor auch Daisy und Lena kapierten, was los war.

Da war sie doch: die tickende Bombe.

In der Mitte des Schulhofs, direkt neben der Eiche, an der die Besetzungsliste in der nachmittäglichen Brise flatterte, stand Caroline Mark. Ich kannte sie nicht besonders gut. Wir waren ein Halbjahr lang zusammen im Biokurs gewesen, als sie nach Horseshoe Bay gezogen war, und was das Sezieren anging, war sie nicht unbedingt ein Naturtalent. Aber ich musste sie auch nicht besonders gut kennen, um den Ausdruck auf ihrem Gesicht zu entschlüsseln.

Obwohl es ein sonniger Bilderbuchtag war, glich ihre Miene einer eisigen Unwetterwolke. Selbst aus der Ferne konnte ich sehen, wie ihre braunen Augen vor tobender Wut funkelten. Ihre Wangen waren knallrot und auf ihrer Stirn war eine leichte, glänzende Schweißschicht zu erkennen.

Ich bin Investigativjournalistin, mir fallen solche Details nun mal auf.

»Caroline ...« Es war Anna Gardner, ganz offensichtlich eine Freundin von ihr. Anna tat ihr Bestes, um Caroline zu beruhigen, aber es war, als würde sie während eines Hurrikans versuchen, die Fensterläden mit Klebeband zu sichern: vollkommen sinnlos.

»Sag mir *nicht*, dass ich mich beruhigen soll!«, fauchte Caroline. Sie riss die Besetzungsliste vom Baumstamm und begann, sie in winzige Fetzen zu schreddern, als sei sie vollkommen wild geworden. Die um sie stehenden

Schüler beobachteten sie mit ängstlicher Neugier, wichen ein, zwei Schritte zurück oder machten einen großen Bogen um sie. Sie erntete mehr als nur ein paar argwöhnische Seitenblicke.

Lena schnappte pfeifend nach Luft. »Waaaaas geht denn hier ab?« Sie konnte ihre Neugier nicht verbergen und schien das Drama, das sich vor unseren Augen abspielte, sichtlich zu genießen. Wenn es Lenas liebste Beschäftigung war, ein Drama zu verursachen, dann war es ihre zweitliebste Beschäftigung, sich entspannt zurückzulehnen und zu beobachten, wie sich ein solches entfaltete. Ich hingegen war weniger scharf darauf, Zeugin dieses sehr öffentlichen Nervenzusammenbruchs zu werden.

Daisy packte mich am Arm, so fest, dass ich im ersten Moment Angst hatte, sie würde mir einen blauen Fleck bescheren. »Oh my God! Das ist Caroline Mark! Ihr kennt sie!«, sagte sie leise, so als könnte Caroline uns von der anderen Seite des Schulhofs trotz ihres wohl jetzt schon legendären Ausrasters hören. »Sie ist in der Theater-AG, aber sie ist noch ganz neu.«

»Oh, ja«, erwiderte Lena. »Komisch, ich hätte sie fast nicht erkannt. Dabei sollte man doch meinen, dass ich mich an eine solche Dramaqueen erinnern würde.«

»Ich kenne sie vom Sehen«, fügte ich hinzu. »Normalerweise ist sie aber nicht so … kreischig, glaube ich.« Obwohl sie sich, wenn mich meine Erinnerung nicht täuschte, ziemlich explizit über die Sache mit dem Sezieren ausgelassen hatte.

»Ist sie nicht«, bestätigte Daisy. »Aber, wie schon gesagt, sie ist noch neu in der Theater-AG und, na ja … Sie hat wohl noch nicht kapiert, dass bei diesen Dingen eine gewisse *Hierarchie* herrscht. Ich meine, sie hat vermutlich einfach geglaubt, sie könnte am ersten Schultag zur Tür reinspazieren und sofort die Hauptrolle im Schulmusical ergattern.«

»Es gibt ein Schulmusical?«, scherzte Lena. Als ob wir das jemals ernsthaft vergessen könnten. Wir kamen schließlich gefühlt schon seit Anbeginn der Zeit zu Daisys Aufführungen.

»Dieses Jahr ist es *Der kleine Horrorladen*, schon vergessen?!«, echauffierte sich Daisy. »Ich bin natürlich Audrey. Die Frau, nicht die Pflanze. Die Pflanze ist technisch gesehen Audrey zwei. Aber wie dem auch sei … Caroline kam einfach reingewalzt und war total *Ich hatte in den Sommerferien Gesangsunterricht, ihr solltet mal meinen Mezzosopran hören*-mäßig unterwegs. Unser Lehrer war allerdings ziemlich unbeeindruckt.«

»Weil es eine Hierarchie gibt«, fügte Lena hinzu.

»Ganz genau. Sie hat für den Stadt-Namenstag vorgesprochen, weil sie auch in der Zwölften ist, deshalb hat sie auch …«

»Jedes Recht dazu«, warf ich ein.

»Richtig«, bestätigte Daisy.

»Ich vermute mal, dass sie keine Rolle bekommen hat«, bemerkte Lena trocken.

Auf der anderen Seite des Schulhofs warf die arme Caroline ihrer unglücklichen Freundin Tausende winziger Papierschnipsel ins Gesicht, kreischte immer noch furchtbar schrill und fuchtelte *höchst* dramatisch mit den Armen in der Luft herum.

»Falls doch, reagiert sie jedenfalls ziemlich seltsam darauf«, fügte Daisy hinzu. »Das ist *so* peinlich.«

»Und trotzdem kann ich den Blick gar nicht von ihr abwenden«, gestand Lena. »Wie sehr ich diese kleinen Highschool-Dramen doch liebe!«

Da bist du allerdings die Einzige. Ich musste einfach etwas sagen. »Sorry, Mädels, aber dieses Voyeurismus-Ding ist nichts für mich. Wir müssen uns das nicht länger anschauen.« Carolines Qualen waren ein bisschen zu heftig für mich – ich war schließlich nicht Lena. Sie drückte damit voll auf meinen Mitleidsknopf, bis zum Anschlag. Sicher, ich hing mit den »coolen Kids« ab, aber Rätsel zu lösen und Geheimnisse aufzudecken brachte mir nicht immer nur Sympathiepunkte ein. Ich wusste, wie man sich als Außenseiterin fühlte. Und ich belauschte andere nur, wenn es unbedingt nötig war.

Was ziemlich häufig der Fall war, aber das war jetzt nicht der Punkt.

»*Du* vielleicht nicht«, widersprach mir Lena.

»Wie dem auch sei, es ist alles okay, siehst du?«, sagte

Daisy und zeigte auf Caroline. Wir folgten ihrem Blick und sahen, wie Mr Stephenson – der Englischlehrer, der auch die Theater-AG leitete – aus der Hintertür kam und zu Caroline eilte, die immer noch total durchdrehte. Sanft legte er eine Hand auf ihre Schulter und beugte sich zu ihr.

Er flüsterte ihr irgendetwas ins Ohr, und ich sah zu, wie das Feuer in ihren Augen langsam zu einem blassen Glühen abflaute. Sie sah zwar nicht wirklich weniger wütend aus, aber immerhin ein wenig ruhiger. Sie erwiderte irgendetwas – ziemlich leidenschaftlich, ihrer Körpersprache und den wilden Gesten nach zu urteilen. Dann ließ sie jedoch langsam die Schultern sinken, und es war offensichtlich, dass ihr schlimmster Zorn verflogen war.

»Die Show ist vorbei, schätze ich.« Lena klang enttäuscht. »Was jetzt? Das war schließlich alles viel zu aufregend, um einfach nach Hause zu gehen.«

»Ins *Claw*?«, schlug Daisy vor. »Ich glaube, Coop hat erwähnt, dass sich ein paar aus unserer Stufe dort treffen, um ein bisschen zu feiern. Aber selbst wenn nicht, soll *uns* das schließlich nicht abhalten. Ich muss erst in einer Weile wieder zu Hause sein. Ich hab Mom und Dad erzählt, dass ich nach der Schule noch Lerngruppe habe.« Sie wackelte aufgeregt mit den Schultern.

»Ausgezeichnete Idee«, sagte Lena. »Ihr wisst ja, dass ich einem Hummerbrötchen niemals widerstehen kann.«

Ich hörte die Unterhaltung der beiden, nahm sie jedoch nur am Rande wahr, wie aus der Ferne, so als sei sie nur die Geräuschkulisse im Hintergrund. Ich war abgelenkt, weil ich beobachtete, wie Mr Stephenson eine definitiv immer noch verstimmte Caroline, die ihre Arme trotzig über der Brust verschränkte, zurück ins Schulhaus führte. Er hatte einen Arm um ihre Schultern geschlungen und drückte sie tröstend an sich – ein wenig vertrauter, als es ein Lehrer mit einer Schülerin sein sollte. Aber es schien Caroline zu beruhigen.

»Erde an Nancy«, sagte Lena, und ihre Stimme durchdrang schließlich doch meine Gedanken, wenn auch nur gedämpft. »Fritten? Hummerbrötchen?«

»Sicher«, murmelte ich, hörte ihr jedoch immer noch nicht richtig zu.

Carolines kleine Show hatte meine Neugier geweckt. Ganz gleich, wie ernst unsere kleine Stadt ihre Traditionen und Feierlichkeiten auch nahm, ihre Reaktion darauf, dass sie keine Rolle bei der Namenstagsaufführung ergattert hatte, war … extrem. Und sie kam mir definitiv nicht wie die Reaktion einer normalen, ausgeglichenen Person vor.

Und bei der Art, wie Stephenson seinen Arm um ihre Schultern legte? Kribbelte mein sechster Sinn ebenfalls deutlich.

Ganz zu schweigen von dem Ausdruck auf Carolines Gesicht, als er sie zurück ins Schulhaus führte. Dies war eindeutig nicht der Blick eines Mädchens, das sich mit einer enttäuschenden Nachricht abgefunden hatte. Oder der Blick von jemandem, den man als besänftigt bezeichnen konnte, vertraute Umarmungen von Schauspiellehrern hin oder her.

Nein, Caroline Mark stolzierte mit grimmig-entschlossener Miene zurück in die Highschool, zumindest meiner Einschätzung nach. Wie jemand, die nicht so schnell vergessen würde, dass man ihr unrecht getan oder sie beleidigt hatte.

Wie jemand, der es in diesem Augenblick nur mit Mühe gelang, sich auf die Zunge zu beißen und auf den passenden Moment zu warten.

Kapitel 2

»Oh!«, rief Daisy aus, als wir auf den Parkplatz des *Claw* fuhren. »Coop hat gesagt, dass er sich mit ein *paar* Freunden hier treffen will, nicht mit der kompletten Oberstufe.«

»Ein *paar* ist offensichtlich relativ«, sagte Lena und winkte ausladend.

Offensichtlich: Der Parkplatz platzte vor Autos aus allen Nähten, noch mehr als der Schulhof vorhin vor Schülern. Wir mussten uns mit Daisys blauem Mini in die letzte freie Lücke quetschen. Ein Glück, dass meine beste Freundin viel zu viel Wert auf Ästhetik legte, um ein praktisches Raumwunder mit vier Türen zu fahren, sonst hätten wir es nie und nimmer geschafft.

»Ich bin mir nicht sicher, ob das wirklich eine Parklücke ist«, sagte Lena auf dem Rücksitz und reckte den Hals, bis ihr Gesicht direkt zwischen Daisys und meinem schwebte.

»Feuerwehrzufahrten sind nur unverbindliche Empfehlungen. Und außerdem sind wir hier sowieso nicht weit vom Wasser entfernt.« Daisy deutete auf den Kiesweg, der vom Parkplatz zu den felsigen Klippen dahinter führte. »Im höchst unwahrscheinlichen Fall eines Feuers kann uns also gar nichts passieren.«

»Ich … glaube nicht, dass Brandschutz so funktioniert, Daisy«, widersprach ich ihr. Und ich war mir auch nicht sicher, ob ich die Beifahrertür wirklich weit genug öffnen konnte, um auszusteigen. Aber Daisy machte sich deswegen offensichtlich keine Sorgen. Sie stellte bereits den Motor ab und summte vergnügt vor sich hin, während sie – mit äußerster Vorsicht – ihre eigene Tür öffnete und sich seitlich aus dem Wagen schob.

Lena grummelte vor sich hin, rutschte über die Rückbank, zog so weit wie möglich den Bauch ein und atmete erst wieder aus, nachdem sie sich aus dem Auto geschält und wieder mehr Platz hatte. Sie ermunterte mich mit einem sarkastisch erhobenen Daumen. »Du schaffst das, Nancy.«

Mich für den stets heiß begehrten Beifahrersitz zu entscheiden, war ganz eindeutig ein Riesenfehler gewesen. Aber irgendwie gelang es mir tatsächlich, mich aus dem Wagen zu befreien, ohne mich dabei zu verletzen, und schon kurz darauf traten wir durch die Eingangstür des Diners. Eine winzige Glocke klingelte, als die Tür wieder hinter uns ins Schloss fiel. Der vertraute

Geruch umhüllte uns – Salz, Bratfett und ein verweilender Hauch von vergangenen glücklichen Stunden –, gepaart mit der Wärme eines Raumes, in dem sich die Gäste dicht an dicht drängten.

»Ich hab das Motto des heutigen Tages erkannt: Überbevölkerung«, bemerkte Lena. Sie hatte nicht ganz unrecht. Das *Claw* war voll ausgelastet, und die Stimmung feierlich bis ausgelassen – ganz anders als während des Nervenzusammenbruchs, den wir auf dem Schulhof miterlebt hatten. »Finden wir hier überhaupt noch einen Platz?«

»Daisy!« Von einem Tisch im hinteren Bereich des Diners winkte Cooper ihr strahlend zu. »Du hast es geschafft! Ich hab dir einen Platz frei gehalten!« Er gestikulierte auf einen winzigen freien Fleck auf der Bank neben sich, der definitiv nicht aussah, als würde ein menschliches Wesen darauf passen.

Sie drehte sich zu uns um und blinzelte uns mit ihrem besten Hundeblick an. »Es macht euch doch nichts aus, oder?«

»Was, dass du uns einfach stehen lässt, während du dich den Schönen und Erfolgreichen anschließt und dich im Ruhm deiner ergatterten Festivalrolle sonnst? Nein, das macht uns natürlich *überhaupt* nichts aus«, zog Lena sie auf. »Tu dir keinen Zwang an, lass deine besten Freundinnen ruhig im Regen stehen, wann immer es dir beliebt – vor allem für einen Jungen, der im Prinzip das menschliche Äquivalent eines Labradors ist.«

»Krieg dich wieder ein«, sagte Daisy. »Ich weiß ja, dass du glaubst, Freundlichkeit sei eine Art tödlicher Schwäche, aber Coop ist nun mal einer von den Guten. Und daran ist überhaupt nichts Falsches.«

Lena zuckte mit den Schultern. »In der Highschool gilt das Gesetz des Stärkeren – mehr sage ich gar nicht.«

Ich knuffte Lena spielerisch in die Seite. »Und Cooper ist alles andere als ein Schwächling.« Zu Daisy gewandt fügte ich hinzu: »Natürlich macht es uns nichts aus. Geh ruhig.« Ich blickte mich um und wägte unsere begrenzten Möglichkeiten ab. »Wir setzen uns an die Theke.« Die Theke – eine lang gezogene Bar aus verwittertem Holz, mit maritimer Deko aus Fischernetzen und Ankern – war sowieso der beste und begehrteste Platz, um bei einer erfrischenden Limonade Leute zu beobachten. Wir mussten also kein allzu großes Opfer bringen.

»Oder ich könnte diese schäbigen Mädels aus der Mittelstufe da drüben von ihrem Tisch vertreiben«, schlug Lena vor und zeigte auf sie, aber ich winkte ab und würdigte ihre Bemerkung noch nicht mal einer Antwort. Auch wenn sie vielleicht nur selten zubiss, war ein lautes Bellen manchmal schon mehr als genug.

»Cool«, sagte Daisy erleichtert. »Ich sag Coop nur schnell Hallo, dann bin ich gleich wieder da, und wir machen uns einen netten Mädelsnachmittag.«

»Du bist gleich wieder da, natüüürlich«, erwiderte Lena. Ich bohrte ihr erneut einen Ellenbogen in die Rippen und sie jaulte auf. »Ich zieh dich doch nur auf, Daisy. Amüsier dich gut. Lass dir Zeit. Viel Spaß beim Sonnen. Aber vergiss nicht, dass du uns nach Hause fahren wolltest.«

Daisy setzte eine ernste Miene auf. »Ich würde euch niemals vergessen, das schwöre ich hoch und heilig – bei … meiner Hauptrolle bei der diesjährigen Namenstagsfeier.«

Ich riss mit gespieltem Entsetzen die Augen auf. »Blasphemie!« Wäre ich abergläubisch gewesen, hätte ich sie gewarnt, es lieber nicht zu beschreien. Aber das war ich noch nie, noch nicht mal als kleines Kind.

»Wirklichkeitsfremd« gehörte nicht zu den Worten, mit denen die Leute Nancy Drew für gewöhnlich beschrieben.

Mit einem Lächeln rauschte Daisy zu dem winzigen freien Fleckchen Sitzbank neben Cooper davon, während Lena und ich begannen, uns einen Weg zu den beiden letzten freien Hockern an der Theke zu bahnen, ganz in der hintersten Ecke des Raumes. Von unserem Platz aus konnten wir durch die Durchreiche in die Küche sehen, wo das Personal ganz offensichtlich redlich Mühe hatte, mit dem Appetit der riesigen Highschool-Meute mitzuhalten. Wie schon gesagt: Ich habe nun mal von Natur aus eine hervorragende Beobachtungsgabe, und so *versuchte* ich zwar nicht, die Kochmannschaft zu belauschen, doch aufgrund der Akustik im Raum und der Position meines Hockers war es schwierig, dem beinahe panischen Küchenpersonal *nicht* zuzuhören. Aber ich versuchte definitiv *nicht* absichtlich, irgendjemanden zu belauschen.

»Du musst echt mehr Tempo machen, Ace«, drängte eine Frauenstimme. Die Sprecherin hatte das Gesicht von mir abgewandt, deshalb konnte ich nur die beiden Zöpfe auf ihrem Rücken sehen, glänzend und glatt wie zwei Lakritzstangen. Der gute Ace – Tellerwäscher und Neuzugang im *Claw* – hatte eine durchnässte und von Essensflecken übersäte Schürze umgebunden und war mit ellenbogenlangen Gummihandschuhen ausgestattet. Er starrte mit mürrischem Blick auf eine vor Geschirr überquellende Plastikwanne, die neben ihm auf einem Rollwagen aus Metall stand. Sein Haar, sandbraun und zerzaust, hing ihm über ein Auge und kräuselte sich dank der hohen Luftfeuchtigkeit in der kleinen Küche leicht.

Falls ihn die Rüge zusätzlich stresste, ließ er es sich nicht anmerken. »Hier ist Land unter, George«, erwiderte er schulterzuckend. »Aber das bedeutet schließlich, dass das Geschäft boomt, richtig? Und das ist doch gut. Also, sei einfach … dankbar?«

»Ich wäre dankbar, wenn du wenigstens die Mindestanforderungen deines Jobs erfüllen würdest«, blaffte sie ihn an und drehte sich ein wenig zur Seite, sodass ich ihren angespannten Kiefer und den steinernen Ausdruck in ihren dunklen Augen erkennen konnte.

George Fan. Als Kinder waren wir gute Freundinnen gewesen und jahrelang bei Stadt-Namenstagen gemeinsam Riesenrad gefahren. Jetzt hatten wir jedoch kaum noch etwas miteinander zu tun. Was – ich glaube, da waren wir uns beide einig – durchaus Absicht war. Dachte ich manchmal daran zurück, wie nahe wir uns früher gestanden hatten, vor der Highschool? Vor Cliquen und exklusiven Geburtstagspartys für die »beliebten Kids«? Vor Gerüchten, herumgereichten Zettelchen und bösen Onlinekommentaren?

Nein. Definitiv nicht. Die Vergangenheit war vergangen, und George hatte mehr als deutlich gemacht, dass sich daran auch nichts ändern ließ. Warum diesen Dingen also nachhängen? Ihrer Ansicht nach hatte ich unsere Freundschaft verraten, als ich angefangen hatte, mit Lena und ihrer Clique abzuhängen. Lenas lautes Gebell hatte im Laufe der Zeit mehr als nur ein paar Brücken zerstört, und die, die zu George führte, war eine davon.

Was jedoch nicht bedeutete, dass es mir nicht wehtat, sie zu sehen.

Ich wusste, dass sie im *Claw* arbeitete. Es war der offensichtliche Nebenjob für Highschool-Schüler mit … unzuverlässiger familiärer Situation. Aber auch wenn es *der* Treffpunkt für praktisch alle in der Stadt war, die noch über einen Pulsschlag verfügten, war es mir immer irgendwie gelungen, zu vermeiden, während ihrer Schicht im Diner vorbeizuschauen.

Bis jetzt.

Oder vielleicht auch nicht »irgendwie«. Wie ich George kannte, steckte auch dahinter möglicherweise pure Absicht.

»Falls es dir noch nicht aufgefallen sein sollte, Ace«, fügte sie hinzu, »dieser Ansturm ist eher untypisch für uns. Das Geschäft boomt in diesem Laden normalerweise *nicht*, oder jedenfalls so gut wie nie. Was wiederum bedeutet, dass wir uns bei den seltenen Gelegenheiten, *wenn* es mal boomt, so richtig ins Zeug legen müssen.« Sie kniff die Augen zusammen, senkte die Stimme und stemmte befehlshaberisch die Hände in die Hüften. *»So wie heute.«* Sie knüllte ein Geschirrhandtuch zusammen und warf es nach ihm, bevor sie auf dem Absatz eine scharfe Drehung vollführte und wieder in den Gastraum zurückkam.

Als sie sich meiner Ecke der Theke näherte, richtete ich mich kerzengerade auf und versuchte, so auszusehen, als hätte ich alles andere getan, nur nicht ihrer eher wenig inspirierenden Motivationsrede hinter den Kulissen gelauscht.

»Entspann dich, Drew«, blaffte sie mich an und sah mir im Vorbeistolzieren direkt in die Augen. »Ich weiß, dass du alles gehört hast.«

»Halb *Kanada* hat es gehört«, spottete Lena. »Falls du nicht wolltest, dass es irgendjemand mitkriegt, solltest du nächstes Mal vielleicht darüber nachdenken, deine Stimme zu senken.«

»Ich hab nicht …«, begann ich, verstummte dann jedoch sofort wieder. Ich meine, seien wir mal ehrlich: Hab ich sehr wohl. »Tut mir leid. Sieht ja, äh, ganz so aus, als hättest du alle Hände voll zu tun.«

»Keine Sorge.« Sie grinste höhnisch. »Niemand hat vor, dich zu fragen, ob du vielleicht hier anfangen willst. Niemand würde erwarten, dass Nancy Drew ihre perfekten Collegeträume aufgibt, um in einem schäbigen Laden wie diesem hier zu arbeiten.«

»Ich … hab nicht …«, stammelte ich.

»Was hast du für ein Problem?«, mischte Lena sich ein. »Ist es vielleicht unsere Schuld, dass du dich vor allen Gästen lautstark mit deinen Leuten streitest?«

»Schon okay«, sagte ich und streckte eine Hand nach Lena aus, aber sie winkte ab.

»Nur weil du und Nancy vor Ewigkeiten mal zusammen rumgehangen seid, heißt das nicht, dass sie dir irgendwas schuldig ist.«

George funkelte Lena mit zusammengekniffenen Augen an. »Danke, dass du das noch mal klargestellt hast.« Dann richtete sie den Blick auf mich. »Aber falls ihr noch darauf wartet, dass jemand eure Bestellung aufnimmt, würde ich es mir an eurer Stelle erst mal gemütlich machen. Ich hoffe, ihr habt ganz viel Geduld mitgebracht.«

Ich hielt ihrem Blick stand. »Alles klar«, erwiderte ich. Ein Durcheinander aus Emotionen stieg in mir auf, als sie sich wieder entfernte und Lena und mich einfach sitzen ließ, die noch immer ungeöffneten Speisekarten vor uns auf der Theke.

»Gott, sie ist *so* ein Freak«, stieß Lena aus und lehnte sich zu mir, machte sich jedoch nicht die Mühe, leiser zu sprechen. »Schon komisch, dass ihr mal befreundet wart.« Sie winkte George gespielt fröhlich zu, die nun am anderen Ende der Bar ein paar Gläser abspülte. Die bemerkte das Winken und funkelte uns beide böse an.

Ja. *Komisch.* Ich schluckte den Impuls hinunter, George zu verteidigen, auch wenn ich mir nicht ganz sicher war, warum.

»Sonnig wie eh und je«, fügte Lena hinzu und beobachtete, wie George kerzengerade an uns vorbeimarschierte. »Bloß gut, dass wir noch nichts bestellt haben, sonst würde sie mit Sicherheit in unsere Getränke spucken.«

»Hör auf«, sagte ich. »Sie ist …« Aber ich wusste selbst nicht, wie ich den Satz beenden oder all das in Worte fassen sollte, was mir jedes Mal durch den Kopf ging, wenn George so zickig zu mir war oder mich anblaffte – was eigentlich jedes Mal der Fall war, wenn wir uns begegneten.

»Vergiss es.« Ich blickte auf die abgenutzten laminierten Speisekarten vor uns. »Ich hab *Hunger*«, wurde mir bewusst. Nicht, dass ich deswegen eine Speisekarte gebraucht hätte. Käsefritten – was sonst?

»Ja, na ja, der kleinen Show nach zu urteilen, die George gerade abgeliefert hat, können wir von Glück sagen, wenn wir in diesem Jahrhundert überhaupt noch was bestellen können. Was wirklich ein Jammer ist, weil wir unsere Kräfte in den kommenden Tagen wirklich dringend brauchen werden.«

Darüber musste ich lachen. »Du klingst wie ein General, der seine Truppen auf die Schlacht einschwört.«

»Das bin ich ja auch, irgendwie«, erwiderte Lena. »Und wir haben wirklich tonnenweise zu tun, auch wenn wir beide nichts weiter als niedere Arbeitsbienen sind, was dieses bevorstehende Großereignis betrifft.«

»Ich ziehe die Bezeichnung ›aktiver Beobachter‹ vor«, entgegnete ich.

»Wenn's dir Freude macht«, sagte Lena.

»Apropos Freude«, erwiderte ich. »Wir helfen doch immer noch Daisy mit ihrem Wagen für den Festumzug, oder?« Wir hatten es ihr schon vor Ewigkeiten versprochen und wollten uns diese Woche in der Schulwerkstatt treffen, um endlich anzufangen. Der Namenstag gipfelte am Sonntagmorgen stets in einer großen Parade, und unsere eher fragwürdigen Konstruktionsfähigkeiten wurden dabei jedes Jahr aufs Neue auf eine harte Probe gestellt.

Lena seufzte dramatisch. »Ich erinnere mich dunkel an ein diesbezügliches Versprechen.«

»Es wird uns *Riesen*spaß machen!« Schließlich hieß es immer, dass die Kraft des positiven Denkens tatsächlich etwas bewirkte, oder?

»Vielleicht«, sagte Lena. »Ich meine, das Dekorieren ist das eine – ich stürze mich sofort begeistert auf einen ganzen Berg aus Papierblumen und flechte dir einen Kranz daraus. Und du weißt selbst, dass mir an der Heißklebepistole niemand so leicht was vormacht.«

»Ich bestätige jedem gerne dein unvergleichliches Talent an der Heißklebepistole.« Das war immerhin auch etwas wert, oder? Es gab schließlich einen Grund dafür, dass bei Naturwissenschaftsprojekten in der Unterstufe immer alle mit Lena zusammenarbeiten wollten – und es lag ganz sicher nicht daran, dass sie so ein Wissenschaftswunderkind war.

»Aber ich fürchte, dieses Jahr müssen wir den Festwagen tatsächlich *bauen*«, fügte Lena hinzu. »Also, so richtig aus Holz und Nägeln und … keine Ahnung, was man sonst noch dazu braucht. Was wohl der eindeutige Beweis dafür sein dürfte, dass ich wahrscheinlich der *letzte* Mensch bin, dem man freien Zugang zu elektrischem Werkzeug gestatten sollte.«

»Niemand spricht hier von elektrischem Werkzeug«, erwiderte ich. Obwohl … in der Werkstatt lag wirklich jede Menge davon herum. »Oder zumindest hoffe ich das nicht. Aber *du* bist künstlerisch begabt und hast keine zwei linken Daumen, *ich* habe keine zwei linken Daumen …«

»Du hältst für deine Mutter das Nadelkissen, wenn sie die Kostüme für den Namenstag näht«, unterbrach Lena mich. »Wir wollen uns mal nicht zu weit aus dem Fenster lehnen.«

»Okay, ich bin die *Assistentin* einer begabten Künstlerin, die keine zwei linken Daumen hat«, räumte ich ein. »Wie auch immer. Aber es ist auch nicht so, als hätten wir noch nie, du weißt schon, irgendetwas *erschaffen*. Wir kriegen diesen Festwagen locker hin.« Ich versuchte, zuversichtlicher zu klingen, als ich mich tatsächlich fühlte. Der Gedanke an elektrisches Werkzeug hatte mir einen leisen Angstschauer über den Rücken gejagt.

»Wenn du das sagst.«

»Tue ich.«

Tat ich. Ich *musste* es. Weil Lena recht hatte: Diese Woche würde der reinste Wahnsinn werden. Daisy und alle anderen Schüler der Abschlussklasse würden knietief in den Vorbereitungen für die Aufführung stecken, was für den Rest von uns nichts anderes als eine endlose To-do-Liste mit sich brachte. Wie Lena erwähnt hatte, kümmerten meine Mutter und ich uns um die Kostüme – auch wenn ich dabei tatsächlich eher die »niederen Dienste« übernahm. Und obwohl sich nach so vielen Namenstagen eine gewisse Routine bei uns eingestellt hatte, versprachen die Feierlichkeiten in diesem Jahr ein wenig anders zu verlaufen. Wir feierten schließlich ein Jubiläum, und deshalb würde alles ein kleines bisschen mehr aufpoliert werden.

»Dann bist du also *wofür* zuständig? Kostüme und Snacks? Deine Mom backt doch wieder diese Blondies für die Strandparty nach der Show, oder?« Lena war der einzige Mensch auf der Welt, der von den Backkünsten meiner Mutter noch besessener war als ich. Mom war für ihre Erdbeer-Blondies berühmt, die, wie sie gerne behauptete, eine Hommage an mein Haar waren. Ich persönlich glaubte eher, dass sie eine Hommage an ihre Liebe zu Gebäck waren.

»Du kannst gerne versuchen, sie davon abzuhalten.« Das würde niemand *jemals* tun. »Aber ja, technisch gesehen sind wir auch für diese Aufgabe *gemeinsam* zuständig. Immerhin kann ich mit einem Messbecher entschieden besser umgehen als mit Nadel und Faden. Und du kümmerst dich um den Social-Media-Account der Schule, richtig?«

Lena verzog das Gesicht. »Erinnere mich nicht daran. Ich kann nicht fassen, dass Rektorin Wagner mir das wirklich aufgebrummt hat.« Sie blickte mich mit zusammengekniffenen Augen an. »Sag mir doch bitte noch mal, *warum* du das zugelassen hast?«

Ich hob abwehrend die Hände. »Wenn ich mich richtig erinnere, warst du nicht davon abzuhalten.«

Lena war ebenso bekannt dafür, süchtig nach ihrem Handy zu sein, wie Handys dafür bekannt waren, während des Unterrichts verboten zu sein. Ich muss wohl nicht erst erwähnen, dass dies nicht die allerbesten Voraussetzungen waren. Lena hatte sozusagen ein Abo darauf, bei diversen handybezogenen Regelverstößen erwischt zu werden. Ihr jüngstes Vergehen – sie hatte ihren Twitter-Feed aktualisiert, nachdem sie bei einem Englischtest früher fertig geworden war – hatte ihr die Rolle als Social-Media-Koordinatorin des Instagram-Accounts der Keene High beschert. Eins musste ich Rektorin Wagner lassen: Es war eine äußerst pragmatische Bestrafung.

Die Ironie dabei war, dass Lena ihre Sache nicht nur ausgezeichnet machen, sondern auch noch Spaß an ihrer Aufgabe haben würde. Wenn die Rektorin sie ihr nicht als Strafe aufgebrummt hätte, hätte sie sich wahrscheinlich freiwillig dafür gemeldet.

»Du kriegst das schon hin«, versicherte ich ihr. »Du bist wie geschaffen für diesen Job.«

»Genauso, wie ich wie geschaffen für die Rolle einer gewissen Abigail Dewitt bin!«

Ich blickte auf und sah Daisy mit einem breiten Grinsen im Gesicht neben uns stehen. »Ich hab Coop gerade seinen kompletten Cheeseburger weggefuttert. Ich bin so voll, dass ich gleich platze.« Sie blickte auf unsere Speisekarten, die noch immer vor uns auf der Theke lagen. »Was hattet ihr? Hummerbrötchen?«

»Ha! Sehr lustig«, sagte Lena. »Bitte, bohr nicht noch in offenen Wunden.«

»Wir, äh, haben noch gar nichts bestellt«, erklärte ich Daisy.

»O nein!« Daisys Augen weiteten sich. »Tut mir leid. Ihr hättet zu uns an den Tisch kommen sollen. Ich hätte euch auf jeden Fall was von meinem Burger abgegeben.«

»Du meinst wohl Coopers Burger?«, verbesserte Lena sie. »Und überhaupt, das fällt dir wirklich früh ein. *Der* Zug ist inzwischen abgefahren.« Sie hielt ihre Handykamera hoch und blickte Daisy mit zusammengekniffenen Augen an. »Komm schon, lächle mal und sag: *Meine besten Freundinnen sind am Verhungern!*«

»Meine besten Freundinnen sind am Verhungern!« Daisy setzte ihr strahlendstes Lächeln auf, das definitiv ziemlich strahlend war. Sie streckte die Hand aus, um Lena das Handy abzunehmen und das Foto zu begutachten, und nickte dann kurz zustimmend. »Das kannst du posten.«

»Das ist für den Schul-Feed«, sagte Lena. »Mein erster Post als Social-Media-Koordinatorin des Namenstagsjubiläums.«

»Ich fühle mich geehrt«, erwiderte Daisy. Sie legte eine Hand auf ihren Bauch und runzelte leicht die Stirn. »Und ich bin echt richtig, richtig voll.«

Lena tippte ein paar Mal auf den Bildschirm. »Filter, Filter, Filter. Zuschneiden, zuschneiden, zuschneiden.

Fertig«, verkündete sie schließlich. »Du bist online. Strahlend schön wie ein echter Filmstar. Jetzt können wir uns zurücklehnen und zuschauen, wie die *Likes* eintrudeln. Während Nancy und ich uns natürlich nebenbei um die Zillion anderer Dinge kümmern, die wir für den Namenstag noch zu erledigen haben. Was für ein *Stress*!« Sie schaute uns an.

»Jetzt ist es offiziell, Mädels«, sagte ich. »Die Vorbereitungen für den Namenstag haben begonnen.«

Hufeisen sollen Glück bringen, aber hier, in unserer Horseshoe Bay, sind einige alles andere als vom Glück verfolgt. Einige würden die Bucht sicher nicht als Oase der Ruhe bezeichnen, sondern eher als tiefen Abgrund der Verzweiflung und des Todes.

Gewässer können Leben spenden, aber sie können es auch nehmen.

Und menschliche Körper können in die Tiefe sinken.

Unsere Gründerfamilien haben ihre Geheimnisse. Sie haben ihr Bestes getan, um die Vergangenheit zu begraben. Das Trauma durch Feierlichkeiten zu ersetzen und die Geschichte neu zu schreiben.

Aber Wasser birgt Erinnerungen. Auch schlafende Hunde wachen irgendwann auf.

Und Geheimnisse bleiben nicht lange geheim.

Wenn es in meiner Macht stünde, würde niemand in dieser erbärmlichen Stadt auch nur einen Moment des Friedens empfinden. Aber es ist, wie es ist: Mein Einfluss ist begrenzt, meine Kraft nicht unendlich.

Welch ein Glück ist es da, dass in diesem Jahr sie *für die Zeremonie auserwählt wurde. Ich schätze, das Schicksal der Hufeisenbucht hat sich ausnahmsweise zu meinen Gunsten entschieden. Zu* unseren *Gunsten – für mich und all jene, die vor und nach mir kamen.*

Und noch dazu in einem Jubiläumsjahr!

Wie es scheint, kann das Schicksal gelegentlich doch ein wenig Glück bringen.

Sie wird im Mittelpunkt der Feierlichkeiten stehen ... während ich hinter den Kulissen stehe. Und warte. Trotz meiner eingeschränkten Fähigkeiten ist es doch erstaunlich, welche Macht ich ausüben kann.

Die Menschen in der Stadt, sie sind so einfältig – sie nennen es einen Fluch.

Ich nenne es Schicksal.

Oder, in weniger wohlwollenden Momenten: Vergeltung.

Nennt es, wie ihr wollt, aber ich gebe euch noch diesen letzten Gedanken mit auf den Weg:

Wie immer ihr es am Ende auch nennt, ich bin im Laufe der Jahre unglaublich versiert darin geworden, es zu vollstrecken.

Und an diesem Namenstag, bei diesem viel gepriesenen Jubiläum, wird dies nicht anders sein.

Kapitel 3

– Samstag –

»Nancy! Steckst du wirklich irgendwo in diesem Haufen? Was ist denn passiert? Hast du einen Stoffladen ausgeraubt?« Mein Vater lachte, während ich mich selbst und mein dreifaches Körpergewicht in Nähmaterial ungeschickt durch die Haustür bugsierte.

»Schön wär's.« Ich ließ die beiden riesigen Taschen mit Stoffen, Bordüren und allem anderen erdenklichen Schnickschnack, den man braucht, um für die komplette Besetzung einer Jubiläumsaufführung zum Stadt-Namenstag Kostüme zu schneidern, vor meine Füße fallen. »Du würdest nicht glauben, was ich für dieses ganze Zeug bezahlt habe.«

»Ich werde dich auch nicht danach fragen«, erwiderte er und half mir, die überquellenden Taschen aus der Diele zum Esstisch zu schleppen und alles darauf auszuschütten. Als wir die Hände wieder frei hatten, drückte er mich zur Begrüßung kurz an sich. »Und ich werde auch nicht versuchen, es zu erraten. Ihr macht euch da wirklich eine Heidenarbeit – du und deine Mom.«

»Zumindest machen wir die Arbeit von irgendjemandem«, scherzte ich und betrachtete den riesigen Stoffberg. »Ich hab wirklich keine Ahnung, wie Mom es jedes Jahr schafft, sich dafür einspannen zu lassen, *sämtliche* Kostüme für den Namenstag zu schneidern. Wir können doch unmöglich die einzigen Menschen in Horseshoe Bay sein, die eine Nähmaschine besitzen.«

»Nein, aber deine Mutter ist der einzige Mensch in dieser Stadt, der niemals zögern würde, sich freiwillig für eine Aufgabe zu melden, die erledigt werden muss, ganz gleich, wie viele Umstände es ihr vielleicht macht.« In Dads Tonfall schwang ein Anflug von Bewunderung mit, die ich definitiv teilte.

»Wohl wahr.« Ich zog einen Stuhl zu mir heran und ließ mich darauf fallen. Ich fühlte mich mindestens so platt wie die beiden leeren Taschen. »Und soll ich dir noch was sagen? Dieser Handarbeitsladen ist an einem Samstagnachmittag wirklich *kein* Ort der Entspannung.«

»Das glaube ich dir sofort.« Dad lachte wieder.

Ich seufzte. »Ich sollte Mom sagen, dass ich alles gekriegt habe und wir loslegen können, wann immer sie bereit ist.« Obwohl das Einzige, wofür ich im Moment bereit war, ein ausgedehntes Nickerchen war.

»Sie ruht sich eigentlich gerade aus.«

»Sie *ruht sich aus*?« Das klang überhaupt nicht nach

meiner Mom. Ehrlich gesagt war keiner in unserer Familie besonders gut darin, einfach nur faul rumzuliegen.

Dad nickte. »Sie hatte heute Morgen einen langen Termin in der Jugendstrafanstalt. Ein neuer Schützling. Ich glaube, es hat sie ziemlich ausgelaugt. ›Er ist praktisch noch ein Kind … Zur falschen Zeit am falschen Ort. Niemand, der sich um ihn kümmert.‹ Du kennst ja deine Mutter.«

»In der Tat.« Mom war mit Leib und Seele Sozialarbeiterin. Das perfekte Beispiel: Wenn wieder mal ein Jugendlicher in die Jugendstrafanstalt geschickt wurde und dringend um ein Treffen mit seinem Sozialarbeiter bat, dann war sie zur Stelle, Samstag hin oder her. Und sie *blieb* zur Stelle, solange ihr Schützling sie brauchte.

Dad blickte mir prüfend ins Gesicht, offenbar wollte er nicht, dass ihm auch nur das kleinste Detail meines Mienenspiels entging. »Es ist nichts, Schatz. Alle brauchen hin und wieder mal eine Siesta. Und deine Mutter hat weiß Gott eine verdient. Kannst du nicht schon mal ohne sie mit den Kostümen anfangen?«

»Ich könnte die Schnittmuster zuschneiden«, antwortete ich. Mir war klar, dass ich die Kostüme niemals allein anfertigen konnte, aber zumindest das bekam ich hin. Aber vorher: »Vielleicht bringe ich ihr erst mal eine Tasse Tee.«

»Darüber würde sie sich bestimmt freuen«, erwiderte Dad. Im verblassenden Licht des Nachmittags waren seine Augen von Schatten umrandet. Auch er wirkte müde. *Da hilft nur zusammenreißen und weitermachen.* Wann immer Mom es mit einem besonders harten Fall zu tun hatte, war das Beste, was ich für sie tun konnte, ihr Leben ein kleines bisschen leichter zu machen – und diesmal würde ich mit diesen Kostümen anfangen.

– Montag –

Ich meine, wenn jemand ein bisschen Zeit für sich selbst verdient hat, dann deine Mutter, Nancy«, sagte Daisy vorwurfsvoll. »Und normalerweise wärst du die Erste, die das zugibt.«

Die Klingel war gerade zum letzten Mal ertönt und hatte das sehnlichst erwartete Ende des ersten Schultags nach dem Wochenende verkündet. Aber für Daisy und mich war dieser Tag noch längst nicht vorbei. Nach einem kurzen Zwischenstopp an unseren Spinden – der zu einem Teil dem Abladen der Bücher, die wir nicht mehr brauchten, und zu drei Teilen dem Auflegen von Lipgloss und dem Stylen unserer Haare gewidmet war – waren wir nun auf dem Weg zu einer Besprechung für die Schülerzeitung.

Ich mache schon bei der Schülerzeitung mit, seit ich alt genug bin, Sätze zu bilden. Das ist keine Übertreibung. In der ersten Klasse habe ich meinen eigenen Newsletter herausgegeben, den mein Vater fotokopierte, damit ich die Exemplare an meine Mitschüler verteilen konnte. Jetzt, wo das Namenstagsjubiläum nicht mal mehr eine Woche entfernt war, würde ich ganz sicher nicht ausgerechnet die Besprechung verpassen, bei der die Berichterstattung zum vielleicht größten Event des Jahres unter allen *Masthead*-Reportern aufgeteilt wurde.

»Ich vermisse sie einfach, wenn sie sich so in ihre Arbeit vergräbt, das ist alles. Sie gibt sich beinahe dafür auf.«

Daisy knuffte mich mit dem Ellenbogen in die Seite. »Da habt ihr zwei wohl was gemeinsam, was?«

»Ja, ja.« Ich konnte ziemlich starrsinnig sein, wenn es um Dinge ging, die mir etwas bedeuteten – das Journalistikstudium, zum Bespiel, oder scheinbar unlösbare Rätsel. Daisy und Lena ließen eigentlich nie eine Gelegenheit verstreichen, mich darauf hinzuweisen.

Ich konnte Daisys breites Grinsen aus dem Augenwinkel wahrnehmen. »Du musst dich mal ein bisschen entspannen, Süße«, fand sie. »Und überhaupt: Ich hab ein *echtes* Familiendrama für dich.«

»Oooh, erzähl mir alles!«

»Willst du was *richtig* Krasses hören?«

»Immer.« Wir hatten das Ende der Treppe erreicht, und ich machte einen Schritt nach vorne, um die Tür zu öffnen. Ich schaute Daisy neugierig an, während sie hindurchging.

»Sagen wir einfach, meine Eltern waren alles andere als begeistert darüber, dass ich eine Rolle bei der Aufführung gekriegt habe.« Sie versuchte, so zu tun, als sei es keine große Sache, aber ich wusste, wie aufgeregt sie wegen der Show war. Die Enttäuschung stand ihr ins Gesicht geschrieben.

»Das ist doch verrückt!«, stieß ich aus. Dann verstummte ich kurz. »Es *ist* verrückt, oder? Ich weiß ja, dass sie manchmal … einen ziemlich ausgeprägten Beschützerinstinkt haben.« Es war kein Geheimnis, dass Daisys Familie etwas seltsam war. Aber es gehörte auch nicht zu den Dingen, die wir anderen ständig betonten. »Sie wussten doch, dass du vorsprichst, oder?«

Sie zuckte mit den Schultern. »Eigentlich schon. Ich hab zu Hause ein paarmal davon erzählt. Und, na ja …« Sie schaute mich unbehaglich an. »Ich bin nun mal eine Dewitt, und …«

Ich legte eine Hand auf ihre Schulter. »Schon okay, Daisy«, erwiderte ich lächelnd. »Ich weiß, dass deine Familie in dieser Stadt ziemlich bedeutend ist. Und ich stimme dir zu: Es wäre wirklich seltsam, wenn sie nicht damit gerechnet hätten, dass du eine Rolle bekommst.« Ein düsterer Gedanke ging mir durch den Kopf. »Warte mal, sie haben dir doch nicht verboten, mitzumachen, oder?« Nein, natürlich nicht. Von einer Krisensituation dieses Ausmaßes hätte mir Daisy an diesem Morgen als Erstes berichtet. Als ihre Eltern ihr in der fünften Klasse verboten hatten, bei unserem Ferienchor mitzumachen, hatte Daisy stundenlang auf Lenas Himmelbett geweint.

Wie erwartet schüttelte sie den Kopf. »Nein, das dann doch nicht. Ich glaube, sie wussten, dass das ohnehin sinnlos gewesen wäre. Sie haben ja selbst gesehen, wie aufgeregt ich deswegen war. Aber sie wollen *auf keinen*

Fall irgendwas darüber hören. Vor allem Mom nicht. Sie wurde ganz grün, als ich versucht habe, ihr von dem Stück zu erzählen. Es war richtig furchteinflößend.«

»Igitt!«

»So was von igitt. Aber ich verstehe das einfach nicht! Vor allem, wenn man bedenkt, dass dieses ganze Event im Prinzip eine Ode an unsere Vorfahren ist, richtig?« Sie legte die Stirn in Falten. »Vielleicht finden sie einfach, es sei … ich weiß auch nicht … unschicklich oder so.«

»Könnte durchaus sein.« Als Familie exzentrischer Stubenhocker waren die Dewitts vielleicht einfach nicht so scharf darauf, dass die komplette Stadt ihre ganz persönliche, wenn auch grandiose Geschichte öffentlich feierte. Andererseits feierten wir den Namenstag jedes Jahr. Warum sollten sie also ausgerechnet *dieses* Jahr etwas gegen die Aufführung haben? Lag es wirklich nur daran, dass Daisy der Star auf der Bühne sein sollte?

Daisys leicht gesenkte Schultern verrieten mir, dass ihr die mangelnde Begeisterung ihrer Eltern mehr zu schaffen machte, als sie sich anmerken lassen wollte. Ich schlang einen Arm um sie und hoffte, sie ein wenig aufheitern zu können. »Vielleicht hast *du* ja auch nur überreagiert, genau wie ich bei meiner Mom. Dieses Wochenende lag wohl irgendetwas in der Luft. Ich wette, wenn sie dich erst mal auf der Bühne sehen, können sie vor Begeisterung kaum noch an sich halten.«

»Vielleicht.« Daisy seufzte. Ich konnte den süßen Hauch ihres Shampoos riechen. »Dein Wort in Gottes …«

Ein Krachen über uns, unheilvoll und tief wie Donnergrollen, schnitt Daisy das Wort ab. Ihm folgten ein *Popp*, kurz und abgehackt, und dann Daisys durchdringendes Kreischen. Instinktiv machte ich einen Satz rückwärts und zog Daisy mit mir.

»Was zur …« Ich blickte wie wild hin und her, während ich zu begreifen versuchte, was los war.

Wir hörten ein weiteres *Popp*, gefolgt von einem lauten Scheppern, und dann regneten kleine Scherben auf uns herab. Der Geruch von Rauch, beißend und dicht, erfüllte die Luft.

»Pass auf!«, schrie Daisy. »Es ist die Lampe!« Sie drückte sich mit dem Rücken gegen die Wand. Kerzengerade gegen die kalten Betonziegel gepresst, zeigte sie nach oben.

Über mir sah ich, was sie meinte: eine der großen rechteckigen Neonleuchten, genau wie sie gesagt hatte. Schwarz verfärbt, von Rauch umhüllt, aber ansonsten … alarmierend unscheinbar.

»Ich schätze, sie ist einfach … durchgeknallt«, sagte sie, nachdem wir uns beide wieder ein wenig gefangen hatten. Mein Herz drohte zwar nicht mehr in meiner Brust zu explodieren, aber Daisy und ich keuchten immer noch, als hätten wir gerade einen Marathon absolviert.

»Ja«, erwiderte ich langsam. »Nur … dass ich noch nie gesehen habe, dass eine Lampe so … *dramatisch* durchknallt wie diese. Das war echt gewaltig.«

Beinahe so, als hätte sie … keine Ahnung … nur darauf *gewartet*, genau in der Sekunde zu zersplittern, in der Daisy und ich darunter vorbeigingen.

Das hatte sie natürlich *nicht* – das war schließlich vollkommen unlogisch.

Trotzdem schlug mein Herz noch immer Purzelbäume in meiner Kehle.

Ich versuchte, darüber zu scherzen, und hoffte, dass meine Stimme nicht verraten würde, wie sehr mich die Explosion wirklich aus dem Gleichgewicht gebracht hatte. Glühbirnen knallten durch, ja – das gehörte zu den Tatsachen der modernen Welt, in der wir lebten. Aber diese Lampe war nicht einfach nur durchgebrannt – sie war direkt über uns explodiert! Mit dem Ergebnis, dass Daisy und ich nun verzweifelt versuchten, die Glasscherben aus unserem Haar und von den Schultern zu bürsten.

Ich blickte mich um: keine frei liegenden Kabel, keine flackernden oder durchgebrannten Lampen außer der, die uns eben zu Tode erschreckt hatte. Und, so weit ich sehen konnte, auch kein Rauch, nur der an der Leuchte über uns.

»Autsch!«, rief Daisy und hielt ihren Finger hoch, um ihn zu untersuchen. »Ich hab mich geschnitten.« Der

Schnitt war winzig, aber es quoll Blut daraus hervor und rann an ihrem Finger hinunter. »Schon okay. Halb so wild. Ist nur ein Kratzer. Aber trotzdem: Echt verrückt, oder?« Sie schaute mich eindringlich an. »Du darfst das *nicht* meinen Eltern gegenüber erwähnen.«

»*Total* verrückt«, bestätigte ich. »Und: Das werde ich nicht.« Ich versuchte immer noch, meinen Puls auf ein vernünftiges Tempo zu drosseln. Der Blutstropfen an ihrem Finger wirkte beinahe Unheil verkündend, wie ein böses Omen aus einem Schauermärchen.

Sie schüttelte ihr Haar ein letztes Mal vorsichtig aus. »Wir sollten wahrscheinlich … ich weiß auch nicht, im Sekretariat Bescheid sagen, damit sie jemanden schicken, der hier aufräumt, oder?« Sie schüttelte nachdenklich den Kopf. »Es ist wirklich ein Wunder, dass wir nicht verletzt wurden.«

Ich blickte erneut an die Decke, wo die Lampenfassung immer noch rauchte. Schwarze Schlieren schlängelten sich aus der durchgebrannten Leuchte. »Ist es«, stimmte ich ihr zu. »Komm jetzt. Wir können von der *Masthead*-Besprechung aus anrufen.« Die Keene High war beinahe so alt wie die Stadt, und selbst im Zeitalter des iPhones funktionierte das schulinterne Telefonsystem noch immer perfekt und wurde regelmäßig genutzt.

Ich speicherte sämtliche Details der Szene ab und verstaute sie in einem winzigen Schließfach in meinem Kopf. Da es im Augenblick noch keinerlei Hinweise gab, denen ich hätte folgen können, blieb mir nichts anderes übrig, als fürs Erste wieder zur Tagesordnung überzugehen.

Daisy ging vorsichtig um die Glasscherben herum und blickte mich mit wissendem Grinsen an. »Typisch Nancy Drew«, sagte sie. »Lässt sich durch nichts und niemanden von einer mysteriösen Exklusivstory abbringen.«

»Du sagst das, als wäre es was Schlechtes.«

Kapitel 4

Als die *Masthead*-Besprechung kurz darauf in vollem Gange war, hatte ich mich wieder im Griff. Zumindest so weit, dass ich so tun konnte, als wäre alles in Ordnung. Nachdem ich in meiner Tasche erfolgreich nach einem Pflaster für Daisy gegraben hatte, rief ich im Sekretariat an. Die Sekretärin versprach, sich sofort darum zu kümmern, dass die kaputte Lampe beseitigt wurde. Es war schwierig, ihr zu vermitteln, wie spektakulär der Zwischenfall in Wahrheit gewesen war, deshalb konnten wir für den Moment wirklich nicht mehr verlangen. Außerdem bedeutete es, dass Daisy und ich endlich ungehindert in den *Masthead*-Modus wechseln konnten. Wir hatten uns darauf geeinigt, die Besprechung nicht unnötig in die Länge zu ziehen, indem wir den anderen berichteten, was auf dem Korridor passiert war. Diese Redaktionssitzungen dauerten auch so schon immer eine halbe Ewigkeit.

Ich kam daher direkt zur Sache, nahm meinen üblichen Platz auf dem Lehrerpult ganz vorne im Raum ein, machte mir Notizen auf meinem Reporter-Spiralblock und unterbrach meine Aufzeichnungen nur, um auf denjenigen zu zeigen, dessen Namen ich gerade erwähnte. »Okay, ich kümmere mich um den Bericht über die Aufführung«, fasste ich noch einmal zusammen. »Melanie ist für die Porträts der Gründerfamilien zuständig, Theo für …«

»Ehrlich, Drew, ich hab kein Problem damit, mal 'ne Pause einzulegen.« Theo MacCabe, unser redaktionseigener, stets unzufriedener Emo-Typ, warf mir einen beinahe flehenden Blick zu.

Theo, Seth Farrell und Melanie Forest bildeten neben Daisy, Lena und mir die Redaktion. Als selbst ernannter Nonkonformist war garantiert, dass Theo der vorherrschenden Meinung fast immer widersprach, was ihn zu einem essenziellen Mitglied unseres Autorenpools machte. Ich persönlich bin schwer für journalistische Objektivität, soll heißen: für eine faire und ausgeglichene Berichterstattung. Aber manchmal war seine Anti-Establishment-Haltung auch einfach nur ermüdend.

Wie jetzt zum Beispiel. Ich seufzte. »Bist du *sicher*?« Es hätte mich eigentlich nicht überraschen sollen. Die explodierte Lampe hatte mich ganz offensichtlich doch mehr aus dem Konzept gebracht, als ich mir eingestehen wollte.

Ich war nicht die Einzige, die von Theos antagonistischen Tendenzen eher unbeeindruckt war. Sämtliche Mitglieder der *Masthead*-Redaktion blitzten Theo an – lauter Variationen des Blicks, den auch ich aller Wahrscheinlichkeit nach auf Theo abschoss.

»Du bist wie … der Grinch des Namenstags.« Daisy sah aus, als würde sie seine Verachtung persönlich nehmen.

»Du bist wie immer viel zu nett, Daisy«, warf Lena ein. »Alle wissen schließlich, dass der Grinch seine Fehler am Ende einsieht.«

»Tja, dann bist du wohl Cindy Lou Who«, verteidigte sich Theo. Er fuhr sich mit einer Hand durch sein dunkles Haar und ließ es in einer fließenden Bewegung, die mir einstudiert lässig vorkam, über eins seiner Augen fallen. Ich unterdrückte ein Augenrollen, als er Daisy mit durchdringendem Blick fixierte. »Und ich weiß genau, wer *ich* in diesem Szenario lieber wäre.«

Melanie, selbst ernannte Theaterliebhaberin und lose mit Daisy befreundet, nachdem die beiden jahrelang gemeinsam in Schulproduktionen aufgetreten waren, hatte im Gegensatz zu mir nicht genug Selbstbeherrschung, um ihr Augenrollen zu unterdrücken, als sie erwiderte: »Wir haben's kapiert, Theo: Du stehst über dieser ganzen Namenstagssache und willst das Wochenende lieber damit verbringen, im Onlineshop deines Vertrauens die neuesten Klamotten in den aktuell angesagten Schwarztönen zu ordern und traurigem Jammer-Rock aus den Achtzigern zu lauschen. Aber da dies nur bedeutet, dass ich mich mit einer Person weniger um die besten Themen streiten muss – von mir aus. Meinen Segen hast du.« Ein paar der anderen murmelten zustimmend.

Theo richtete sich angespannt auf seinem Stuhl auf. »Ich *stehe* darüber«, sagte er. »Und ihr solltet das auch.« Er zeigte mit anklagendem Finger auf uns, wie ein erzürnter Spießbürger in einem alten Schwarz-Weiß-Film. »Das Ganze ist nichts weiter als eine armselige, kriecherische Zurschaustellung deplatzierten Ethnozentrismus, der sich mehr schlecht als recht als Lokalstolz tarnt.« Es war durchaus beeindruckend, wie überzeugend ihm der Satz über die Lippen kam, mit mehrsilbigen Fremdwörtern und allem Drum und Dran.

»Für die besonders langen Wörter kriegst du ein paar Extrapunkte, Kumpel«, meldete sich eine weitere Stimme. »Aber dir muss auch klar sein, dass du mit dieser Taktik keinen Beliebtheitswettbewerb gewinnst.«

Ich drehte mich beinahe gleichzeitig mit den anderen um, um zu sehen, von wem der Einwurf stammte.

Na, hallo auch.

Parker Winslow war erst seit diesem Jahr an unserer Schule, und auch wenn wir keine Kurse zusammen hatten, wusste ich alles über ihn: Er stammte ursprünglich aus Chicago, war im Fechten bis zu den nationalen

Meisterschaften gekommen – was ungewöhnlich, aber ohne Zweifel auch wahnsinnig cool war – und hatte eine viel ältere Schwester, die in Miami für ein gemeinnütziges Unternehmen arbeitete. Horseshoe Bay ist eine Kleinstadt. Neuankömmlinge waren hier ziemlich rar. Und Neuankömmlinge, die einem gewissen weniger bekannten Hemsworth-Bruder verflixt ähnlich sahen? Tja, über die hörte man automatisch *alles*. Vor allem, wenn man ich war und Nachforschungen zu seinen Lieblingsbeschäftigungen zählte.

Aber ihn zu sehen? Leibhaftig und ganz aus der Nähe? Das war schon etwas anderes, als nur von diesem speziellen Neuankömmling zu hören. Etwas *völlig* anderes.

Die Gerüchte waren *definitiv* nicht übertrieben. Jetzt, da er in der Tür der *Masthead*-Redaktion stand, wurde mir bewusst, dass ich ihm vorher noch nie so nahe gekommen war. Seine Augen glänzten in einer Farbe, die ich noch nie in einem menschlichen Gesicht gesehen hatte – eine Mischung aus Grün, Blau und Grau, die sich mit jeder noch so winzigen seiner Bewegungen zu verändern schien. Sein Haar schimmerte sandig blond und braun und war perfekt zerzaust. Ich ertappte mich dabei, wie ich mich verträumt fragte, wie es sich wohl anfühlte, mit den Fingern hindurchzufahren …

Reiß dich zusammen, Drew.

Wirklich seltsam. Ich meine, ich hatte schon das eine oder andere Mal einen Freund gehabt, wenn auch nie etwas Ernstes. Und es war auch nicht so, als hätte ich mich noch nie zuvor mit einem süßen Jungen im selben Raum aufgehalten. Aber das hier fühlte sich … irgendwie nach mehr an. So, als sei der Luftdruck in den Keller gesackt, seit Parker den Raum betreten hatte. Da ging sie also hin, meine Fassung – obwohl ich mir doch solche Mühe gegeben hatte, so zu tun, als hätte ich sie wiedergewonnen.

Gar nicht gut. Ich musste eine *Masthead*-Ausgabe veröffentlichen und bei den Vorbereitungen für den Namenstag helfen. Ich hatte ganz sicher keine Zeit, um irgendwelche Haare zu zerwühlen, sei es in meiner Fantasie oder sonst wo.

Lena hingegen schien gegen seine luftdrucksenkende Aura vollkommen immun zu sein. Sie betrachtete ihn abschätzend, wirkte jedoch eher gelangweilt. »Auch wenn wir diese Solidaritätsbekundung sicherlich alle zu schätzen wissen«, begann sie, »wüsste ich wirklich nicht, wofür wir jemanden vom Fußvolk bräuchten, der nur mal kurz vorbeischaut, um seinen Senf dazuzugeben.«

Parker lächelte. Meine Kniekehlen kribbelten – eine Körperstelle, von der ich bisher überhaupt nicht gewusst hatte, dass sie kribbeln *konnte*.

Das ist das exakte Gegenteil von »sich zusammenreißen«, Drew.

»Ich verstehe, warum du das denkst«, erwiderte er, noch immer mit einem lässig-freundlichen Grinsen im

Gesicht. »Aber ich bin hier, um mich dem Team anzuschließen.«

»Und wir lieben … Anschlussbereite«, stammelte ich und zuckte bei dem Wort selbst zusammen. »Die Sache ist nur, dass wir die komplette Berichterstattung über den Namenstag bereits aufgeteilt haben.« Süß oder nicht, meine Artikel nahm mir niemand weg.

»Ja, na ja«, erwiderte er, »das hab ich mitgekriegt, als ich draußen … ähm, rumgelungert habe«, gestand er verlegen.

O ja. »Verlegen« hatte er wirklich richtig gut drauf.

»Aber dann hab ich gehört, dass sich der gute Theo hier lieber nicht mit dem Thema herumschlagen will, daher gehe ich davon aus, dass eine Lücke in eurem Plan klafft.« Er schaute mich an. »Ich will schließlich nicht, dass er euch am ausgestreckten Arm verhungern lässt.«

»Ehrlich, die Lücke kriegen wir auch so schnell gefüllt«, versicherte Lena ihm und ließ die Worte wie eine Drohung in der Luft hängen – eine Drohung, von der wir alle wussten, dass sie absolut leer war.

»Er wird sich aber damit herumschlagen«, widersprach ich Parker, so als wollte ich den Tatsachen aus irgendeinem seltsamen, unnötigen Grund noch immer nicht ins Auge sehen.

»Wird er *nicht*«, beharrte Theo. Er stand auf, wippte auf den Fersen auf und ab und fand allmählich Gefallen an seiner kleinen Show. »Und das hat ›er‹ jetzt auch schon mehrfach betont. Ich habe wirklich nicht das geringste Interesse daran, über den Namenstag oder irgendetwas anderes zu berichten, das damit zu tun hat.«

»Das … verstehe ich nicht«, erwiderte Daisy tonlos.

Theo lachte kurz so schallend, dass seine Schultern richtig bebten. »Das glaube ich dir aufs Wort.« Er schaute sie an. »Musstest du als echte Dewitt eigentlich eine Art blutigen Treueschwur auf Horseshoe Bay leisten oder so? Ich stelle mir dabei eine Art Taufe vor, nur mit ungefähr sechzig Prozent mehr gruselig-religiösen Untertönen.«

Autsch. Halt dich bloß nicht zurück, Theo.

Ich sah Daisy an. Ihre Unterlippe zitterte, obwohl sie versuchte, sich nichts anmerken zu lassen. Zugegeben: Die ganze Stadt war von Lokalstolz erfüllt, aber in Daisys Familie handelte es sich eher um die »Lokalstolz Extended Remix Dance Version«. Und was die »gruselig-religiösen Untertöne« anging? Damit traf er einen entschieden zu wunden Punkt.

»Sollen wir anderen uns jetzt vielleicht dafür entschuldigen, dass wir nicht aus tragischen, zerbrochenen Familienverhältnissen stammen?«, sprang Lena Daisy bei, bevor ich die Chance hatte, es selbst zu tun. »Auch wenn *du* rund um die Uhr den Rebellen auf verlorener Mission spielst, ändert das noch lange nichts daran, dass der Namenstag für die meisten von uns eine echt große Sache ist.«

»Oh, aber genau damit liegst du falsch«, konterte Theo. »Ich bin total mies darin, irgendwelche Missionen zu erfüllen.«

»Das ist nicht das Einzige, worin du ›mies‹ bist«, warf ich ein. Ob unsere Stadt nun dazu neigte, einen zu großen Hype um den Namenstag zu machen oder nicht, Daisy hatte recht: Das Letzte, was wir brauchten, war ein Grinch in unserer Mitte. Diese Art von Negativität zog uns andere nur mit runter.

»Vielleicht ist es wirklich ein bisschen albern, dass wir alle so auf unsere Stadtgeschichte abfahren«, räumte ich ein. »Aber was soll's? Es hat Tradition. Und es macht *Spaß*. Kennst du doch, oder: *Spaß*? Das bedeutet, sich zu amüsieren. Solltest du mal ausprobieren.«

Parker trat ein paar Schritte vor und schenkte mir ein so strahlendes Lächeln, dass ich spürte, wie meine Wangen zu glühen begannen. »Lass gut sein, Nancy. Du kannst eine Spaßbremse vielleicht mit Gewalt zur Party schleppen, aber du kannst ihm nicht den Stock aus dem Hin…«

Ich unterdrückte ein Lachen und klammerte mich verzweifelt an den letzten Rest meiner Professionalität.

Was ist bloß mit dir los?

»Hör mal, Alter«, unterbrach Theo ihn, »ich hab keine Ahnung, wer du eigentlich bist, aber du gehörst ja noch nicht mal zur *Masthead*-Redaktion. Also vielleicht solltest du dich mit deiner geistreichen Kritik an mir oder meiner journalistischen Herangehensweise etwas zurückhalten.«

»Tatsächlich«, erwiderte Parker und warf mir einen vorsichtigen Blick zu, »bin ich bei *Masthead* seit heute sehr wohl offiziell mit … äh, an Bord.«

»Schau an, ein maritimes Wortspiel«, staunte ich. »Dann ist dir die Doppeldeutigkeit unseres Namens also nicht entgangen.«

»*Masthead* im Sinne von ›Mastspitze‹ *und* ›großer Aufmacher auf der Titelseite‹. Ob du's glaubst oder nicht, auch wenn ich vielleicht nicht mit der lokalen Spitzenspürnase mithalten kann, wusste ich zumindest das«, erwiderte Parker. Obwohl er mich ganz eindeutig nur necken wollte, krochen die Flammen erneut an meinen Wangen hinauf. Ja, ich erfreute mich in Horseshoe Bay eines gewissen Rufs. Aber nein, es gefiel mir ganz und gar nicht, wenn süße neue Jungs Wind von diesem Ruf bekamen, bevor sie überhaupt die Chance gehabt hatten, mich kennenzulernen. *Perfekt*.

Theo wirkte vollkommen perplex. »Entschuldige bitte, wie war das? Du gehörst zur Redaktion?« Er starrte mich an und warf die Hände in die Luft. »Wann ist das denn passiert?«

»Nicht zur Redaktion, nur zum Autorenpool«, antwortete Parker. »Und es ist passiert, als ich Mr Pitilli gebeten habe, meine Bewerbung zu unterstützen.«

Theo glotzte mich immer noch an. »Nancy?!«

Ich zuckte mit den Schultern. »Was willst du denn von mir? Wenn Pitilli seine Bewerbung abgesegnet hat, ist er dabei. Du weißt so gut wie ich, wie das läuft.«

Es lief genau *so*. Ich trug die Verantwortung dafür, die Artikel zu verteilen. Aber jeder, der wollte, konnte sich für den Autorenpool bewerben, solange er von einem Lehrer unterstützt wurde. Pitilli unterrichtete Literatur und war, ehrlich gesagt, eher als harter Knochen berüchtigt. Wenn *er* Parker unterstützte, dann hatte ich ein gutes Gefühl dabei, dass er sich unserem Team anschloss.

»Großartig«, erwiderte Theo sarkastisch. »Noch ein Lemming, ja?«

Parker zuckte mit den Schultern. »Wenn du mit ›Lemming‹ meinst: ›Keene-High-Schüler, der sich tierisch auf den Namenstag freut und sehr gerne darüber berichtet‹, dann ja.«

»Danke«, stieß Daisy erleichtert aus. »Wenigstens einer hier, der Sinn für feierliche Momente hat.«

»Einer?« Theo schnaubte verächtlich. »Wohl eher die ganze verdammte Stadt. Obwohl das eine einzige Energieverschwendung ist, wenn ihr mich fragt – von Tintenverschwendung ganz zu schweigen.«

»Dich fragt aber *definitiv* niemand«, stellte Lena klar.

Melanie erhob sich und streckte einen Arm aus, als würde sie den Verkehr regeln. »Okay, schon gut. Er hat immer noch ein Recht auf seine Meinung«, sagte sie.

»Kein Grund, gleich so feindselig zu werden.« Sie und Theo standen sich nahe – ihre Familien waren seit Ewigkeiten miteinander befreundet –, auch wenn sie bei diesem speziellen Thema unterschiedlicher Ansicht waren.

Daisy schüttelte den Kopf. »*Er* ist derjenige, der feindselig ist. Ich meine, du kannst diese Tradition hassen, sosehr du willst, aber für uns hat sie immer noch große Bedeutung. Wenn du sowieso nur schlechte Stimmung verbreiten willst, warum bist du dann überhaupt zu dieser Sitzung gekommen?«

Theo zog die Augenbrauen hoch. »Dann sind diese Besprechungen also freiwillig? Das war mir gar nicht klar.«

»Sind sie nicht«, erwiderte ich hastig. »Aber es ist nun einmal etwas anderes, ob wir lebhaft debattieren und sachliche Meinungsverschiedenheiten austragen oder ob jemand nur kommt, um Öl ins Feuer zu kippen und ohne guten Grund ein Drama anzuzetteln.«

»Richtig. Ich vergesse immer, dass jemand, der seine eigenen Ansichten zum Ausdruck bringt, nichts anderes tut, als ein ›Drama anzuzetteln‹ – zumindest wenn die von ihm zum Ausdruck gebrachten Ansichten der vorherrschenden Meinung widersprechen.«

»Mein Gott, kannst du vielleicht wenigstens mal für *eine Minute* runterkommen?«, stieß Lena aus, und ihre Stimme kreischte vor Frustration ein wenig.

»Leute«, ging ich dazwischen, »das ist wirklich alles andere als hilfreich ...«

»Ja, eben, aber wenn unser hauseigener Holden Caulfield nur in der Ecke schmollt und Schatten wirft ...«, unterbrach mich Lena mit funkelnden Augen.

Ich ließ den Blick zwischen ihr und Theo hin und her wandern, während ich fieberhaft überlegte, wie ich diese ganze Auseinandersetzung am besten beenden konnte. Leider schien es mit jeder verstreichenden Sekunde aussichtsloser zu werden, das auch nur zu versuchen. Als ich mich in meiner Verzweiflung gerade auf das Lehrerpult *stellen* und einen durchdringenden Pfiff ausstoßen wollte, erschütterte ein dumpfer Schlag gegen das Fenster den Raum. Wir zuckten alle vor Schreck zusammen und drehten uns um.

»Was war *das* denn?«, fragte Daisy leise. Genau wie ich war sie infolge der Explosion im Korridor noch immer ein wenig durch den Wind, aber der laute Schlag wäre auch so schon erschreckend genug gewesen.

Wir tauschten einen zaghaften Blick. Für einen Schlag dieser Lautstärke gab es höchstens eine Handvoll Ursachen. Wahrscheinlich war nur ein Vogel mit voller Wucht gegen die Scheibe geflogen. Aber der Schlag war wirklich laut gewesen. *Unfassbar* laut.

Wir standen mucksmäuschenstill da. Keiner wollte der Erste sein, der aus dem Fenster schaute und nachsah, was gerade passiert war.

Nun, jedenfalls keiner außer mir.

»Okay«, durchbrach Parker die angespannte Stille. »Zumindest ist *dieser* Streit damit beendet, *richtig*?«

Richtig.

Es war ein ziemlich spärlicher Silberstreif am Horizont. Aber es war immerhin besser als gar nichts.

Kapitel 5

Als ich klein war, hatten wir eine Katze – eine fette, gestreifte Katze, die ich Sprinkles taufte und die mir gerne kleine Geschenke ihrer halb verzehrten Beute hinterließ: Sie legte Spatzenköpfe oder zerquetschte Backenhörnchen mit aufgerissenen Brustkörben vor die Haustür, glänzende Blutstropfen an ihren Schnurrhaaren. Es konnte schließlich auch nicht schlimmer sein als *das*.

Oder?

Ich holte tief Luft. »Es war ein Vogel«, sagte ich und durchquerte den Raum, um das Fenster zu öffnen und hinauszuschauen. »Ich bin mir ganz …«

Ich schluckte.

Einen Moment lang konnte ich den Rest des Satzes einfach nicht finden. *Ich bin mir ganz sicher.* Denn der Blick aus dem Fenster bestätigte mit entsetzlicher, grauenvoller Klarheit, wessen ich mir so sicher gewesen war.

»*War* es ein Vogel, Nancy?« Daisys Stimme zitterte nervös. »Es muss ein Vogel gewesen sein, oder? Er hat sogar einen Sprung in der Scheibe hinterlassen.«

Ich blickte zu der Stelle hinauf, auf die sie zeigte, und blinzelte einige Male. Ich konnte gar nicht wirklich glauben, was ich sah. Denn die Fensterscheibe *hatte* einen Sprung – einen ziemlich ansehnlichen Riss, der sich in einem bedrohlichen Netz aus Zweigen und Adern von der Einschlagstelle ausbreitete.

»*War* es ein Vogel?«, echote Lena und stellte sich auf Zehenspitzen hinter mich. »Ich habe noch nie gesehen, dass ein Vogel ein Fenster so sehr beschädigt hätte. Was war es – ein Falke?«

Es sollte ein Witz sein. Aber tatsächlich lag sie damit gar nicht allzu weit von der Wahrheit entfernt, so unwahrscheinlich es auch erschien.

»Dicht dran«, antwortete ich finster.

Ich schob das Fenster so weit wie möglich auf, schwang die Beine über die Kante und hüpfte ins überwucherte Gras nach draußen. Ich kniete mich auf den Boden, um besser sehen zu können, und unwillkürlich blitzte das Opfer von Sprinkles' vielleicht gewalttätigstem Beutezug wieder in meinem Kopf auf: ein Kaninchen, klein und grau, ein Auge herausgerissen, die blutige Höhle voller krabbelnder Insekten.

Das hier war etwas weniger blutig als das Kaninchen damals. Immerhin etwas.

Manchmal zählten eben die kleinen Dinge.

»Was ist es?« Es war Parker. Seine Stimme klang ruhiger als die meiner Freundinnen. Er stand am Fenster und reckte den Hals, um besser sehen zu können.

Mein Blick blieb an etwas hängen – winzig und leicht zu übersehen, aber ich verfüge, wie bereits erwähnt, über eine hervorragende Beobachtungsgabe. Ich pflückte das fragliche Etwas schnell von dem toten Vogel und begutachtete es, passte jedoch auf, den Kadaver dabei nicht zu berühren. Ich erhob mich wieder und sah, dass die anderen alle vor dem Fenster standen, erwartungsvoll und nervös, eine lange Reihe leise zitternder Schultern und besorgter Mienen.

»Ich glaube, es ist ein Rabe«, erklärte ich ihnen. Der düsterere American-Gothic-Cousin des Falken. Und in dieser Gegend nicht besonders häufig anzutreffen.

»Was?« Parker hüpfte aus dem Fenster, um den Vogel selbst in Augenschein zu nehmen. »Heilige Scheiße.«

Ich weiß. Meine Kenntnisse in Ornithologie wiesen zwar schmerzliche Lücken auf, aber ich konnte zumindest mit Sicherheit sagen, dass ich keine Ahnung hatte, ob ich überhaupt schon mal einen Raben außerhalb eines Edgar-Allan-Poe-Gedichts oder der Halloween-Abteilung im Deko-Laden gesehen hatte.

Einen Moment lang starrten wir alle den Vogel an. So grotesk der Anblick auch war, es fiel mir schwer, die Augen davon abzuwenden.

Es *war* ein Rabe, ganz eindeutig: riesig, mit tintenschwarzen Federn, die wie ein Ölfilm in der Nachmittagssonne glänzten. Und er *war* mit solcher Wucht gegen das Fenster geknallt, dass er die Scheibe zerschmettert hatte – und dabei hatte er sich … nun, dabei hatte er sich beinahe selbst geköpft. Sein Kopf war so entsetzlich verdreht, dass er praktisch nur noch an ein paar blutigen Sehnen hing, während ein glasiges Auge starr ins Leere blickte.

Außerdem trug der Vogel – oder hatte es zumindest getan, bevor er halb geköpft worden war – ein Halsband. Braun. Relativ dünn und allem Anschein nach aus Leder. Aber auch das war noch nicht das Eigenartigste an dieser ganzen Situation.

Parker schaute mich an. »Was war das eben?«

Ich schaute ihn an. »Was meinst du?«

»Du … du hast gerade was rausgezogen. Aus dem Vogel.«

»Ich …« Ich verstummte. Ich konnte mich nicht daran erinnern, wann mich zum letzten Mal jemand bei etwas *ertappt* hatte, das eigentlich niemand bemerken sollte. Dass Parker gesehen hatte, wie ich den Zettel an mich nahm, war beinahe so, als sei er in der Turnhalle in die Umkleidekabine geplatzt, während ich mich gerade umzog – ich fühlte mich völlig entblößt.

»Es ist …« Ich brach den Satz ab, vollkommen verunsichert. *Das* war das Eigenartigste an dieser ganzen

Szene. So bizarr, dass ich wirklich keine Ahnung hatte, wie ich es ausdrücken sollte – und das hatte nichts damit zu tun, dass mich der superheiße Neue an der Schule, im metaphorischen Sinne, total nackt gemacht hatte. »Ähm. Na ja, es ist ein Zettel.« Ich nickte bekräftigend, als ich die verwirrten Gesichter der anderen sah. »Der Rabe hatte einen Zettel im Schnabel.«

»*Oookay.* Und, was steht drauf?«, rief Daisy und lehnte den Oberkörper so weit aus dem Fenster, wie sie konnte.

Zögerlich faltete ich das quadratische Papier auseinander. Ein paar Tropfen Blut hatten eine der Ecken befleckt. Ich gab mein Bestes, sie nicht zu berühren.

»Hütet euch vor dem Fluch des Namenstags«, las ich vor, meine Stimme so gelassen wie möglich. Wenn es mir gelang, ruhig zu bleiben, wirkte das Ganze vielleicht zwanzig Prozent weniger unheimlich.

Es ist zumindest eine Theorie.

Ich wollte den Rest der Nachricht nicht lesen, so als befürchtete ich, ich könnte den Worten, indem ich sie laut aussprach, eine Macht verleihen, auf die ich nicht vorbereitet war. Außerdem wusste ich, welche Reaktion ich von den anderen erwarten konnte.

Aber selbst wenn ich die Nachricht nicht vorlas, hörte sie dadurch nicht auf, zu existieren. Sie war real, in meinen Händen, und sie konnte uns unmöglich nur zufällig erreicht haben.

Ich hustete und räusperte mich. *»Der Namenstag muss abgesagt werden.«*

»Aber das ist doch nur ein Scherz, oder?« Eine halbe Stunde und eine schier endlose Diskussion später klammerte sich Daisy nach wie vor an den letzten Funken Hoffnung.

Wir waren noch immer im *Masthead*-Klassenzimmer – auch diejenigen von uns, die aus dem Fenster geklettert waren, befanden sich wieder sicher im Raum – und hatten die Tische in einem Kreis aufgestellt, der uns ein durchaus notwendiges Gefühl der Sicherheit gab. Außerdem hatte ich die Tür des Klassenzimmers abgeschlossen. Die Nachricht – unheimlich, blutbefleckt und mit zittrigen Buchstaben handgeschrieben – lag vor mir auf dem Tisch. Die Worte brüllten mich förmlich an, laut und anklagend.

»Es muss ein Scherz sein«, sagte Lena, hob am Ende des Satzes jedoch die Stimme, so als sei es eher eine Frage. Sie klang selbst alles andere als überzeugt. »Der Fluch des Namenstags? Was soll das überhaupt sein?«

Diese Frage stellte ich mir schon, seit wir die Nachricht, die der Rabe im Schnabel gehabt hatte, geöffnet hatten. Horseshoe Bay war *meine* Stadt und ich kannte sie besser als meine Westentasche. Ich kannte jede ihrer Legenden, jedes Schauermärchen, jede Geistergeschichte.

Oder zumindest dachte ich das.

Die Vorstellung, dass es einen Fluch gab, von dem ich noch nie etwas gehört hatte? Beunruhigte mich vielleicht noch mehr als der Fluch an sich. Einen Fluch konnte ich widerlegen. Eine böse Überraschung?

Nun ... über eine böse Überraschung kam ich weniger leicht hinweg.

»Wie lässt man *scherzhaft* einen unheimlichen *Raben* mit einer Nachricht im Schnabel gegen das Fenster eines Klassenzimmers fliegen?«, fragte Melanie mit quietschender Stimme. »Ich meine, wer weiß überhaupt, wie so was geht? Das Ganze stammt doch direkt aus irgendeinem Schauerroman.« Ich wusste ja, dass sie eine Dramaqueen war – dank ihrer Bühnenerfahrung sogar im wahrsten Sinne des Wortes –, aber ihre Reaktion auf den Vogel war trotzdem ziemlich extrem. Sie saß kerzengerade auf ihrem Stuhl und ihre Stimme klang ein paar Oktaven höher als die aller anderen im Raum, seit der Vogel aufgetaucht war.

Eine ausgezeichnete Frage. Was mir außerdem durch den Kopf ging: Gab es einen bestimmten Grund dafür, dass sich seit diesem Zwischenfall irgendetwas in der hintersten Ecke meines Frontallappens regte? Ein Déjà-vu oder irgendetwas Ähnliches nagte mit lästiger Hartnäckigkeit an mir, wie wenn einen etwas genau an der Stelle zwischen den Schulterblättern juckte, an der man sich nicht selbst kratzen konnte. Aber *was* nagte da? Raben gehörten nicht zu den Tieren, über die ich viel nachgedacht hatte – zumindest nicht seit der achten Klasse, als im Englischunterricht Gedichte auf dem Lehrplan gestanden hatten.

»Das Ganze ist ziemlich *Game of Thrones*-mäßig«, fand Parker. Von allen Anwesenden schien er sich durch das Erscheinen dieses potenziellen bösen Omens in Vogelgestalt am wenigstens aus der Ruhe bringen zu lassen. Ich versuchte, nicht darüber nachzudenken, was dies womöglich zu bedeuten hatte.

Er sollte geschockt sein. Mein Gehirn hing bei diesem Gedanken fest. Er sollte geschockt sein, weil diese Sache total schockierend *war,* selbst für mich. Und ich habe schon so einiges gesehen. Alle anderen waren beinahe zu Tode erschrocken. Selbst wenn man die Tatsache außer Acht ließ, dass ein gegen das Fenster geknallter verstümmelter Rabe der Stoff war, aus dem mittelalterliche Albträume waren, konnte man doch nicht leugnen, dass er allem Anschein nach eine Warnung übermittelt hatte. Und diese Warnung, die er im besten Stil einer griechischen Tragödie überbracht hatte, war beunruhigend. Gelinde ausgedrückt.

Man könnte sogar so weit gehen, zu behaupten, es seien die ersten eindeutigen Anzeichen eines mysteriösen Rätsels.

Aber das wollte ich nicht behaupten, jedenfalls nicht laut. Zumindest noch nicht.

Nicht alle würden diese Tatsache als gute Neuigkeit betrachten, ganz im Gegensatz zu mir. Nicht alle liebten Rätsel. Und Daisy wäre allein schon bei der Vorstellung am Boden zerstört, irgendetwas könnte ihren perfekten Stadt-Namenstag ruinieren, ihr perfektes Jahr.

»Es wäre zumindest ein … sehr seltsamer Scherz«, fand Seth. »Im Sinne von: nicht lustig. Und wie hat dieser Vogel uns überhaupt gefunden?«

»Vielleicht war er ja gar nicht für uns bestimmt«, überlegte Daisy. Sie wirkte immer noch ziemlich zittrig, genau wie wir alle.

»Er hatte eine *Nachricht* dabei«, erwiderte Melanie. »Irgendjemand hat ihn gezielt über das große blaue Firmament geschickt – direkt ins Fenster der *Masthead*-Redaktion. Wenn er nicht für uns bestimmt war, für wen dann?«

Daisy zuckte mit den Schultern, aber ich kannte sie gut genug, um zu erkennen, dass sie ein wenig zu angestrengt versuchte, lässig zu wirken. »Wenn es ein Scherz war, wie Lena gesagt hat, dann hätte es doch keine Rolle gespielt, gegen welches Fenster er knallt oder wer ihn findet, richtig? Dann sollte er … ich weiß auch nicht, nur ein paar Kids an der Keene High ein bisschen Angst einjagen oder sie vor dem großen Namenstag aus der Bahn werfen.«

Ich schaute Lena an. »Glaubst du *wirklich*, dass nicht mehr dahintersteckt?«

Sie runzelte die Stirn und dachte darüber nach. »Ich glaube … Keine Ahnung. Aber allein die Tatsache, dass darin von irgendeinem wahllosen ›Fluch‹ die Rede ist … Das hat doch weder Hand noch Fuß. Ergo: nur ein Scherz.«

»Vielleicht«, räumte ich ein. »Aber wenn dem so ist, dann ist es ein ziemlich aufwendiger Scherz, findest du nicht auch? Ein Vogel mit einer Nachricht im Schnabel? Ein *Rabe*? Davon sieht man hier normalerweise nicht besonders viele.«

Nur …

Nur dass dieses nagende Gefühl noch immer in mir kribbelte, direkt unter der Oberfläche, und mir sagte, dass es vielleicht doch etwas gab, wenn auch eine noch so winzige Kleinigkeit, die ich übersehen hatte.

Ich kann nicht lügen: Die Vorstellung war ziemlich beängstigend, sicher. Aber sie war auch *aufregend*.

Ein übersehener Hinweis ist im Prinzip nichts anderes als der Prolog zu einem mysteriösen Rätsel. Was bedeutete, dass ich der Sache auf jeden Fall nachgehen würde, auch wenn es sich dabei wirklich nur um einen Scherz handelte.

»Willst du damit sagen, dass du dir nicht vorstellen kannst, dass irgendjemand so viel Mühe in einen einzigen Scherz steckt?«, fragte Melanie. »Hast du das letzte Homecoming vergessen, als die Footballmannschaft das Auto der Rektorin auf dem Footballfeld an einem der Torpfosten aufgehängt hat?«

»Okay«, stimmte ich ihr zu. »Aber das war ein lustiger Highschool-Streich. Das hier ist … widerlich, und es zielt ganz offensichtlich darauf ab, jemandem Angst einzujagen. Möglicherweise sogar ganz gezielt *uns*. Der vermeintliche Scherzkeks müsste also nicht nur unglaublich motiviert sein, um eine solche Aktion durchzuziehen, er oder sie müsste *auch* ein leidenschaftlicher Gegner des Namenstags sein, um uns überhaupt so schreckliche Angst einjagen zu *wollen* – oder der Person, für die dieser sogenannte Scherz tatsächlich bestimmt war.« Ich blickte mich um. »Fällt irgendeinem von euch jemand ein, der zynisch genug wäre, so etwas zu tun?«

Einer nach dem anderen drehten wir uns zu Theo um. Als ihm bewusst wurde, dass ihn alle anstarrten, kroch die Zornesröte an seinem Hals empor. »Gott, nein!«, protestierte er. »Ich meine, ja, ich finde den Namenstag total lahm. Aber ich schwöre euch, dass das nicht mein Stil ist.« Er lächelte ironisch. »Ehrlich, ich fühle mich geschmeichelt, dass ihr dabei an mich gedacht habt. Aber ich kann euch versprechen, dass ich viel zu faul bin, um einen derartigen Aufwand zu betreiben. Bei *irgendetwas*.«

»Okay«, erwiderte ich, »aber das hast *du* jetzt gesagt, nicht ich.« Er wich meinem Blick nicht aus – er wirkte definitiv aufrichtig. Ich dachte darüber nach, was ich über ihn wusste. Theos Kommentare erschienen oft auf der Titelseite und waren immer auf den Punkt, aber er tippte niemals eine einzige Silbe über die angegebene Wortanzahl hinaus. Man konnte ihn nicht unbedingt als arbeitsam bezeichnen. Deshalb sagte er höchstwahrscheinlich wirklich die Wahrheit. Aber wenn nicht Theo, wer dann?

Spontan fiel mir nur noch eine weitere Person ein, die auf den Namenstag – oder zumindest auf gewisse Aspekte der Feierlichkeiten – offenbar genauso schlecht zu sprechen war wie er.

»Caroline Mark«, überlegte ich laut. »Sie ist letzte Woche auf dem Schulhof total ausgeflippt, weil sie keine Rolle bei der Aufführung gekriegt hat. Ich meine, sie ist so *richtig* durchgedreht. Ihr habt es ja selbst gesehen.« Ich schaute zu Daisy und Lena, die beide bestätigend nickten. »Wie stehen die Chancen, dass sie Zugang zu einer Schar Vögel hat?«

»Sie war es *todsicher*«, warf Daisy aufgeregt ein. »Sie muss es gewesen sein. Wie du schon gesagt hast: Sie war stinksauer, und dieser Scherz bedurfte einer Menge Wut. Und außerdem – wer könnte es denn sonst gewesen sein?«

Gute Frage. Allerdings war ich mir nicht sicher, ob ich wirklich schon bereit war, einen Schlussstrich unter die Liste unserer möglichen Täter zu ziehen. Aber Daisy hatte recht: Uns fehlte es an offensichtlichen Verdächtigen.

»Sie hatte zumindest ein Motiv«, stimmte ich ihr zu. »Eifersucht ist schließlich ein Klassiker.« Ich hatte allerdings meine Zweifel, was die Mittel und die Gelegenheit anging. Aber Daisy hatte sich längst in die Sache hineingesteigert.

»Ganz genau!«, rief sie begeistert aus. »Sie muss es gewesen sein! Was bedeutet, dass wir nicht das Geringste zu befürchten haben.«

»Von der Vogelgrippe mal abgesehen«, flachste Parker.

Daisy winkte abfällig. »Mir ist klar, dass du nur Witze machst«, sagte sie, »aber vertrau mir: Nancy hat diesen Vogel nicht angefasst, als sie sich die Nachricht geschnappt hat. Dafür ist sie viel zu vorsichtig.«

Ich zuckte mit den Schultern. »Wo sie recht hat.« Ich hatte schließlich eine Menge Erfahrung damit, wie man sich an einem potenziellen Tatort korrekt verhielt.

»Und davon abgesehen ist Caroline Mark nur eine jämmerliche, mies gelaunte Möchtegerndiva, die sich offensichtlich erst auf einen nicht minder jämmerlichen – und widerlichen – Rachefeldzug begeben musste, um darüber hinwegzukommen, dass sie es nicht auf die Besetzungsliste der Aufführung geschafft hat.«

»Eine jämmerliche, mies gelaunte Möchtegerndiva, die Vögel in den sicheren Tod schickt, um unheimliche Drohbotschaften zu übermitteln«, ergänzte Seth. »Ich finde, wir sollten etwas unternehmen. Wir können diese Sache nicht einfach ignorieren.«

»Was unternehmen?«, fragte Melanie. »Sie zur Rede stellen? Es Rektorin Wagner erzählen?«

Er zuckte die Achseln. »So was in der Art, oder?« Er sah mich an. »Ich kann doch unmöglich der Einzige sein, der so denkt.«

Ich holte tief Luft und dachte darüber nach, wie ich darauf antworten sollte. Meine Erfahrung zeigte, dass ich in Fällen wie diesem bessere Chancen hatte, etwas herauszufinden, wenn ich allein vorging, anstatt die sogenannten zuständigen Stellen zu informieren. Aber diese Nachricht … Selbst wenn es nur ein Scherz gewesen *war*, war es total krank. Verstörend.

»Aber *noch* nicht!«, platzte Daisy heraus. Als sie Seths ungläubigen Blick sah, fügte sie flehend hinzu: »Ich … ich verstehe ja, was du meinst. Und ja, es ist total seltsam und, okay, vielleicht sollten wir es wirklich jemandem erzählen, *irgendwann* …«

»Dais…«, begann ich, aber sie schnitt mir das Wort ab.

»Irgendwann«, wiederholte sie. »Aber müssen wir das wirklich jetzt sofort tun? Hört mir wenigstens erst mal zu«, bat sie, als sie sah, dass Seth den Mund aufmachte, um etwas zu erwidern. »Wenn wir es Rektorin Wagner erzählen, könnte die Aufführung möglicherweise abgesagt werden. Man kann schließlich nie wissen. Das hier ist eine kleine Stadt. Und hier wohnen ein paar ziemlich abergläubische Leute. Und auch wenn der eine oder *andere*«, sie schoss Theo einen bösen Blick zu, »das Ganze

für nichts weiter als einen albernen kleinen Brauch hält, freue *ich* mich im wahrsten Sinne des Wortes schon mein ganzes Leben auf meine Aufführung beim Namenstag.« Mit gesenkter Stimme fügte sie hinzu: »Bitte, macht mir meine Chance auf diesen Auftritt nicht kaputt, ja?«

Jetzt schaute sie demonstrativ mich an, ihre blauen Augen geweitet. »Ich bitte euch, nichts zu tun, was die Feier gefährden könnte. Für mich?«

Für mich. Mir wurde ganz flau im Magen. Es war so ungefähr das Einzige, was sie sagen konnte, das mich praktisch jedes Mal sofort aus vollem Lauf abbremsen ließ. Manchmal kannte ich Daisy besser, als ich mich selbst kannte. Sie übertrieb nicht, wenn sie behauptete, sie hätte sich schon ihr ganzes verdammtes Leben darauf gefreut, bei dieser Aufführung mitzumachen.

»Vielleicht … könnten wir die Sache wirklich noch für uns behalten«, bot ich ihr schließlich an. »*Für den Moment*. Und erst mal abwarten.« Mit strengem Tonfall ergänzte ich: »Aber falls noch *irgendetwas* anderes passiert …«

Daisy unterbrach mich erneut. »Falls noch *irgendetwas* anderes passiert, natürlich«, sprudelte es förmlich aus ihr heraus, und ihre Erleichterung durchströmte in beinahe greifbaren Wellen den Raum.

»Falls noch irgendetwas anderes passiert, dann muss ich zugeben, dass ich jetzt schon neugierig bin, was es ist«, sagte Theo. »Wenn man mit einem toten Vogel anfängt, hat man die Latte schließlich schon ziemlich hoch gelegt.«

»Stimmt«, sagte Parker. Er warf mir einen flüchtigen, unlesbaren Blick zu. War er mitfühlend? Neugierig? War er der Ansicht, dass es ein Fehler von mir war, zuzustimmen, diesen Zwischenfall fürs Erste unter den Teppich zu kehren? Ich konnte es nicht mit Sicherheit sagen.

Und ich konnte mich auch nicht daran erinnern, wann mir die Meinung irgendeines Typen zum letzten Mal so wichtig gewesen war.

Aber er wird sich noch umgucken. Und Daisy auch.

Denn die Sache war: Alles, was ich versprochen hatte, war, fürs Erste niemandem von dem Raben zu erzählen. Ein Zugeständnis, das mir, wenn ich das große Ganze betrachtete, ziemlich leicht fiel. Ich hatte Daisy nicht explizit zugestimmt, dass Caroline Mark unsere Übeltäterin war. Und ich hatte definitiv nicht behauptet, dass ich diesen nagelneuen städtischen Fluch als harmlose, unbedeutende örtliche Legende abtun würde. Ich persönlich glaubte zwar an nichts, das sich nicht auf harte Fakten gründete, aber ich glaubte durchaus, dass so gut wie alle urbanen Legenden auf einem *Körnchen* Wahrheit aufbauten.

Und ganz offensichtlich stimmte mir irgendjemand dort draußen zu. Zumindest so weit, dass er einem Vogel diese Nachricht in den Schnabel gesteckt hatte, sei es nun zum Spaß oder nicht. Was wiederum bedeutete, dass ich einiges zu tun hatte.

Aber das Wichtigste zuerst.

Such nach den Einzelheiten dieses sogenannten Namenstags-fluchs. Dort findest du deine Geschichte.

Und wo eine Geschichte war, ließ ein Rätsel oft nicht lange auf sich warten.

Kapitel 6

Ich erwache zum Geräusch des prasselnden Regens: ruhelos, beharrlich, schwer. Die Fenster sind offen, und die feuchte Luft tanzt um mich herum, während die langen Vorhänge im Wind flattern. Im Haus ist es vollkommen still – so still, dass ich mir sofort sicher bin, dass ich als Einzige wach bin.

Mir wird bewusst, dass ich mich nicht in *meinem* Zimmer befinde, aber es fühlt sich vertraut an, obwohl ich nicht sagen könnte, wie oder warum. Der Boden ist aus Holz, mit breiten, robust wirkenden Dielen. Von jenseits der Fenster höre ich ein anhaltendes Klopfen.

Ich drehe mich um, um die Nachttischlampe anzuschalten – klein, mit gläsernem Fuß, der rüschige Lampenschirm viel altmodischer als irgendetwas, das meine Eltern bei uns zu Hause aufstellen würden. Der Schein der Lampe taucht das Zimmer in sanftes Licht. Ich gehe auf Zehenspitzen zum Fenster … Ich höre ein drängendes Geräusch, ein Rascheln im Wind, Schatten spielen auf den dunklen Wänden.

Vögel?

Es sollte eigentlich nicht der erste Gedanke sein, der mir kommt – oder doch? Aber jetzt, wo er da ist … lässt sich dieses Rascheln nicht leugnen. Es ist das Geräusch von …

Ich weiche einen Schritt zurück, kauere mich zusammen. Wappne mich.

Es *sind* Vögel. Ein ganzer Schwarm. Unzählige. Sie schlagen ununterbrochen mit ihren schwarzen Flügeln. Ihr Flattern ist die Ursache des rhythmischen Prasselns im Hintergrund. Sie rauschen durch das offene Fenster herein ins Zimmer, direkt auf mich zu.

Es ist eine Szene wie aus einem Hitchcock-Klassiker: Düstere, wilde Flügel trommeln mit erschreckender Wucht auf meine Haut. Schnäbel tauchen ab, kratzen, picken meine Haut auf, bis ich aus unzähligen Einstichstellen blute, wie aus Pockennarben. Ich mache den Mund auf, um zu schreien, aber die Vögel … ihre fettigen Federn, der Dreck und die Erde, die an ihren Krallen kleben … ich schmecke sie auf meiner Zunge. Sie ersticken mich, zwingen mich, die stummen Schreie hinunterzuschlucken, die unvergossenen Tränen.

Der Rhythmus der durch das Fenster hereinströmenden Vögel wird immer rasender. Ich höre, wie ihre Körper gegen die Wände knallen, wie sie sich flatternd und zappelnd in den Raum drängen, wie eine unfassbare Flutwelle. Sie füllen das Zimmer völlig aus, wie Wasser. Ihr grauenvolles Krächzen und Kreischen verursacht mir Gänsehaut. Schon bald nehmen sie jeden Zentimeter des Schlafzimmers ein und ich rolle mich am Fuß des Bettes zu einer Kugel zusammen. Die Knie bis ans Kinn hochgezogen, die Arme um den Kopf geschlungen, ignoriere ich das bösartige Picken und das warme, nasse Gefühl des Blutes, das an meinen Armen hinunterrinnt. Ich kann nicht schreien, so viel ist klar. Ich wage es nicht, auch nur einen Muskel zu bewegen. Ich sitze in der Falle.

Die Dielenbretter ächzen unter der mächtigen Last – unter den Vögeln, mir, der Hitze und der Brutalität in diesem ach so endlichen Raum. Der Boden biegt sich unter mir durch, und einen Moment lang fürchte ich ernsthaft, er könnte nachgeben und ich in die Tiefe stürzen, auf das, was dort unten lauert. Was immer es auch sein mag.

Und obwohl mir die Vorstellung einen eiskalten Schauer über den Rücken jagt, wäre dieser Sturz vielleicht sogar willkommen, wenn er mir nur eine Minute Erleichterung von diesen Vögeln verschaffen würde …

»Genug!«, höre ich eine starke, ruhige Stimme. Selbstbewusst. Sie ruft es den Vögeln zu, befehligt sie, und – unglaublich, unmöglich: Sie gehorchen. Als hätte jemand mit den Fingern geschnippt oder einen Schalter umgelegt, sind sie urplötzlich wieder verschwunden, und ich bin wieder allein im Zimmer, furchtbar zugerichtet und japsend nach Luft schnappend. Versuche, zu begreifen, was hier gerade passiert ist. Ich höre ein blechernes Scheppern und öffne erneut den Mund. *Was ist das?*, will ich fragen, aber ich kann noch immer die Federn an meinem Gaumen spüren, und auch die Worte scheinen daran festzukleben. Ich huste, will es noch einmal versuchen und …

Ich setzte mich im Bett auf, heftig keuchend und in Schweiß gebadet.

Was zur *Hölle*?

Ein Traum, offensichtlich – oder, besser gesagt, ein Albtraum. Und nur fürs Protokoll: Ich habe normalerweise *nie* Albträume. Aber ich schätze, es gibt wohl für alles ein erstes Mal.

Von »unterschwelliger Bedeutungsebene« hatte *mein* Unterbewusstsein aber allem Anschein nach noch nie etwas gehört. *Am selben Tag von Killervögeln zu träumen, an dem ein Vogel vor unserem Klassenzimmer auf Kamikaze macht? Das müssen Sie mir genauer erklären, Dr. Freud.*

Der Traum war grauenvoll, ja. Aber subtil war er nicht. Und er war genau das: nur ein *Traum*. Dennoch nahm ich mir einen Moment Zeit, um mich zu vergewissern. Ich blickte zu meinem Fenster, und diesmal befand ich mich wirklich in *meinem* Zimmer, was ein weiteres eindeutiges Zeichen dafür war, dass es im Hier und Jetzt nichts gab, wovor ich mich fürchten musste. Es war schon beinahe peinlich, wie erleichtert ich war, als ich sah, dass das Fenster geschlossen *und* verriegelt war.

Nur ein Traum. Auch wenn sich das seltsame Gefühl des Déjà-vus aus der Redaktionssitzung noch immer nicht ganz verflüchtigt hatte, genau wie der Schaum einer verebbten Welle.

Ich erschauderte. Ich konnte die öligen Federn immer noch schmecken.

Manchmal war es ein Segen, eine lebhafte Fantasie zu haben. Zum Beispiel, wenn man ein Rätsel lösen, es aus jedem Blickwinkel betrachten und sämtliche Hinweise überprüfen wollte. Aber manchmal war es auch eine erdrückende Last. Etwa, wenn man unter den Nachwirkungen eines bösen Albtraums litt.

Ich atmete tief ein.

Der Albtraum *war* schrecklich gewesen, aber er war nicht wirklich das, was mir zu schaffen machte. Mein Unterbewusstsein mochte dabei zwar ganz dicht an der Oberfläche der Realität gekratzt haben, aber tief in meinem Inneren wusste ich, was wirklich an mir nagte, in der hintersten Ecke meines Verstands.

Der Fluch des Namenstags.

Daisy wollte diese Sache vielleicht auf sich beruhen lassen, aber ich war nicht Daisy. Nur am Rand zu stehen und zuzuschauen, war noch nie mein Ding gewesen.

Und wenn ich dieser Geschichte mit dem Raben auf den Grund gehen wollte, musste ich dem Fluch an sich auf den Grund gehen. Sicher, okay, es war … Ich warf einen Blick auf den Wecker auf meinem Nachttisch: 1:47 Uhr. Aber wie lautete doch gleich das gute alte Sprichwort? *Was du heute kannst besorgen …*

Leise schlich ich in Dads Arbeitszimmer und passte unterwegs auf, dass ich nicht auf die knarrende Bodendiele direkt vor dem Schlafzimmer meiner Eltern trat. Dad schätzte es überhaupt nicht, wenn man ungefragt in sein Zimmer ging, aber was er nicht wusste, konnte ihn schließlich auch nicht aufregen. Normalerweise hätte ich einfach meinen eigenen treuen Laptop benutzt, aber seit er neulich einfach eingefroren war, befand er sich in Reparatur – alles andere als ideales Timing, was meine Ermittlungen betraf. Ich musste einfach hoffen, dass meine Eltern nicht aufwachten und mich fragten, was zum Geier ich hier gerade trieb.

Einen Vorteil hatte ich schon mal: Ich kannte Dads Passwörter. Er wechselte zwischen einer Kombination aus dem Hochzeitstag meiner Eltern und meinem Geburtstag, was jeder Sicherheitsexperte als äußerst bescheidene Idee bezeichnet hätte. Aber offensichtlich schien er zu glauben, dass alle in seinem Leben absolut vertrauenswürdig waren. Eigentlich war es ja irgendwie süß.

Meldete sich ein Anflug von schlechtem Gewissen bei mir, als ich auf der Tastatur zu tippen begann? Oder während ich zusah, wie das Passwortfenster verschwand und durch ein Foto von uns dreien ersetzt wurde, alle mit einem glücklichen Strahlen auf dem Gesicht, erleuchtet vom warmen Schein der sechzehn Kerzen auf meinem Geburtstagskuchen?

Sicher. Aber nur ein Anflug.

Horseshoe Bay Fluch. Ich tippte die Worte in die Suchmaschine ein und drückte auf die Eingabetaste. Sofort wurden mir drei Seiten mit Ergebnissen angezeigt.

Jackpot!

Oder, ähm … so gut wie Jackpot? Ich runzelte die Stirn und überflog die Schlagzeilen, bei denen es nervigerweise ausnahmslos um Dead Lucy ging. Okay, sicher, sie war berühmt. Obwohl, »berüchtigt« war vielleicht das bessere Wort. Aber sie war eben nur ein totes Mädchen.

Ich wollte nicht kaltherzig klingen, aber ein totes Mädchen machte eben noch keinen Fluch. Eine reißerische Schlagzeile, vielleicht auch ein paar? Sicher. Eine wunderbar morbide urbane Legende? Absolut. Aber einen Fluch? Eher nicht.

Und trotzdem scrollte eine schier endlose Liste mit Dead-Lucy-Schlagzeilen unter dem Cursor vorbei.

Erst auf der letzten Seite der Suchergebnisse fand ich etwas. Einen einzigen, einsamen Treffer, in dem es tatsächlich um den Fluch des Namenstags ging. Es war ein

Beitrag in einer mittlerweile nicht mehr existierenden Tageszeitung aus Horseshoe Bays guten alten Zeiten, der *Horseshoe Bay Tribune*. Sie hatte Bankrott angemeldet, als ich noch in der Grundschule gewesen war, ein Schicksal, das dem Printjournalismus insgesamt zu drohen schien. Nicht, dass mich diese Tatsache auch nur eine Sekunde lang davon abhalten würde, aufs College zu gehen und Journalismus zu studieren. Ganz im Gegenteil: Der Gedanke, dass der wahrhaftige Journalismus, zusammen mit der Medienbranche an sich, dem Untergang geweiht war, sorgte nur dafür, dass ich diesen Weg noch entschlossener verfolgen wollte. Nennt mich deswegen ruhig masochistisch.

Wie dem auch sei: nur ein einziger Treffer. Jeder andere vernunftbegabte Mensch hätte dies vielleicht als verstörend empfunden – oder zumindest als ein wenig enttäuschend.

Aber ich? Ich konnte eine schnelle Gewinnerfaust nicht unterdrücken, bevor ich auf den Link klickte. *Ein* Treffer war besser als *kein* Treffer, wenn man verzweifelt nach einer Spur suchte.

Wird geladen … wird geladen … Mein Vater gehörte zu den angesehensten Anwälten in Horseshoe Bay, aber man konnte ihn trotzdem beinahe als technikfeindlich bezeichnen. Meine Mutter behauptete, sie fände es charmant. Aber sie war auch grundsätzlich der nettere Mensch von uns beiden, das gab ich gerne zu.

Dann leuchtete es auf dem Bildschirm auf: ERROR: 404. SEITE NICHT GEFUNDEN. Darunter ein riesiges rotes X und ein stirnrunzelndes Emoji.

Interessant.

Die »Spürnase« in mir konnte nicht anders, als dieses jüngste Hindernis als Herausforderung zu betrachten, die gemeistert werden wollte, auch wenn die »normale, neugierige Person« in mir unendlich frustriert war.

Wir befanden uns schließlich im einundzwanzigsten Jahrhundert. Gut, selbst mein eigener Vater ließ sein eigenartiges Misstrauen gegenüber, wie er es nannte, neumodischen Technologien immer wieder durchschimmern, aber davon einmal abgesehen: Wie schaffte es eine urbane Legende – so obskur sie auch sein mochte – keinerlei digitale Fußabdrücke zu hinterlassen?

Wirklich hochinteressant.

Meine Frustration wurde schon im nächsten Moment von diesem leisen Kribbeln in meinem Nacken überdeckt, das ich immer spürte, wenn mir bewusst wurde, dass ich einem neuen Fall auf der Spur war.

Der Namenstagsfluch brachte mich also nicht weiter, zumindest nicht im Internet.

Okay.

Ich hatte schon jede Menge Rätsel gelöst, bei denen ich weniger Hinweise gehabt hatte.

Ich schloss den Browser-Tab und löschte meine Suchchronik. Mein Vater war zwar geradezu erschreckend vertrauensselig, aber eine gute Detektivin beseitigt schließlich stets ihre Spuren.

Die Tatsache, dass zum Fluch des Namenstags nicht mal der Hauch einer Information zu finden war, war schlichtweg bizarr. Aber »schlichtweg bizarr« war meine Spezialität. Ich würde ganz tief eintauchen und alles ausgraben, was es über diesen Fluch zu wissen gab. Gleich morgen früh.

Vielleicht hätte ich mir Sorgen machen sollen. Vielleicht hätte ich Angst haben sollen. Schließlich hatte bei dieser ganzen ominösen Geschichte zumindest bereits eine Person erfolgreich versucht, mir – und dem Rest meiner Zeitungsredaktion – einen riesigen Schrecken einzujagen.

Aber ich lasse mir so leicht keine Angst machen. Stattdessen ermittle ich lieber.

Und genau das würde ich auch tun.

Kapitel 7

– Dienstag –

Tut mir leid, mein Kind«, sagte Ms Beekman, unsere Bibliothekarin, klang jedoch ganz und gar nicht so, als *würde* es ihr leidtun. »Aber ich kann dir schließlich nicht etwas geben, das ich gar nicht habe. Das verstehst du doch sicher.«

»Sicher«, grummelte ich, auch wenn ich es hasste, es laut zuzugeben. Ich holte tief Luft und zwang mich, geduldig mit ihr zu sein. Unsere Schule war zu Beginn des letzten Jahrhunderts gegründet worden und Ms Beekman saß schon mindestens so lange hinter dem Schreibtisch an der Ausleihe. Zumindest erzählte man sich das. Sie war nett, aber ihre Aura umgab auch ein leichter Hauch von Verfall, den die Pfefferminzbonbons, die sie in ihrer Schreibtischschublade hortete, kaum überdecken konnten.

Ich schob die Umhängetasche höher auf meine Hüfte, wild entschlossen, es wenigstens noch einmal zu versuchen. »Es ist nur ... die *Tribune*. Sie war nur eine kleine Zeitung, okay, nicht unbedingt pulitzerpreisverdächtig. Aber eine Zeit lang war sie trotzdem so was wie eine Institution in Horseshoe Bay, und diese Stadt ist schließlich für unerschütterliche Zurschaustellungen ihres Lokalstolzes bekannt. Paradebeispiel: der Namenstag.«

Ms Beekman blickte mich über den Rand der strengen Halbmondbrille an, die Frauen ihrer Generation so gerne an einer Kette um den Hals tragen. »Nun, gewiss doch, mein Kind. Aber genau das ist ja das Problem.«

»Der Namenstag?« Für meine Freunde und mich schien er sich definitiv zu einem Problem zu entwickeln.

Sie lächelte. »Nein, Liebes. Dass diese Zeitung – die *Tribune* – nur ein kleines Blatt in einer noch kleineren Stadt war. Als die Zeitung aufgeben musste, ist auch jede Spur ihres Archivs mit ihr verschwunden.«

Das ist ... ungewöhnlich. Ich meine, ich war zwar noch ein paar Jahre von meinem Journalismusstudium entfernt, aber selbst mir war klar, dass es nicht besonders häufig vorkam, dass sich eine komplette Zeitung – wie unbedeutend sie auch sein mochte – einfach spurlos in Luft auflöste.

»Was ist mit Mikrofilm?«, fragte ich, allmählich ein wenig verzweifelter, als ich zugeben wollte. Der Großteil sämtlicher Archive war inzwischen, *Gott sei Dank*, digitalisiert worden, aber in der Vergangenheit hatten mich trotzdem einige meiner Fälle – von gelegentlichen Buchpräsentationen ganz zu schweigen – ins Hinterzimmer unserer Schul- und Stadtbibliothek geführt, wo unzählige Spulen mit Mikrofilm langsam Staub ansetzten.

»O ja«, sagte Ms Beekman und nickte überraschend energisch. »Das wäre *selbstverständlich* der erste Ort, der einem bei der Suche in den Sinn kommen sollte.«

»Selbstverständlich.« Ich versuchte, ihre unglaubliche Energie mit meiner Antwort widerzuspiegeln, was mir nicht ganz leichtfiel, da ich meinen eigenen Eifer dafür immens drosseln musste.

»Aber …« Sie seufzte. »Du erinnerst dich doch sicher noch daran, dass hier 2010 ein schreckliches Feuer ausgebrochen ist? Wir hatten großes Glück, dass die Feuerwehr in der Lage war, es zu löschen, bevor es den oberen Stock erreicht hat. Doch ein Großteil unseres Hinterzimmers – einschließlich mehrerer Mikrofilm-Kataloge – wurden unwiederbringlich zerstört. Aber selbst wenn das Filmmaterial bei dem Feuer nicht geschmolzen wäre, hätte der Schaden durch den Rauch und das Löschwasser dafür ausgereicht. Tja …« Sie erschauderte und schlang die Strickjacke enger um ihre Schultern, so als sei schon der bloße Gedanke an dieses Ereignis furchtbar traumatisch für sie. »Wir hatten einfach Glück, dass wir überhaupt so viel retten konnten.«

»Großes Glück«, echote ich, obwohl sich die Tatsache, dass sie Recherchematerial gerettet hatten, das für mich vollkommen nutzlos war, im Augenblick eher nicht nach einem großen Glücksfall anfühlte.

Und was jetzt? »Fällt Ihnen vielleicht irgendein Ort ein, an dem ich sonst noch alte Ausgaben der *Tribune* finden könnte?«, fragte ich in einem letzten hoffnungsvollen Stoßgebet.

»Du könntest es mal online versuchen«, antwortete sie und klang allmählich mehr als nur ein wenig gelangweilt von unserer Unterhaltung. »Im *Internet*?«

»Ja, ich hab davon gehört«, erwiderte ich sarkastisch, allerdings so leise, dass sie den spitzen Unterton nicht hören konnte. »Da hab ich schon gesucht«, fügte ich hinzu und merkte selbst, dass es mir immer schwerer fiel, nicht gereizt zu klingen. Kam es mir nur so vor oder wirkte Ms Beekman wirklich ein wenig ... widerstrebend? Ich wusste, dass ich manchmal etwas ... nun, etwas zu *fixiert* sein konnte, wenn ich eine Spur verfolgte. Vielleicht bildete ich mir ja wirklich nur etwas ein oder interpretierte viel zu viel in zufällige, vollkommen harmlose Dinge hinein. Trotzdem hatte ich allmählich das Gefühl, dass unsere Bibliothekarin die, wie mein Vater es nennen würde, Zeugin der Gegenseite spielte.

Andererseits trug sie mir die Sache aus dem letzten Frühjahr möglicherweise immer noch nach, als ich das Geheimnis der verschmähten Cheerleaderin aufgedeckt hatte, die sich in die Notendatei der Schule gehackt und dafür gesorgt hatte, dass ihr Freund – der sie mit einer anderen betrogen hatte – seine Matheprüfung nicht bestand. Die Tatsache, dass die betreffende Schülerin das System von der Schulbibliothek aus gehackt hatte, ließ Ms Beekman wohl in keinem allzu guten Licht erscheinen. Deshalb überraschte es mich auch nicht sonderlich, dass sie sich offenbar nicht in der nächsten Zeit dem Nancy-Drew-Fanclub anschließen wollte.

»Es war wirklich eigenartig«, fügte ich hinzu und versuchte es mit einer freundlicheren Taktik. »Es gab nur einen *einzigen* Treffer. Ich meine, das passiert doch praktisch *nie*.«

»Ich vermute, das kommt wirklich nur selten vor«, erwiderte Ms Beekman, aber sie hatte den Blick bereits wieder auf ihre Tastatur gerichtet und zu tippen begonnen. Sie betrachtete unsere Unterhaltung *sehr* offensichtlich als beendet.

Ihr schwindendes Interesse löste jedoch nur den Drang in mir aus, die – zugegebenermaßen nur eingebildete – Herausforderung zu meistern, ihre Aufmerksamkeit nicht völlig zu verlieren. »Und dann«, fuhr ich fort, so laut, dass ein paar Schüler, die an einem Tisch in der Nähe lernten, einen genervten Blick in meine Richtung schossen, »als ich auf den Link geklickt habe, kam nur eine Fehlermeldung.«

»Hm«, machte sie unverbindlich. »Tja, du weißt ja, was man sagt.«

»Was sagt man denn? Ich weiß nicht recht, was sie meinen, Ms Beekman«, erwiderte ich frustriert.

Jetzt blickte sie doch noch einmal von ihrem Computer auf. Ihre blauen Augen wirkten wässrig und aufgrund ihres Alters ein wenig blutunterlaufen. »Neugier ist der Katze Tod.«

Autsch.

Nun, zumindest konnte man *diesen* Tonfall nicht falsch verstehen. Falls sie zuvor wirklich versucht hatte, ihr ausweichendes Verhalten zu verschleiern, hatte sie den Schleier damit gelöst. Komplett. Und auch wenn diese ganze Sache dadurch nur umso schwieriger für mich wurde …

Wurde sie auch entschieden interessanter. »Bin *ich* in diesem Szenario die Katze?«, fragte ich.

Sie rollte mit ihrem Stuhl ein wenig zur Seite, um mir noch direkter in die Augen schauen zu können, was entschieden beunruhigender war, als ich es erwartet hätte. »Natürlich nicht, Kleines«, antwortete sie, nun mit sanfterem Unterton. »Es ist nur … nun, wir leben in einer kleinen Stadt. Und wie jede Kleinstadt hat sie ihre eigenen Traditionen.«

»Wie den Namenstag.«

»Wie den Namenstag«, stimmte sie mir zu. »Und ihre eigenen … du weißt schon, Geschichten.«

»Urbane Legenden«, sagte ich. »Wie Dead Lucy.«

»Geistergeschichten, ja. Und andere Legenden. Der

Fluch des Namenstags ist höchstwahrscheinlich auch nichts anderes. Und, offen gesagt, verstehe ich einfach nicht, warum du deine Nase unbedingt in diesen ganzen Unsinn hineinstecken willst. Das kann doch zu nichts Gutem führen.«

Tja, und genau damit lag sie falsch. Hinter den Kulissen herumzuschnüffeln und meine Nase in alles Mögliche hineinzustecken, war vermutlich meine Lieblingsbeschäftigung. Aber eines wurde mir allmählich klar: Ms Beekman war total abergläubisch. Das wunderte mich allerdings nicht, da es unter den älteren Einwohnern von Horseshoe Bay nichts Ungewöhnliches war. Meine Großmutter war genauso gewesen: Sie war nie unter einer Leiter hindurchgegangen, hatte sich ständig Salz über die Schulter gestreut und alberne kleine Talismane gesammelt, die sie vor den Schrecken und Ungewissheiten des täglichen Lebens beschützen sollten.

Aber es hatte nicht funktioniert. Salz über die Schulter zu streuen hatte auch nicht viel genutzt, als mein Großvater irgendwann so alt gewesen war, dass sein Herz einfach aufgegeben hatte. Genauso wenig, wie beten funktioniert hatte, auch wenn ich damals erkannte, dass es meiner Großmutter zumindest etwas Trost spendete. Und vielleicht fand Ms Beekman ja genau das in ihrem Aberglauben: Trost. In dem Versuch, wenigstens ein winziges bisschen Kontrolle in all dem Chaos auszuüben.

Die gute Nachricht war, dass ich dadurch ein klein

wenig besser verstand, warum sie sich so verhielt. Vor allem, wenn ich daran dachte, dass meine Großmutter immer auf die andere Straßenseite gewechselt war, wenn sie eine schwarze Katze gesehen hatte. Oder dass sie ernsthaft geglaubt hatte, einige Zahlen würden Glück bringen, während andere »gefährlich« waren. In diesem Zusammenhang betrachtet ergab Ms Beekmans Widerwille, mir bei der Suche nach dem verschwundenen Artikel zu helfen, ein bisschen mehr Sinn.

Die schlechte Nachricht war, dass ich, nur weil ich sie nun besser verstand, nicht vorhatte, mich damit abzufinden. *Ich* war schließlich nicht abergläubisch. Ich glaubte nur an Fakten.

Ich machte den Mund auf, um ihr zu widersprechen oder sie zumindest zu fragen, ob sie noch irgendeine andere Idee hatte, wo in der Stadt ich nach Restexemplaren alter Zeitungen fahnden konnte. Das Rathaus kam mir zuerst in den Sinn – aber würde man dort hilfsbereiter oder entgegenkommender sein als Ms Beekman? Ich konnte es nur hoffen.

Ich bekam jedoch nicht die Chance, sie noch irgendetwas zu fragen, denn bevor ich auch nur ein Wort über die Lippen brachte, hörte ich einen Schrei.

Ich kenne diesen Schrei.

Es war alles, woran ich denken konnte, als ich die langen Korridore hinunterrannte, während meine Tasche ebenso wild gegen mein Bein schlug, wie mein Herz in meinem Brustkorb hämmerte. Es war derselbe Schrei, den ich auch in der fünften Klasse gehört hatte, als Rosie Graham bei ihrer Pyjamaparty alle zu der Mutprobe angestiftet hatte, *Poltergeist* anzuschauen, obwohl einige von uns für diese ganze Dämonen-im-Fernseher-Sache *todsicher* noch nicht bereit waren. Es war der Schrei, den ich aus der Schulaufführung von *Sweeney Todd* im vergangenen Jahr kannte. Derselbe Schrei, den ich in der siebten Klasse beim Tanzfestival von Horseshoe Bay gehört hatte, nachdem Trevor Griffin Allison Ayers begrapscht hatte, obwohl wir alle wussten, dass er eigentlich in *meine* Freundin verknallt war.

Daisy.

Dieser Schrei stammte von Daisy, und er kam aus der Richtung ihres Spinds. Ich konnte mich nicht erinnern, wann ich mich in der Schule zum letzten Mal so schnell bewegt hatte, ohne dass mich die Pfeife eines Sportlehrers im Hintergrund dazu antrieb.

Um Daisys Spind hatte sich bereits eine kleine Menschentraube versammelt, als ich dort eintraf. Daisy stand in der Mitte, zitternd, ihre Wimperntusche in schlierigen Waschbärenspuren unter ihren Augen verlaufen. Lena stand neben ihr und hatte in einer gleichzeitig schützenden und tröstlichen Geste einen Arm um ihre Schultern gelegt.

»Was …«, begann ich, verstummte jedoch sofort wieder, denn das »Was« war schreiend offensichtlich, als ich wie alle anderen starr vor Entsetzen auf Daisys Spind blickte.

DER FLUCH LEBT.

Die Worte leuchteten rot und grell, in plumper, hastiger Schrift auf Daisys Spind gekritzelt, die triefenden Buchstaben wie Blutspuren auf der Tür.

Noch eine Nachricht, und wieder der Fluch. Ich fing Lenas Blick ein. Sie nickte, kaum wahrnehmbar für die anderen, aber unmissverständlich für mich. Ein Mal mochte vielleicht ein Streich sein. Aber zwei Mal? Das hier war … kalkuliert. Das konnten wir nicht leugnen, selbst wenn wir es gewollt hätten.

Und nicht einmal Daisy würde das jetzt noch wollen.

Oder?

Ein weiterer kurzer Blick zu Lena sagte mir alles, was ich wissen musste. Daisy würde die Aufführung beim Namenstag nicht gefährden, solange nicht Ghostface aus *Scream* höchstpersönlich bei ihr zu Hause auftauchte.

Und vielleicht noch nicht mal dann.

Ich drängte mich durch die kleine Gruppe Schaulustiger. »Leute, gebt ihr mal ein bisschen Luft.« Keiner in dem Gewimmel rührte sich – die Faszination des Grauens. Ich drehte mich zu ein paar schüchtern aussehenden Neuntklässlern um. »Holt den Hausmeister. Und ihr«, ich zeigte auf eine andere Gruppe von Schülern, »könntet ihr vielleicht im Sekretariat Bescheid geben, was passiert ist?«

Widerwillig entfernten sie sich. Als wir drei allein waren, betrachtete ich Daisy von oben bis unten. »Geht's dir gut?«

Sie nickte, tränenüberströmt und völlig verstört. Sie sah wirklich aus, als ginge es ihr gut, zumindest körperlich. Aber sie stand ganz offensichtlich noch ziemlich unter Schock – und fragte sich, wer das getan hatte und warum. »Ich hab mich nur erschreckt«, schniefte sie.

»Aus gutem Grund.« Ich betrachtete die Nachricht. Sie wirkte richtig unheimlich, anklagend. »Das ist doch … das ist doch kein Blut, oder?«

Lena fuhr mit dem Zeigefinger darüber und verschmierte die Schrift zu einem düsteren Fleck. »Lippenstift. Tom Ford, um genau zu sein. Ich hab früher denselben Farbton getragen. Wer immer das auch getan hat, hat einen ziemlich exquisiten Geschmack und kein Problem damit, das teure Zeug dafür zu verschwenden.«

Ich schlug ihr sanft auf den Arm. »Berühre niemals etwas an einem Tatort.« Meine Freundinnen sollten es inzwischen eigentlich besser wissen.

»Das ist kein *Tatort*«, protestierte Daisy. »Ich meine, wir sollten jetzt wirklich nicht überreagieren.« Sie verschränkte die Arme vor der Brust und schaute mich flehend an, ihr zuzustimmen.

Lena und ich tauschten erneut einen Blick über Daisys Kopf hinweg. Auch wenn Lena nach der Sache mit dem Raben noch zum Team Daisy gehört hatte – oder zumindest bereit gewesen war, abzuwarten, wie sich die ganze Situation entwickelte –, hatte sie jetzt die Seiten gewechselt.

»Süße«, begann sie in ihrem strengen, mütterlichen Tonfall, den sie für spezielle Gelegenheiten reserviert hatte, »sei doch vernünftig. Das hier ist *so was von* ein Tatort. Ich meine, es ist sozusagen die Definition eines Tatorts. Das hier ist zumindest Vandalismus. Es mag vielleicht nicht gefährlich sein, aber, na ja, besonders beruhigend ist es auch nicht.«

»Dann hat eben jemand versucht, mir Angst einzujagen, na und? Wir haben das doch gestern nach der Sache mit dem Raben schon alles durchgekaut«, protestierte Daisy erneut. »Streiche sind hier praktisch an der Tagesordnung. Das ist doch echt keine große Sache.«

»Eben. Wir haben *gestern* darüber gesprochen, Daisy«, sagte ich sanft. »Wahrscheinlich hängt das alles zusammen und die Sache eskaliert zusehends. Findest du das nicht auch zumindest seltsam? Diese ›Sache mit dem Raben‹ war nur für sich allein betrachtet schon total durchgeknallt. Aber wenn man das hier noch dazunimmt? Ehrlich, Lena hat recht. Das Ganze ist mehr als nur ein harmloser Streich. Hier geht irgendwas ziemlich Düsteres vor sich.«

Daisy schaute mich an. »Glaubst du, jemand versucht, die Aufführung zu sabotieren?«

Ich zeigte auf die Lippenstiftbotschaft, hässlich und grell. »Wie würdest du das denn nennen?«

»Amateurhaft«, antwortete sie. »So würde ich das nennen. Das ist *keine* Drohung. Und selbst wenn: Ich lasse mich nicht so leicht einschüchtern.«

Ich konnte gar nicht glauben, was ich da hörte. »Ganz offensichtlich nicht.« Ich wollte mich nicht mit ihr streiten, aber sie benahm sich total unvernünftig.

»Hör mal, wir wissen, wie sehr du dich auf den Namenstag freust«, versuchte es Lena. »Das tun wir auch. Aber irgendjemand da draußen teilt unsere Begeisterung ganz offensichtlich nicht.«

»Vielleicht sogar mehr als nur *ein* jemand«, fügte ich hinzu.

Möglicherweise Caroline.

Als Verdächtige war Caroline jedoch keine besonders starke Kandidatin. Was allerdings nicht bedeutete, dass ich sie nicht doch im Hinterkopf behalten würde. »Und ich finde, wir sollten die Botschaft ernst nehmen, die sie uns senden.«

»Sie senden uns eine Botschaft? Von mir aus!«, erwiderte Daisy schrill. »Du hast diese Frischlinge losgeschickt, damit sie im Sekretariat Bescheid sagen, was passiert ist, richtig? Ich meine, es ist also kein Geheimnis, so wie …«

»So wie die Sache mit dem Raben, von der wir deinetwegen niemandem erzählt haben«, beendete ich den Satz für sie. »Ja, ich war einverstanden, damit noch abzuwarten – fürs *Erste*. Aber angesichts dieser … neuen Entwicklung«, fügte ich hinzu und suchte verzweifelt nach Formulierungen, mit denen ich meinen Standpunkt deutlich machen konnte, ohne Daisy noch mehr aufzuwühlen, als sie es ohnehin schon war, »glaube ich nicht, dass ich noch weiter so tun kann, als sei hier nicht irgendetwas äußerst Dubioses im Gange. Ich wäre keine gute Freundin, wenn ich das könnte!« Ich legte eine Hand auf ihren Arm, um sie zu beruhigen, aber sie zuckte zusammen und zog ihn weg.

»Dann halt dich doch einfach raus und lass die Schule dieser Sache nachgehen«, erwiderte sie. Sie zuckte mit den Schultern. »Ich meine, ich weiß natürlich, dass du das nicht *kannst*. Dazu bist du körperlich gar nicht in der Lage. Genauso, wie ich mir sicher bin, dass du die Sache mit dem Raben nicht *völlig* auf sich beruhen lassen konntest.« Sie zog eine Augenbraue hoch, und die Wirkung war dank ihrer verlaufenen Wimperntusche noch beeindruckender. Sie schien nicht verärgert, nur resigniert, weil sie mich so gut kannte. »Hab ich recht?«

Ich errötete. »Du hast mich gebeten, es niemandem zu erzählen. Und das habe ich auch nicht.« Abgesehen von Ms Beekman, natürlich, in gewisser Weise. Aber angesichts der Tatsache, dass sie sich dem Thema nicht mal bis auf zehn Meter nähern wollte, machte ich mir keine Sorgen darüber, dass *sie* es irgendjemandem weitertratschen würde.

»Ich werde nicht *nicht* an der diesjährigen Aufführung teilnehmen«, sagte Daisy und streckte Lena und mir entschlossen ihr Kinn entgegen, ein trotziger Glanz in ihren Augen.

»Und ich werde dieser ganzen Geschichte mit dem Fluch nicht *nicht* weiter nachgehen und versuchen, zu verhindern, dass dir – oder irgendjemand sonst – irgendetwas zustößt«, konterte ich.

»Wundervoll«, warf Lena trocken ein. »In einer Welt suboptimaler Szenarien ist das wahrscheinlich das Beste, was mir einfällt.« Sie funkelte Daisy an. »Aber es wäre noch besser, wenn dein Selbsterhaltungstrieb und dein gesunder Menschenverstand stärker wären als dein Verlangen nach Theatralik.«

Daisy bedachte sie statt einer Antwort nur mit einem selbstgefälligen Lächeln. »Das wird niemals passieren. Du weißt, dass die Aussicht, meinen Namen in Leuchtbuchstaben erstrahlen zu sehen, in jedem Fall den Sieg davontragen wird.«

»Dramaqueen«, sagte ich, nicht ohne Zuneigung. Befanden wir uns in einer Pattsituation oder im Waffenstillstand? Ich war mir nicht ganz sicher, aber es war trotzdem besser als ein offener Streit. Wie gesagt: Ich wollte vor allem die Geschichte des Namenstagsfluchs genauer untersuchen und gleichzeitig sicherstellen, dass Daisy in Sicherheit war – und wer immer auch sonst noch zur Zielscheibe dieser sogenannten Streiche wurde. Es war mir egal, wenn Daisy deswegen sauer auf mich war. Aber das Ganze war definitiv einfacher – und machte natürlich viel mehr Spaß –, wenn wir uns *nicht* stritten.

Ich drückte sie kurz und hoffte, sie damit ein wenig zu beruhigen. »Wahrscheinlich haben wir noch ein paar Minuten Zeit, bevor jemand aus dem Sekretariat hier auftaucht, um sich die Sache anzusehen. Oder alles wegzuputzen«, sagte ich und knipste mit meinem Handy zur Sicherheit ein paar Fotos, zoomte einige Male heran und nahm den Spind aus sämtlichen Winkeln und in allen Einzelheiten auf. »Also, lass uns auf die Toilette verschwinden, damit wir dir wenigstens ein bisschen Wasser ins Gesicht spritzen können, bevor sie hier sind.«

»Klingt gut«, sagte Daisy. Sie rieb mit einem Finger die Stelle unter ihrem Auge und betrachtete den Mascara-Fleck auf ihrer Fingerspitze. »Ich schätze, das hab ich wohl nötig.«

»Hast du«, versicherte Lena ihr. »Eine Dramaqueen *und* eine Heulsuse«, neckte sie sie. Daisy gab ihr einen spielerischen Schubs. »Du bist wirklich eine echte Traumfrau. Kein Wunder, dass Coop ganz hin und weg von dir ist.« Die beiden kicherten fröhlich, und einen Moment lang hätte ich beinahe so tun können, als sei alles völlig normal und meine Freundinnen und ich würden *nicht* von irgendwelchen Irren gestalkt, die tote Vögel und blutrote Drohungen für den Gipfel der Komik hielten.

Doch als wir zur Damentoilette abbogen, fiel mir plötzlich etwas auf.

Nicht *alle* hatten sich tatsächlich verzogen, nachdem ich sie weggeschickt hatte.

Eine Person hatte sich nur ein Stück den Flur hinunter entfernt und quetschte sich zwischen zwei Spindreihen ganz dicht an die Wand, genauso, wie es jemand tun würde, der Daisy nach dem Streich mit dem Spind im Auge behalten wollte. Eine Person hatte die ganze Szene beobachtet, aus Gründen, über die ich nur spekulieren konnte – auch wenn ich nicht annahm, dass es irgendetwas Gutes zu bedeuten hatte.

Theo.

Und falls er auch nur einen Hauch von Verlegenheit oder schlechtem Gewissen empfand, als ich mit meinen Freundinnen an ihm vorbeiging, dann ließ er es sich nicht anmerken.

Tatsächlich blieb er, obwohl ich selbst todsicher ein riesiges Fragezeichen auf der Stirn hatte, so vollkommen still und reglos, dass ich mich nur fragen konnte: Wo passte Theo – selbst ernannter Anarchist – in diese ganze Geschichte?

Kapitel 8

Gegen Ende des Tages lief es zwischen mir und Daisy schon wieder viel besser. Allerdings nicht so viel besser, dass sie kein Problem damit gehabt hätte, als ich mich nach dem letzten Klingeln aus dem Staub machen wollte.

»Was meinst du denn damit, du willst nicht mit dem Festwagen helfen?«, fragte sie mich im Oberstufenraum, während ich mein Bestes gab, mich von ihr zu verabschieden und einen möglichst eleganten Abgang hinzulegen.

»Ich glaube, sie meint, dass sie *nicht hierbleiben wird, um uns mit dem Festwagen zu helfen*«, erklärte Lena. »Hast du vielleicht die Dämpfe von dem Lippenstift am Spind eingeatmet?« Ich wollte ihr dankbar zunicken, aber ihre Miene war vollkommen unergründlich. War sie sauer auf mich, weil ich sie entgegen unserer Abmachung sitzen ließ? Noch so ein unlösbares Rätsel.

Manche machten eben mehr Spaß als andere. Das gehörte nun mal dazu.

»Danke, so viel hab ich verstanden«, erwiderte Daisy. »Obwohl ich eine Bestätigung natürlich immer zu schätzen weiß.«

Wenn ich ehrlich war, *klang* es allerdings nicht, als wüsste sie sie zu schätzen.

»Aber *warum*?« Daisy funkelte mich an. »Wir haben das schon vor Tagen ausgemacht. Wir bauen den Festwagen immer zusammen. Letztes Jahr bei den Piraten auch.«

»Ich weiß«, erwiderte ich. »Harr-harr, die guten alten Zeiten.« Ich versuchte es mit einem Lächeln, aber sie wollte nichts davon wissen.

»Und das Meerjungfrauen-Motto dieses Jahr? Ich meine, das war schließlich *deine* Idee, Nancy!«

»Eine vielleicht etwas unoriginelle Wahl, aber wo sie recht hat …«, sprang Lena ihr bei. »Das ist total auf deinem Mist gewachsen, Süße.«

»Ich *weiß*«, wiederholte ich entschieden gereizter, obwohl ich mir wirklich, wirklich Mühe gab, es mir nicht anmerken zu lassen.

»Und was ist dann so wichtig, dass du uns heute mit dem Festwagen sitzen lässt?«, bohrte Daisy weiter. Sie betrachtete mich, als hätte sie eine ziemlich gute Vorstellung davon, ging jedoch nicht so weit, mir irgendetwas Bestimmtes vorzuwerfen.

»Ich hab was zu erledigen«, antwortete ich vage.

In meiner Jackentasche schloss ich die Hand um mein Smartphone. Was ich *hatte*, war eine Bekannte auf dem Rathaus, die mir noch einen Gefallen schuldig war: Ich hatte vor Jahren ihre vermisste Katze wiedergefunden, einer meiner leichteren Fälle. Und was *sie* hatte, war Zugang zu einer größeren Datenbank, die mir hoffentlich dabei helfen würde, den Originalartikel aus der *Tribune* zum Fluch des Namenstags aufzuspüren.

Außerdem hatte sie mir verraten, dass der einzige Angestellte im Archiv gerne etwas früher Feierabend machte. Mir blieb daher, sobald er gegangen war, nur ein winziges Zeitfenster, bevor das Gebäude abgeschlossen wurde. Daher hatte ich diese schwere Entscheidung treffen *müssen*, auch wenn mich meine beiden besten Freundinnen anschauten, als sei ich die mieseste aller Ratten, weil ich sie einfach sitzen ließ.

»Kommt schon, ihr wisst doch, dass ich es wiedergutmache. Lasst mir einfach ein bisschen was zu tun übrig. Ich komme nach, sobald ich fertig bin.« Ich hoffte, dass dies noch an diesem Nachmittag der Fall sein würde, aber mit Sicherheit konnte ich es nicht sagen. Und Versprechungen zu machen, die ich unmöglich würde halten können, schien mir unter diesen Umständen die schlechteste Taktik zu sein.

»Oh, keine Sorge. Wir lassen dir ganz bestimmt was übrig«, versprach Lena mir finster. »Und es wird ganz sicher nichts Angenehmes sein.«

»Ich würde nichts anderes von euch erwarten.«

Daisy bedachte mich mit einem letzten missbilligenden Schnauben, bevor wir uns verabschiedeten. Sie tolerierte meine Entscheidung immerhin, auch wenn sie alles andere als begeistert darüber war.

Lena hakte sich hingegen bei mir unter und begleitete mich zum Ausgang, der zum Schulparkplatz hinausführte. »Will ich mehr darüber wissen, was du zu erledigen hast?«, fragte sie, als wir vor der Tür standen.

Ich blickte sie an. »*Willst* du?« Ich glaubte es kaum.

Sie zuckte die Achseln. »Wahrscheinlich ist es besser für mich, wenn ich jegliche Kenntnis deines Vorhabens glaubhaft abstreiten kann.«

Was hab ich gesagt?

»Aber, hör mal, nur unter uns? Ich stehe voll und ganz hinter dir, was immer du auch vorhast. Ich glaube, Daisy ist dem Namenstagsfieber ein bisschen zu sehr verfallen. Ich mach mir echt ein bisschen Sorgen um sie.« Lena *wirkte* auch ziemlich besorgt.

»Ich mir auch.« Es war eine Erleichterung, das so offen aussprechen zu können.

»Also, du weißt schon … Was immer du tun musst, tu, Drew.« Sie lächelte. »Das reimt sich.«

»Süß. Und es nimmt dem Aspekt der potenziell drohenden Gefahr bei dieser ganzen Geschichte ein wenig den Schrecken.«

»Ach.« Lena zuckte mit den Schultern, bevor sie sich zum Gehen wandte. »Wenn du dich um den Fall kümmerst, mache ich mir da keine allzu großen Sorgen«, rief sie mir noch zu.

Damit sind wir schon eine.

»Nancy!«

Ich stand an meinem Auto und verstaute die Bücher auf dem Beifahrersitz, als ich meinen Namen hörte. Diesmal war es jedoch weder Lena noch Daisy – sie waren inzwischen beide in der Werkstatt und arbeiteten an unserem Meerjungfrauen-Wagen. Vielleicht fand Daisy ja sogar einen Moment Zeit, um eine Voodoo-Puppe nach meinem Abbild zu basteln. Immerhin dürfte es ihr ziemlich schwerfallen, den speziellen Rotton meiner Haare zu treffen …

Ich drehte mich um. Es war Parker. »Hi«, sagte ich, und bei seinem Anblick wurde mein ganzer Körper sofort von Wärme geflutet. Sein Haar hing ihm über ein Auge und er wirkte ein wenig außer Atem. Ein Fußball klemmte unter seinem Arm. War er direkt nach dem Training zu mir gerannt? Ich beschloss, dass er mir ein bisschen zerzaust sogar noch besser gefiel.

Nimm deinen Kopf aus den Wolken und konzentrier dich auf das Wesentliche, Drew.

Viel leichter gesagt als getan, wenn Parker direkt vor mir stand und so nervös aussah.

»Hi«, erwiderte er schließlich und errötete tatsächlich. »Tut mir leid. Das war nicht besonders inspiriert.«

»Mach dir deswegen keinen Kopf«, neckte ich ihn. »Manchmal sind die Klassiker immer noch die beste Wahl.«

»Hilfst du denn gar nicht mit dem Meerjungfrauen-Wagen?«, fragte er. »Ich … na ja, ich hab von Lena gehört, dass du auch mitmachen wolltest.«

Er hatte *gehört*, dass ich mitmachen wollte? Im Sinne von: Er hatte jemanden *gefragt* – Lena, ganz offensichtlich –, ob ich dabei sein würde oder nicht?

Im Sinne von: Er hatte sich nach mir *erkundigt*?

Der Gedanke löste ein richtiges Kribbeln in mir aus. Ein sehr angenehmes Kribbeln.

Ich wusste, dass *ich* mich für Parker interessierte, seit ihm aufgefallen war, dass ich die Nachricht aus dem Schnabel des Raben eingesteckt hatte. Es war ziemlich aufregend, herauszufinden, dass er sich offensichtlich genauso für mich interessierte.

Ich konnte allerdings nicht anders, als mich zu fragen, was an mir *speziell* sein Interesse geweckt hatte.

Tatsachen: ja.

Wissenschaft: unbedingt.

Liebe: Fragt mich später noch mal.

Das war meine Philosophie. So funktionierte mein Hirn nun mal. Das letzte Mal, dass ich so richtig verknallt gewesen war? David Cates in der neunten Klasse.

Aber das Feuer war genauso schnell wieder erloschen, wie es entflammt war – direkt nachdem ich den E-Mail-Flirt seines Vaters mit der damaligen Apothekerin der Stadt aufgedeckt hatte. David hatte mir erzählt, dass sich sein Dad ziemlich seltsam verhielt, aber wie sich herausgestellt hatte, hatte er es nicht wirklich so gemeint, als er gesagt hatte, dass er herausfinden wollte, warum.

Sagen wir einfach, ich musste auf die harte Tour lernen, dass Neugier nicht nur der Katze Tod war, um Ms Beekmans Sprichwort der Wahl zu zitieren. Manchmal war sie auch der Tod einer aufkeimenden Beziehung.

Seither war ich ein wenig vorsichtiger, bevor ich mich in jemanden verknalle.

Aber – *Mist* – jetzt war ich mit Reden an der Reihe, und hier stand ich, vollkommen in Gedanken versunken, kicherte nervös und brachte vor lauter Nancy-untypischer Schwärmerei keinen zusammenhängenden Satz zustande.

»Ähm«, stammelte ich schließlich. Ich zielte auf »lässig« ab, war aber kilometerweit davon entfernt. »Wollte ich. Mitmachen, meine ich«, brabbelte ich. »Aber mir ist was dazwischengekommen.« Ich lief knallrot an. »Willst du? Mithelfen, meine ich?« *So unendlich weit von lässig entfernt.*

»Na ja, ja«, antwortete er mit leuchtenden Augen. »Und ich muss zugeben, dass ich deswegen ein bisschen nervös bin. Ich bin nicht unbedingt ein Naturtalent, wenn es um Werkzeug und so was geht. Ich schätze, die Chancen liegen bei neunzig Prozent, dass ich nach dieser ganzen Aktion einen Finger weniger habe als vorher. Vielleicht auch fünfundneunzig.«

»Das ist eine … ziemlich miese Quote.« Ich lachte. »Warum hast du dich denn dann freiwillig gemeldet? Wenn es nicht so dein Ding ist? Ich meine, es ist total nett von dir, dass du mithelfen willst«, fügte ich hastig hinzu, als ich die Verwirrung auf seinem Gesicht aufblitzen sah. »Ich wollte damit nur sagen, dass es noch andere Möglichkeiten gibt, zu helfen. Und die haben nichts mit … Elektrowerkzeug und potenziell abgetrennten Extremitäten zu tun. Es gibt zum Beispiel immer noch den Kuchenverkauf. Beim Kuchenverkauf ist die Wahrscheinlichkeit einer körperlichen Verstümmelung verschwindend gering.«

»Oh, schon, aber … ich bin was ganz Besonderes, weißt du«, erwiderte Parker. »Ich kann in einer Küche definitiv mindestens so viel Schaden anrichten wie mit einer Kreissäge. Vielleicht sogar noch mehr. Mikrowellenpizza ist der Gipfel meiner kulinarischen Fähigkeiten.«

»Pizza kannst du dir heutzutage auch einfach bestellen«, neckte ich ihn. »Das ist zwar etwas verpönt, aber ich verrate es bestimmt niemandem.«

»Ja.« Er schaute mich an, direkt und völlig unverwandt. »Du siehst definitiv wie ein Mädchen aus, das ein Geheimnis bewahren kann. Das war ein Kompliment, übrigens.«

»Danke, übrigens«, erwiderte ich, und das kribbelnde Gefühl breitete sich bis zu meinen Zehen aus. »Bin ich.« Wenn er doch nur wüsste.

»Es war deinetwegen«, platzte er dann völlig abrupt heraus. Seine Wangen leuchteten wieder knallrot, und er fuhr sich mit den Fingern durchs Haar und sah auf einmal furchtbar nervös aus.

»Was?« Ich war viel zu sehr auf das Kribbeln in meinem Bauch konzentriert – und auf das Leuchten in seinen Augen – und hatte offensichtlich einen entscheidenden Teil unserer Unterhaltung verpasst.

»Ich meine, ich hatte gehört, dass du bei dem Festwagen mithilfst. Von Lena. Deshalb hab *ich* mich freiwillig dafür gemeldet.«

»Oh«, stieß ich aus, ein wenig – wenn auch durchaus angenehm – überrascht. *Oh*.

»Ja, ›oh‹«, erwiderte er. »Ich musste mir endlos gut zureden, um den Mut aufzubringen, mich an diese Werkzeuge ranzutrauen, damit ich die Chance bekomme, ein bisschen Zeit mit dem geheimnisvollen Mädchen von der Schülerzeitung zu verbringen … nur um dann herauszufinden, dass sie den Festwagen sausen lässt.«

»Ich schwöre, dass ich einen guten Grund dafür habe«, versicherte ich ihm und hoffte mehr denn je, dass dies wirklich der Wahrheit entsprach. Zum vielleicht ersten Mal fühlte sich die Aussicht, ein Rätsel zu lösen, ein winziges bisschen nach lästiger Pflicht an. »Und, großer Bonus: Auf die Art verlierst du heute wahrscheinlich doch keinen Finger!«

»Nee, ich geh trotzdem hin und helfe«, sagte er und steckte die Hände in die Hosentaschen. »Ich hab mich schließlich freiwillig gemeldet, da kann ich nicht einfach kneifen, nur weil dem hübschen, geheimnisvollen Mädchen etwas Geheimnisvolles dazwischengekommen ist.«

»Ich … freue mich, dass du offensichtlich genügend Schuldbewusstsein für uns beide empfindest.« Obwohl seine besonders ausgeprägten Schuldgefühle vermutlich bedeuteten, dass meine geringer waren, als sie hätten sein sollen. Aber wenn ich auch nur eine einzige konkrete Tatsache aufdecken konnte, was diesen Fluch betraf, dann war es das absolut wert.

Richtig?

Ach, und: Es war mir durchaus nicht entgangen, dass er mich als »hübsch« bezeichnet hatte.

Während ich in Parkers gespielt enttäuschtes Gesicht schaute, kam mir meine Verabredung mit meiner Bekannten im Rathaus plötzlich wie reine Zeitverschwendung vor.

»Ich bin eben ein sehr verantwortungsbewusster Mensch«, sagte er. »So verantwortungsbewusst, dass ich der Ansicht bin, wir sollten uns jetzt gleich für später verabreden, nur, damit ich sicher sein kann, dass du heil wieder von dieser geheimen Mission zurückkehrst ...«

»Erledigung«, korrigierte ich ihn. Er musste schließlich nichts von meiner Vorliebe für geheime Ermittlungen erfahren.

»Mission, Erledigung, was auch immer. Ich will einfach nur sichergehen, dass du an einem Stück wieder zurückkommst.«

Ich versuchte, die Nonchalante zu spielen. »Wie überaus ritterlich von dir«, sagte ich und hoffte, dass er das leichte Zittern in meiner Stimme nicht hören konnte. »Kann ich dir ... 'ne Nachricht schicken? Heute Abend?«

»Eine Nachricht wäre okay, denke ich«, antwortete er. »Aber ›Ritterlichkeit‹ verlangt nach mehr als nur einer Nachricht. ›Ritterlichkeit‹ ist mindestens, einen Happen essen zu gehen, von Angesicht zu Angesicht. Sagen wir ... im *Claw*? So gegen sechs?«

Eine nach der anderen platzten die kribbelnden Bläschen in meinem Bauch ... vor schierem Glück und irgendetwas, das schwerer einzuordnen war. Mein Innerstes verwandelte sich in Brei und in meiner Kehle flatterten unzählige Schmetterlinge. Aber trotzdem war das Gefühl insgesamt einfach nur *fantastisch*.

»Ein Date«, erwiderte ich vorsichtig. Die Aussicht war berauschend. War es wirklich eine gute Idee, mich zu einem Date zu verabreden, wenn ein möglicherweise gefährliches Rätsel in der Luft lag? Vielleicht nicht. Aber als ich Parker ansah, wusste ich auch nicht, wie ich ihm widerstehen sollte. Das hier war der Junge, der meine Fingerfertigkeit bemerkt und mich darauf angesprochen hatte, obwohl die meisten Typen, mit denen ich bisher ausgegangen war, meine detektivischen Fähigkeiten hauptsächlich als nervtötend empfunden hatten. Und das fühlte sich einfach anders an. Vielleicht sogar gefährlich? Vielversprechend, aber auch ein bisschen Furcht einflößend.

Dates waren okay. Sie machten sogar manchmal Spaß. Aber das hier war etwas völlig Neues. Etwas, das mehr als nur ein bisschen Spaß zwischendurch bedeuten konnte. Etwas, das eine Ablenkung bedeuten konnte.

Und eine echte Spürnase konnte sich keine Ablenkung leisten, wenn sie an einem Fall arbeitete.

»Es muss nicht unbedingt ein Date sein«, erwiderte Parker und las mir offensichtlich im Gesicht ab, dass ich hin- und hergerissen war. »Es kann auch nur ein … Happen zu essen sein? Ich überzeuge mich davon, dass deine geheime Mission ohne Probleme verlaufen ist, und du vergewisserst dich, dass ich keinen ernsthaften körperlichen Schaden davongetragen habe. Und falls es sich doch irgendwann wie ein Date anfühlt … na ja, dann können wir diesem Unsinn sofort ein Ende bereiten, falls wir dies für nötig erachten sollten.« Er neigte den Kopf zur Seite. »Was meinst du?«

Ich musste lachen. »Na, solange wir einen Notfallplan haben – nur für den Fall, dass das Ganze zu romantisch wird.« Mein Handy summte in meiner Jackentasche, riss mich zurück in die Realität und erinnerte mich wieder daran, dass ich tatsächlich eine geheime Mission zu erledigen hatte.

»Ich muss los«, sagte ich widerwillig. »Aber … okay. Wir sehen uns dann im *Claw*. Um sechs.« Bis dahin waren es nur noch ein paar Stunden, aber ich wusste jetzt schon, dass es mir viel länger vorkommen würde.

»Jede gute Liebesgeschichte beginnt mit einem soliden Plan B«, sagte er. Ich versuchte, bei dem Wort »Liebesgeschichte« nicht zu zittern. »Bis heute Abend!«

Kapitel 9

Das Rathaus von Horseshoe Bay. Wie so vieles in unserer Stadt schien das Gebäude direkt einem Norman-Rockwell-Gemälde entsprungen zu sein: verblasste, von der Sonne gebleichte Ziegelsteine, ein von griechischen Säulen flankierter Eingang und ein auffälliger Erkerturm, der hoch vor dem wolkenlosen blauen Himmel aufragte. Die salzige Luft hatte die Schindeln zu einem verwitterten grauen Farbton geschliffen, der in deutlichem Kontrast zum Hintergrund der Küstenlandschaft stand.

Außerdem war es möglicherweise meine letzte Hoffnung, doch noch irgendetwas über die Geschichte des Namenstagsfluchs herauszufinden.

Nicht, dass ich mich bei dieser Mission zu *sehr unter Druck setzen will oder so.*

Ich warf einen Blick auf meine Uhr: 16:13 Uhr. Von meiner Bekannten wusste ich, dass das Rathaus an Werktagen zwar *offiziell* um 16:30 Uhr schloss, das Archiv jedoch von einem missmutigen siebzigjährigen Gameshow-Fan verwaltet wurde, der jeden Tag ohne Ausnahme punkt Viertel vor vier nach Hause eilte, um *Der Preis ist heiß* im Fernsehen nicht zu verpassen. Und auch wenn ich mich fragte, warum er sich so sehr gegen das Zeitalter des Streamings sträubte, musste ich zugeben, dass seine altmodischen Gepflogenheiten für meine Ermittlungen *äußerst* hilfreich waren.

Ich konnte das Rathaus auf keinen Fall durch den Haupteingang betreten – die Frau an der Anmeldung kannte meine Eltern und hätte mich sofort erkannt. Ich tat zwar nichts Unerlaubtes, aber ich konnte auch keine Fragen oder Störungen von irgendwelchen Autoritätspersonen gebrauchen. Zum Glück wurde der Seiteneingang nicht überwacht. Die Menschen in einer Kleinstadt konnten häufig ebenso charmanter- wie törichterweise viel zu vertrauensselig sein, aber in diesem Fall würde ich mich ausnahmsweise nicht darüber beschweren. Ein kurzer Blick über die Schulter verriet mir, dass mich niemand beobachtete. Aber warum hätte mich auch irgendjemand beobachten sollen? Schließlich hatte niemand eine Ahnung, dass ich den Fluch untersuchte. Trotzdem: Sei immer dankbar für die kleinen Dinge im Leben, wie es so schön heißt. Ich drückte die Türklinke.

Abgeschlossen.

Okay, klitzekleines Problem. Aber nur ein klitzekleines. Schließlich knackte ich schon Schlösser, seit ich sieben war. Ich nahm den passenden Dietrich aus dem Set, das ich immer in meiner Tasche hatte, und nach ein paar schnellen Drehungen ließ sich die Klinke herunterdrücken. Ich war drin.

Ein weiterer Vorteil, wenn man in einer kleinen Stadt lebte: Unser Rathaus war ebenfalls relativ klein. Das Archiv befand sich im Keller, direkt um die Ecke, den Flur entlang und dann eine Treppe hinunter. Ich konnte Schritte aus dem vorderen Teil des Gebäudes hören. Offensichtlich waren nicht alle im Rathaus von Uraltgameshows im Fernsehen besessen, was in gewisser Weise eine Erleichterung war, auf rein soziologischer Ebene. Trotzdem gelangte ich unbemerkt in den Raum.

Und dann rutschte mir das Herz in die Hose.

Denn auch wenn Horseshoe Bay eine kleine Stadt war, wirkte seine Geschichte – in Kisten verpackt und übereinandergestapelt, Reihe an Reihe, Regal an Regal – absolut endlos. Die Stapel, die mit ZEITUNGEN überschrieben waren, nahmen eine komplette Wand ein und waren höher als ich. *Viel* höher.

Wenigstens sind sie beschriftet.

Was Silberstreifen anging, war es ein ziemlich blasser.

Die Kisten waren alphabetisch sortiert: *Beacon Bangor, the*; *Boston Chronicle, the*; *Daily Montpelier, the* … Die mit *Horseshoe Bay Tribune, the* beschrifteten Kisten ragten in einem eigenen Turm vor der Wand auf, wobei sich die ältesten Ausgaben ganz unten befanden. Ich musste den Zeitraum irgendwie eingrenzen. Aber von wann stammte dieser einzige Online-Treffer? Plötzlich war mein Kopf vollkommen leer. Ich zog mein Handy heraus.

Kein Empfang. Natürlich. Hier unten, in den Eingeweiden des Rathauses, konnte ich noch nicht einmal den fehlerhaften Link zu Hilfe nehmen.

Bloß gut, dass ich neulich mit dem Handy ein Foto von den Suchergebnissen auf dem Bildschirm gemacht hatte.

Sagen wir einfach, ich hatte auf die harte Tour gelernt, wie wichtig es war, stets auf Nummer sicher zu gehen.

Ich öffnete meine Galerie. Das Foto war eines der Ersten im Album. Der Beitrag »Segen oder Fluch?« war offensichtlich auf der Meinungsseite der Zeitung erschienen, und auch wenn der Name des Autors nicht aufgeführt war, war zumindest das Jahr angegeben: 1971. *Bingo*.

Oder … so gut wie Bingo. 1971 umfasste »nur« drei Kisten. *Großartig*. Das würde ungefähr … ewig dauern. Für Mathe hatte ich jetzt wirklich keine Zeit.

Aber Moment. In dem verschollenen Artikel ging es um den Namenstag, klar, was wiederum bedeutete, dass er zu dieser Jahreszeit erschienen sein musste. Das grenzte den Zeitraum noch entschieden weiter ein.

Erleichtert zog ich die Kiste heraus, die ich brauchte, und musste niesen, als ich dabei eine Staubwolke aufwirbelte. Ich blätterte so vorsichtig wie möglich durch die hauchdünnen Seiten. Mir war bewusst, dass die Zeitungen nach all den Jahren sehr empfindlich waren.

Zwanzig Minuten später hatte ich es. Wer brauchte schon Mathematik? Hin und wieder brauchte man einfach nur ein bisschen Glück. Auf der Titelseite einer Ausgabe der *Tribune* von 1971 entdeckte ich einen Anreißer: »Langjähriger Einwohner sieht Silberstreifen bei sogenanntem Namenstagsfluch«, und darunter den Hinweis »mehr auf S. 13«.

Ich blätterte hastig weiter und versuchte, den neugierigen Eifer zu dämpfen, der in mir aufstieg.

Ganz ruhig bleiben, Drew.

Es war vernünftig, mich von meiner Begeisterung nicht hinreißen zu lassen, denn als ich die entsprechende Seite aufschlug …

Fehlte der Artikel.

»Glück« konnte ich also wieder streichen.

Allerdings war nicht die komplette *Seite* herausgerissen. Wer immer auf dieser Welt auch absichtlich oder versehentlich versuchte, meine Ermittlungen zu sabotieren, war offensichtlich der Ansicht, dass *das* übertrieben gewesen wäre. Nein, es fehlte nur die untere Hälfte, so sauber herausgetrennt, dass man beinahe hätte meinen können, es müsste so sein – wenn dieser »man« nicht zufällig ich gewesen wäre und bis eben noch verzweifelt, aber voller Energie versucht hätte, den fraglichen Artikel zu finden.

Ich blinzelte verwirrt und weigerte mich, meinen eigenen Augen zu trauen. Ich warf noch einmal einen Blick auf die Titelseite: *mehr auf S. 13*. Dann blickte ich auf die obere rechte Ecke der Seite: *13*.

Der Artikel fehlte definitiv. Und das war höchstwahrscheinlich *kein* Zufall.

Aber … vielleicht war er ja doch nicht so sauber entfernt worden.

Ein Detektiv der alten Schule hätte zur Lupe gegriffen – man denke an Sherlock Holmes oder Hercule Poirot. Aber das hier war das einundzwanzigste Jahrhundert. Ich zog mein Smartphone heraus.

Der Schnitt ging entlang der Falz. Auf den ersten Blick sah es tatsächlich so aus, als sei alles herausgeschnitten worden, das mir irgendwie hätte von Nutzen sein können.

Glücklicherweise war ich klug genug, mich nicht auf den ersten Anschein zu verlassen.

Ich klickte auf meine Kamera, ließ die Finger über die glatte Glasoberfläche des Handybildschirms gleiten und zoomte heran. Langsam nahmen die Formen, die zunächst nach nicht viel mehr als wahllosen Schnörkeln ausgesehen hatten, immer mehr Gestalt an und enthüllten wie die verzerrten Reflexionen von Buchstaben in einem Spiegelkabinett ihr Bedeutung. Es dauerte einen Moment, bis mein Gehirn alle Einzelteile zu einem Ganzen zusammengesetzt hatte.

S-T-R-A-T-H-M-O-R-E.

Es war kein offensichtliches Wort, nichts, das ich – oder irgendjemand sonst – hätte erraten können. Aber das war in Ordnung. Weil ich das hier schon ziemlich lange machte. Es war kein *offensichtliches* Wort – es war ein Nachname.

Der Nachname der Person, die den Artikel geschrieben hatte.

Hier waren die Fakten:

Zum einen gab es nicht den Hauch einer Online-Spur. Dann der fehlende Artikel im offiziellen Archiv des Rathauses. Irgendjemand dort draußen wollte wirklich nicht, dass irgendwer diesen Artikel las. Und ich würde herausfinden, warum. Diese zerschnittene Zeile war zwar nichts weiter als ein Nachname, aber sie war immerhin eine kleine Spur. Und auch wenn ich nicht wusste, ob sie zu mehr führen würde als meine erste Internetsuche, hatte ich jetzt wenigstens einen winzigen Hinweis.

Und ich hatte schon Fälle mit schlechteren Vorzeichen gelöst. Viel schlechteren.

Ich rollte die alte, unvollständige Zeitung wieder zu einer dünnen Rolle auf und behandelte das altersschwache Papier dabei ebenso behutsam wie zuvor. Dann steckte ich die Zeitung in meine Umhängetasche, stellte die Kisten, die ich durchsucht hatte, wieder ins Regal, ging auf demselben Weg zurück, auf dem ich gekommen war, und trat aus dem Gebäude in den verblassenden Sonnenschein des frühen Abends.

Ich war so sehr damit beschäftigt, die Augen nach irgendwelchen Erwachsenen offen zu halten, die *mich* vielleicht im Auge behielten, dass es mir gar nicht in den Sinn kam, auch auf Leute in meinem Alter zu achten.

»Caroline!« Ich rannte im wahrsten Sinne des Wortes direkt in sie hinein und prallte so schwungvoll mit ihr zusammen, dass wir beide rückwärtstaumelten. Auch sie hatte ihre Schultasche dabei und wirkte durch unseren Zusammenstoß ziemlich aus dem Konzept gebracht.

»Was zur Hölle?«, fluchte sie und schien wirklich verärgert zu sein. Ich konnte es ihr nicht übel nehmen. »Ich weiß ja, dass du und deine Freundinnen denkt, die Welt würde sich nur um euch drehen, aber du könntest trotzdem zumindest versuchen, nicht direkt *durch* andere Leute durchzugehen, wenn's dir nichts ausmacht!«

»Tut mir leid. Ich war … abgelenkt. Und ich denke *nicht*, dass sich die ganze Welt nur um mich dreht.« Sie bedachte mich mit einem Blick, der mir sagte, dass mein Protest vollkommen sinnlos war.

»Was machst du überhaupt hier?«, wagte ich trotzdem einen Vorstoß. Vor dem Rathaus, meinte ich, das schließlich nicht unbedingt als typischer Highschool-Treff bekannt war. Mir war jedoch auch klar, dass sie offensichtlich der Ansicht war, dass es mich exakt null anging, warum sie an einem x-beliebigen Dienstagabend auf einer öffentlichen Straße spazieren ging.

Sie starrte mich an, als hätte ich den Verstand verloren. Oder, um genauer zu sein: als würde ich meine Nase in Dinge stecken, die mich exakt null angingen. »Ich geh die Main Street runter, genau wie du.«

Ich hob die Hände in einer *Hey, ich will keinen Ärger*-Geste. »Alles klar. Schon gut.«

Sie rollte mit den Augen: nach wie vor ein wenig wässrig. Ich nahm an, dass sie immer noch nicht darüber hinweg war, dass sie keine Rolle bei der Namenstagsaufführung bekommen hatte. Auch wenn sie sich, im Licht der jüngsten Ereignisse betrachtet, deswegen eigentlich hätte glücklich schätzen sollen.

Apropos … Carolines Name war der erste auf unserer Liste gewesen, als wir die erste Nachricht entdeckt hatten. Oder zumindest der zweite Name, nachdem Theo es geschafft hatte, uns davon zu überzeugen, dass er viel zu faul war, um etwas so Aufwendiges wie diesen kleinen Scherz durchzuziehen. Ich hatte jedoch noch nicht die Chance bekommen, sie deswegen zu verhören … äh, sie danach zu *fragen*, meine ich.

Sie sah mich immer noch böse an. »Wenn du mich irgendwas fragen willst, Nancy, dann tu dir keinen Zwang an.«

Okay. Sie kommt direkt zur Sache. Es gefiel mir. Es machte das Ganze viel einfacher. »Na ja … wenn du mich so nett bittest.«

Sie seufzte schwer.

»Ich *habe* mich gefragt, ob du dich am Montagnachmittag irgendwo auf dem Schulgelände aufgehalten hast … ungefähr zu der Zeit, als die *Masthead*-Redaktionssitzung stattfand?«

Sie hob eine Augenbraue. »Und ich nehme an, du hast dich *auch* gefragt, ob ich heute irgendetwas mit Daisys Spind zu tun hatte. Mit dieser Vandalismus-›Fluch‹-Geschichte?«

Okay, du hast mich durchschaut. Ich musste zugeben, dass ich überrascht war, dass sie meine Fragen vorhergesehen hatte. Als ich sie nur neugierig anschaute, fügte sie hinzu: »Lena hat sich mit mir ›unterhalten‹. Heute, nach der Schule.« Mir entging nicht, dass sie das Wort »unterhalten« besonders betonte. Ich bezweifelte, dass es sich nur um eine freundliche Plauderei gehandelt hatte.

Oh. »Okay«, sagte ich. »Das wusste ich nicht.«

»Oh, bitte.« Sie schnaubte verächtlich.

Ich konnte ihr nur schwer einen Vorwurf daraus machen, dass sie mir nicht glaubte. »Ich schwöre es«, versicherte ich ihr und versuchte, meiner Stimme so viel Aufrichtigkeit wie möglich zu verleihen. »Ich hatte keine Ahnung. Obwohl es durchaus Sinn ergibt, jetzt, da du es erwähnst.« Sosehr überhaupt etwas an dieser ganzen Sache Sinn ergab, natürlich.

»*Nicht*, dass es dich irgendetwas anginge«, fuhr sie mit funkelnden Augen fort, »aber ich sage dir das Gleiche, was ich schon Lena erzählt habe: Rein zufällig *war* ich am Montagnachmittag in der Schule. Ich hab in der Bibliothek an einem Aufsatz gearbeitet. Und am Dienstag war ich mit einem Lehrer zusammen.«

»Okay.« Ich wartete. Ich hatte das Gefühl, dass noch mehr dahintersteckte und sie kurz davor war, es mir zu verraten – wenn auch äußerst widerwillig.

»Ich war bei Mr Stephenson.« Sie stemmte eine Hand in die Hüfte und forderte mich förmlich heraus, nachzubohren.

Sie klang dabei so selbstbewusst, als sei unsere Unterhaltung mit dieser Aussage unwiderruflich beendet. Ich wünschte, ich könnte ihr da zustimmen. Einerseits musste sich die betreffende Person nicht zwingend in der Nähe des Redaktionszimmers aufgehalten haben, um den Raben loszuschicken … aber andererseits war es auch ein ziemlich gewagter Schachzug, den Namen eines Lehrers so nonchalant ins Spiel zu bringen, wie Caroline es getan hatte. Denn als Alibi ließ sich ihre Behauptung mit Leichtigkeit verifizieren oder widerlegen. Ganz davon zu schweigen, dass sie mit *keinem* Wort einen Raben erwähnt hatte, was der Schuldige möglicherweise getan hätte, um zu widerlegen, dass er etwas mit der Sache zu tun hatte, oder sich explizit von dieser bizarren Aktion zu distanzieren.

»Du kannst ihn ja fragen, wenn du willst.« Caroline schaute mich immer noch an und wartete, wie ich annahm, auf eine dramatischere Reaktion.

Ich versuchte, lässig zu wirken, obwohl ich natürlich – *natürlich* – genau das tun würde, sobald ich die Gelegenheit hatte, ihn danach zu fragen. »Okay«, erwiderte ich. »Aber du weißt schon, selbst wenn er dein Alibi für Dienstag bestätigt …«

»Oh, jetzt brauche ich also schon ein *Alibi*, das ich mir *bestätigen* lassen muss?«, fragte sie mit erhobener Stimme.

Jetzt seufzte *ich*. »Was willst du denn von mir hören, Caroline? Es ist etwas ziemlich Seltsames passiert. Und du weißt darüber offensichtlich bereits Bescheid, weil Lena dich darauf angesprochen hat. Auch wenn es so klingt, als sei sie dabei nicht besonders nett zu dir gewesen. Aber was immer sie auch zu dir gesagt hat, es hat zumindest so viel Eindruck bei dir hinterlassen, dass du angenommen hast, ich hätte auch noch ein paar Fragen an dich.«

»Hat es.« Ihre Stimme klang angespannt. »Und hier bist du auch schon und quetschst mich aus. Rein zufällig.«

»›Vorhersagbar‹ gehört definitiv nicht zu den schlimmsten Attributen, mit denen man mich in der

Vergangenheit bedacht hat. Okay, Caroline, du sagst, dass du am Dienstag bei Mr Stephenson warst. Ich bin geneigt, dir das zu glauben. Was Alibis betrifft, gehört es, wie schon gesagt, auf jeden Fall in die Kategorie ›leicht zu bestätigen‹ – oder zu widerlegen. Für den Vorfall während der Redaktionssitzung hat es jedoch keine Bedeutung. Wie du ja weißt, hat heute jemand Daisys Spind beschmiert. Aber selbst wenn du mit dieser Sache nichts zu tun hattest, könntest du trotzdem für den *Masthead*-Zwischenfall verantwortlich sein.«

»Und wie soll ich das angestellt haben? Oder hast du vor, ohnehin die gesamte Schülerschaft zu verhören?«, fragte sie.

Gute Frage.

Gegenfrage: »Daisy ist meine beste Freundin. Musst du mich das wirklich erst fragen? Wenn es sein muss, dann werde ich genau das tun. Aber für den Moment beschränke ich mich auf die Schüler, die ein Motiv hatten, weil sie die Aufführung stoppen wollen.« Nun blickte ich sie mit hochgezogener Augenbraue an. »Wie du.«

Sie schluckte. Die Frühlingsbrise wehte ihr das Haar aus dem Gesicht. »Hör mal, ich weiß ja, dass ich auf dem Schulhof total ausgerastet bin, als die Besetzungsliste veröffentlicht wurde.«

»Das war mehr als nur ein ›Ausraster‹«, erwiderte ich. »Wenn ich mich recht erinnere, war es ein richtiger

Nervenzusammenbruch, der ein Eingreifen von keinem anderen als Mr Stephenson erforderte.«

»Okay, was auch immer. Ich bin total durchgeknallt, aber ich werde mich sicher nicht mit dir darüber streiten, wie wir es bezeichnen wollen. Und ja, ich war enttäuscht, unendlich enttäuscht. Ich hatte wirklich erwartet, dass ich eine Rolle kriege. Die Aufführung ist hier schließlich ein Riesending. Ich meine, was ist denn in diesem verschnarchten Nest sonst schon los?«

»Ich mag dieses verschnarchte Nest rein zufällig«, entgegnete ich, doch noch während ich es aussprach, ging mir auf, dass mir diese Behauptung wohl auch deshalb so leicht fiel, weil mein Bewerbungsformular für einen Studienplatz an der Columbia University im nächsten Jahr nur noch darauf wartete, dass ich es ausfüllte.

Caroline klang ein wenig milder. »Ich doch auch«, gab sie zu. »Ich schätze, mich über Horseshoe Bay und den Namenstag lustig zu machen ist eben meine Art, so zu tun, als sei es keine große Sache für mich, dass ich kein Teil davon sein kann – so wie ich es mir vorgestellt hatte. Das verstehst du doch sicher, oder? Ich meine, ich weiß, dass du … na ja, ›beliebt‹ bist«, sie zeichnete bei dem Wort mit den Fingern Anführungszeichen in die Luft. »Aber diejenigen unter uns, die es nicht sind? Tja, wir kriegen es wirklich zu spüren.«

Es war schwer, bei ihren offenen Worten kein Mitgefühl für sie zu empfinden. Ich schenkte ihr ein vorsichtiges Lächeln. »Falls du versuchst, auf cool zu machen, dann verstehe ich das total. Aber ich würde sagen, die Katze ist inzwischen aus dem Sack. Ich glaube, es wissen alle, wie aufgebracht du deswegen bist. Oder warst.« Ich hielt den Atem an: Würde sie das als Beleidigung empfinden? Ich meinte es als harmlose, neckende Bemerkung, aber wenn Caroline in letzter Zeit eines bewiesen hatte, dann dass sie bei der entsprechenden Provokation total ausrasten konnte.

Einen Moment lang wirkte ihre Miene vollkommen teilnahmslos, und ich hatte schon Angst, ich hätte unsere Unterhaltung wieder mindestens fünfzig Schritte rückwärts getrieben. Doch dann, wie durch ein Wunder, breitete sich auch auf ihrem Gesicht ein Lächeln aus. »Touché«, sagte sie und nickte anerkennend. »Aber gefällt mir.«

Unerwartet, aber sehr willkommen.

»Ich mache dir keinen Vorwurf daraus, dass du mich verdächtigt hast«, fügte sie hinzu. Sie zuckte mit den Schultern und wirkte ziemlich resigniert. »Ehrlich gesagt, ich wäre überrascht gewesen, wenn du es nicht getan hättest. Und, wie schon gesagt, sprich ruhig mit Stephenson. Er kann dir zumindest bestätigen, dass ich am Dienstag bei ihm war. Und was die *Masthead*-Geschichte angeht? Keine Ahnung. Ich schätze, du wirst dich einfach entscheiden müssen, ob du mir glaubst oder nicht.«

»Ich kann dir nicht versprechen, dass ich nicht noch weitergraben werde«, sagte ich.

»Auch hier: Das überrascht mich nicht«, erwiderte Caroline. »Was soll ich sagen? Dein Ruf eilt dir voraus.«

»Klar«, entgegnete ich. »Aber in einer Stadt wie dieser, bei wem tut er das nicht?«

Kapitel 10

In der wenigen Zeit, die mir nach meinem Zusammenstoß mit Caroline und vor meinem Treffen mit Parker im *Claw* blieb, hatte ich zum vielleicht ersten Mal, seit ich in Sachen Namenstagfluch ermittelte, ein kleines Erfolgserlebnis. Soll heißen: Als ich *Strathmore* googelte, lieferte die Suche zwar mehr als nur einen Treffer, aber nur einer von ihnen gehörte zu einer Person: Glynnis Strathmore. Es war durchaus plausibel, dass sie 1971 einen Artikel verfasst hatte und noch heute nur fünfzehn Kilometer von Horseshoe Bay entfernt in dem kleinen Örtchen Stone Ridge lebte.

Ich hatte Stone Ridge noch nie besucht und kannte den Ort nur von der Durchfahrt, wenn wir unseren Familienurlaub mal wieder auf der Shadow Ranch verbrachten – bevor ich dort einen rätselhaften Fall gelöst hatte. Seitdem löste der kleine Ort bei meinen Eltern und mir ein eher unbehagliches Gefühl aus und wir verbrachten unsere Freizeit lieber woanders. Aber trotzdem: Dieser Treffer, diese Spur fühlte sich vielversprechend an. Ich spürte dieses leise Kribbeln in den Adern, das mir sagte, dass ich auf der richtigen Fährte war. Und im Laufe der Jahre hatte ich gelernt, dieses Kribbeln nicht zu ignorieren.

Welcher Aberglaube Glynnis Strathmore auch immer dazu inspiriert haben mochte, einen Kommentar über den Fluch des Namenstags zu verfassen, sie war zumindest nicht so paranoid, dass ich ihre Telefonnummer nicht sofort im Internet fand. In meinem Zimmer wählte ich aufgeregt die Ziffern und war einmal mehr dankbar dafür, dass meine Eltern mit ihrer Arbeit so beschäftigt waren, dass ich entschieden mehr Privatsphäre und Unabhängigkeit genoss als der durchschnittliche Teenager. Ich betrachtete dies definitiv nicht als selbstverständlich.

Glynnis klang überrascht, von mir zu hören, auch wenn ich vermutete, dass sie eher überrascht war, von *irgend*jemandem zu hören, nicht nur speziell von mir. Es brach mir fast das Herz. Als ich dann den Zeitungsartikel erwähnte, wirkte sie vollkommen verblüfft, dass überhaupt jemand darüber gestolpert war. »Das ist doch schon so lange her, Kleines«, sagte sie mit vor Alter zitternder Stimme. Sie schien jedoch kein Problem damit zu haben, mir mehr davon zu erzählen. »Aber wahrscheinlich ist es besser, wenn wir uns persönlich treffen«, war ihre einzige Bedingung.

»Sind Sie … Machen Sie sich Sorgen wegen ihrer Privatsphäre?« Sie kam mir eigentlich nicht wie jemand vor, der sich großartig Gedanken über Abhörwanzen in Telefonen oder ähnliches Zeug machte. Schließlich war es ein Kinderspiel gewesen, sie im Internet zu finden. Aber ich schätze, selbst das Kribbeln in meinen Adern kann sich hin und wieder irren, vor allem, was die Aluhut-Fraktion betrifft. Man weiß eben nie, bei welchem konkreten Thema jemand so richtig austickt.

»Ich kann Ihnen versichern, dass ich sehr diskret bin«, fügte ich hinzu. »Ich bin einfach nur neugierig. Was den Artikel angeht, den Sie geschrieben haben, und auf alles, was Sie sonst noch über diesen Fluch wissen. Ich berichte für den *Masthead* in Horseshoe Bay über die historische Aufführung beim Namenstag. Bei meinen Recherchen bin ich über ein paar Stellen gestolpert, an denen der Fluch erwähnt wurde – mit Betonung auf ›ein paar‹. Niemand scheint irgendetwas darüber zu wissen, und ich frage mich einfach, was für eine Geschichte dahintersteckt.«

Am anderen Ende der Leitung rauschte es eine Weile nur statisch, bevor schnaubendes Gelächter zu hören war. »Privatsphäre? Um Himmels willen, nein«, brachte sie hervor und konnte sich kaum beherrschen. »Ich und meine Privatsphäre sind für die Mächtigen und Wichtigen da draußen ganz gewiss nicht von Interesse. Ich wollte damit nur sagen, dass die Hintergrundgeschichte zu diesem Fluch eher in die Kategorie ›Das glaubt mir doch keiner‹ fällt. Und, wie du schon sagtest, heute scheint ohnehin niemand mehr davon zu sprechen. Ich schätze, die Leute ziehen heutzutage Flüche vor, die etwas mit sexy Vampiren oder Zombies zu tun haben, wie in diesen schrillen Serien im Kabelfernsehen …«

»Na ja, ich kann zwar nicht behaupten, dass ich besonders mächtig oder wichtig wäre, aber ich würde mir liebend gerne anhören, was Sie zu erzählen haben«, unterbrach ich sie in der Hoffnung, damit eine lange, ausufernde Tirade zum Niedergang der heutigen Popkultur im Keim zu ersticken. Ms Strathmore hatte ihre diesbezüglichen Ansichten schon in den wenigen Minuten unserer Unterhaltung mehr als deutlich gemacht.

»Warum kommst du dann nicht einfach her?«, schlug sie vor. Der hoffnungsvolle Unterton in ihrer Stimme war beinahe mehr, als ich ertragen konnte. »Du hast doch gesagt, dass du in Horseshoe Bay wohnst, oder? Das ist ja nicht besonders weit weg.«

»Überhaupt nicht weit weg«, stimmte ich ihr zu. »Wann würde es Ihnen denn am besten passen?«

»Oh, gute Güte – mein Terminkalender ist ziemlich leer«, antwortete sie und brach in noch lauter schnaubendes Gelächter aus. »Der Ruhestand, du weißt schon. Nach zweiundzwanzig Jahren im Schuldienst …«

»Prima. Wie wäre es dann so …«, ich schaute auf meine Uhr, »in einer halben Stunde? Ich sollte eigentlich nicht länger brauchen, um meine Sachen zusammenzupacken und zu Ihnen zu fahren.« Ich hatte bereits alles über die Zeit gehört, als sie Erstklässler unterrichtet hatte. Tatsächlich hatten wir in der kurzen Dauer unseres Telefonats eine erstaunliche Themenvielfalt abgedeckt. Dies war eine Frau, die geradezu *begeistert* darüber war, jemanden zu haben, mit dem sie reden konnte.

Und ich war ganz Ohr. Es würde zwar bedeuten, dass ich mein Treffen mit Parker ein wenig nach hinten verschieben musste, aber das war kein Problem.

Sie gab mir noch einmal ihre Adresse durch und ich tippte sie in das GPS meines Handys ein. Wer immer ihren Artikel aus der *Horseshoe Day Tribune* im offiziellen Archiv des Rathauses herausgerissen hatte, hatte ganz offensichtlich nicht mit einem Mädchen aus dem einundzwanzigsten Jahrhundert und seinem treuen Smartphone gerechnet.

Ich liebe es, unterschätzt zu werden.

Nancy: Hey, kurze Frage: Können wir uns vielleicht auch erst so gegen 20 Uhr treffen? Mir ist was dazwischengekommen.

Parker: Bist du sicher? Wenn du's verschieben willst, ist das auch kein Problem.

Parker: Ich meine, klar, mein Stolz wäre irreparabel verletzt, aber ansonsten wär es wirklich überhaupt kein Thema.

Nancy: Das Letzte, was ich will, ist natürlich deinen Stolz zu verletzen. Aber selbst wenn du nicht so ein unglaublich zartes Pflänzchen wärst, ich schwöre: Ich will dich treffen. Ich muss nur vorher was erledigen.

Parker: Na, wenn du dir wirklich sicher bist ... Ich kann allerding nicht umhin, zu bemerken, dass 20 Uhr der Uhrzeit, die viele als den traditionellen Klassiker für ein Date bezeichnen würden, gefährlich nahekommt. Ab 20 Uhr wird es definitiv schwieriger, das Ganze unter dem Etikett »total entspannt« laufen zu lassen.

Nancy: Darauf lasse ich es ankommen.

Parker: Ich liebe abenteuerlustige Mädchen.

Auch wenn die beiden Orte rein geografisch nicht weit voneinander entfernt lagen, zeigten sich auf der kurzen Fahrt von Horseshoe Bay nach Stone Ridge in topografischer Hinsicht riesige Unterschiede. Die Dünensträucher gingen allmählich in Kiefern über, und auch das Meersalz in der Luft verflüchtigte sich immer mehr, bis ich nur noch die frische, immergrüne Vegetation riechen konnte.

Wenn ich *Rentner in Maine, häusliche Umgebung* gegoogelt hätte, wäre mir das Haus am Ende der Einfahrt, auf die ich gerade abbog, in dem entsprechenden Wikipedia-Eintrag todsicher als Beispielfoto begegnet. Allerdings versprühte Glynnis' Einfahrt auch einen Hauch von »Serienmörderhütte im Wald«. Ich tat jedoch mein Bestes, um diesen Gedanken zu vertreiben, als ich um die letzte Kurve des von Bäumen gesäumten Weges bog. Ich trat auf die Bremse und stellte den Motor ab.

Glynnis' Zuhause wirkte bescheiden, aber einladend: eine solide einstöckige Blockhütte aus dunklem Holz, die rote Fensterläden im Chalet-Stil zierten. In den Blumenkästen leuchteten gelbe Ringelblumen, obwohl die Saison schon fast vorbei war. Wer immer diese Frau auch war oder welche Geschichte sich hinter ihr versteckte, sie präsentierte ihr Zuhause mit offensichtlichem Stolz und viel Freude, auch wenn es nicht besonders groß oder schick war. Das Gelb der Blumen und das Rot der Fensterläden halfen definitiv, das unheimliche Horrorfilmflair zu mildern, das das Anwesen in der Einfahrt noch umgeben hatte.

Dann wollen wir mal.

Die Haustür schwang bereits nach innen auf, als ich gerade den Finger hob, um auf die Klingel zu drücken, und verriet mir, dass Glynnis auf der anderen Seite offensichtlich bereits ungeduldig auf mich gewartet hatte. Auch wenn sich ihre Begeisterung über meinen Besuch auf meine Ermittlungen natürlich nur positiv auswirken konnte, schrie mir jede Zelle ihres Körpers förmlich *Einsamkeit* entgegen. Es löste ein etwas unbehagliches Gefühl über den eigennützigen Grund meines Besuchs in mir aus. Allerdings nicht so unbehaglich, dass ich sofort wieder auf dem Absatz kehrtgemacht hätte und zurück nach Hause gefahren wäre.

»Hallo, Kleines«, begrüßte sie mich lächelnd und sah mich durch ihre verschnörkelte Perlmuttbrille freundlich an – der Gipfel des Nerd-Schicks, wenn sie nur zwanzig Jahre jünger gewesen wäre. »Bitte, komm doch rein.«

Sie führte mich ins Wohnzimmer, das mir wie eine Zeitkapsel vorkam: mit Fransen verzierte und mit Plastikschutzfolien überzogene Chintz-Polstermöbel, die ziemlich laut quietschten, als ich mich auf dem kleinen Sofa niederließ und meine Tasche neben mir abstellte. Der Raum fühlte sich ein wenig einsam an, beinahe trostlos, aber auch ruhig und harmlos. »Vielen Dank, dass Sie bereit sind, sich mit mir zu unterhalten, Ms Strathmore«, sagte ich.

»Natürlich, das mache ich doch gerne. Wie du dir wahrscheinlich schon denken kannst, bekomme ich nicht mehr sehr oft Besuch.«

»Das ist wirklich schade«, erwiderte ich und meinte es auch so. »Haben Sie … ähm, ich mache mir normalerweise Notizen und zeichne meine Interviews auf. Wäre das in Ordnung?« Ich zog mein in Leder eingebundenes Notizbuch hervor und rief die Aufnahmefunktion meines Smartphones auf.

Sie blickte mich einen Moment lang stirnrunzelnd an, als müsste sie erst noch darüber nachdenken. Ihr weißes

Haar umrahmte ihr Gesicht in Korkenzieherlocken, die bei jeder ihrer Bewegungen auf und ab hüpften. »Ich wüsste nicht, was dagegensprechen sollte.«

Wirklich? Nun, zum Beispiel die Tatsache, dass nirgendwo auch nur der Hauch einer Information über den Fluch zu finden war – und dass jemand nicht gerade unerheblichen Aufwand betrieben hatte, um die Informationen zu verstecken, die irgendwann einmal verfügbar gewesen *waren*.

Ich zögerte, nicht sicher, ob ich ihr erzählen sollte, dass ihr Artikel im wahrsten Sinne des Wortes aus den offiziellen Aufzeichnungen herausgeschnitten worden war. Ich beschloss jedoch, damit noch zu warten. Ich wollte nicht riskieren, ihr damit vielleicht Angst einzujagen und unserem Treffen ein abruptes Ende zu bescheren.

»Oh!« Ihre Augen blitzten auf, als sei ihr gerade etwas wieder eingefallen. »Das hätte ich ja fast vergessen. Ich habe Kekse gebacken.«

Natürlich hatte sie das. Jetzt, da sie es erwähnte, konnte ich auch den Zucker und die Gewürze in der Luft riechen.

»Ich hoffe, du magst Hafer-Rosinen-Plätzchen«, fügte sie hinzu und huschte durch einen niedrigen Durchgang, der offensichtlich in die Küche führte.

»Das sind meine Lieblingskekse«, sagte ich, was streng genommen nicht stimmte. Aber in diesem Fall tat eine kleine Notlüge nun wirklich niemandem weh.

»Eine Tasse Tee?«, rief sie aus der Küche. »Das Wasser hat gerade gekocht. Ich habe Pfefferminz und Kamille.«

»Ähm, Pfefferminz, bitte«, rief ich zurück.

»Zucker?«

»Nein, danke«, antwortete ich und wurde allmählich etwas ungeduldig. Allem Anschein nach teilte Glynnis Strathmore mein Gefühl der Dringlichkeit jedoch nicht.

Nach einer Minute kehrte sie ins Wohnzimmer zurück, ein silbernes Tablett mit einem Teller voller Hafer-Rosinen-Plätzchen und einem kleinen Teeservice in den Händen: eine Kanne, zwei Teetassen mit Untertassen und zwei winzige Löffel. Sie stellte das Tablett auf dem polierten Mahagonitischchen vor mir ab, schenkte mir eine Tasse Tee aus der Kanne ein, setzte sich dann schräg gegenüber von mir auf einen Ohrensessel und verschränkte die Arme über der Brust.

»Also«, sagte sie und biss genüsslich in eins der Plätzchen, wobei sie eine feine Gischt aus Krümeln auf ihren Strickpullover sprühte, »du hattest ein paar Fragen zum Fluch des Namenstags.«

»Ja, richtig.« Mehr als bereit, endlich zur Sache zu kommen, steckte ich mir das Haar hinter die Ohren, stellte die Teetasse ab und griff nach meinem Notizbuch und Stift. »Mich interessieren vor allem die Details. Die eigentliche, ursprüngliche Geschichte. Was hat es mit diesem Fluch auf sich?«

»Ich bin mir sicher, dass du bereits mehr weißt, als du

glaubst«, erwiderte sie und wirkte einen Moment lang beinahe sehnsüchtig. »Der Fluch des Namenstags ist im Prinzip nur eine unter vielen anderen grauenvollen Legenden, die sich um die Gründung von Horseshoe Bay ranken.«

Ich erschauderte unwillkürlich. »Aber Sie behaupten dennoch, dass es sich dabei nicht *nur* um eine Legende handelt.«

Sie nickte. »Genau das behaupte ich. Horseshoe Bay hat eine blutige Vergangenheit«, fuhr Glynnis fort. »Vielleicht kannst du dich sogar noch daran erinnern, wann du zum ersten Mal eine Version eines der düstereren Kapitel seiner Geschichte gehört hast.«

Ich überlegte einen Moment lang. Bilder blitzten vor meinem inneren Auge auf: das Feuerwerk bei der Feier am Unabhängigkeitstag; Paraden der Bürgermeister; Pyjamapartys; Campingausflüge. Stets begleitet von eifrigem Geflüster unter Erwachsenen wie Kindern. Aber ich konnte mich wirklich nicht daran erinnern, dass ich irgendwann einmal etwas über einen Namenstagsfluch gehört hatte.

Ich schob das Handy näher zu Glynnis, als sie fortfuhr: »Diese hier beginnt genau wie alle anderen. Mit dem Namenstag werden die Wurzeln der Stadt gefeiert. Aber tatsächlich fanden diese Wurzeln nur langsam festen Halt. Der erste Winter war für die Siedler von Horseshoe Bay sehr hart. Sie hatten nicht viel zu essen und viele von ihnen starben. Die bittere Kälte war gnadenlos. Aber die Siedler harrten aus, und wie durch ein kleines Wunder überlebten sie bis zum Frühling.«

Frühling. Hoffnung. Alles strahlt voller Optimismus. Aber warum beschlich mich der Verdacht, dass der Frühling in dieser Geschichte nicht so strahlend und voller Hoffnung war?

»Sie planten daher eine Feier, und die Jugend der Stadt bereitete eine Aufführung vor, oben auf den Klippen, mit Blick auf die wunderschöne Bucht. Sie probten wochenlang dafür. Aber als der große Tag der Aufführung kam, waren die Darsteller … verschwunden.«

»Verschwunden?« Ich schluckte.

Sie nickte. »Ganz genau. Die Zeit verstrich, aber keiner von ihnen tauchte wieder auf. Die ganze Stadt war in Aufruhr. Suchtrupps durchkämmten die Klippen und die umliegenden Wälder, aber die Kinder blieben spurlos verschwunden.«

»Sie haben *nichts* gefunden?«

»Nicht einen Fetzen Kleidung oder auch nur einen einzigen Fußabdruck.«

Mir schnürte sich die Kehle zu. Das war alles ziemlich »Roanoke«. Die Geschichte von den über hundert englischen Kolonisten, die im sechzehnten Jahrhundert auf Roanoke Island spurlos verschwunden waren, kannte jedes Schulkind. Wie war es möglich, dass sich eine ganze Gruppe von Menschen komplett in Luft auflöste?

»Wie du dir sicher vorstellen kannst, brach schreckliche Hysterie aus.«

»Niemand mag ungelöste Rätsel«, sagte ich. *Am allerwenigsten ich.*

»Eben. Die Menschen behaupteten, die Stadt sei verflucht. Die Oberen der Stadt versuchten, die aufflammende Panik zu ersticken, und zeigten deshalb schnell mit dem Finger auf jemanden. Ein Mann wurde aufgrund reiner Spekulationen verurteilt.« Ihre Augen verengten sich. »Im Grunde ihres Herzens waren die Menschen schon immer abergläubisch.«

Und es gibt immer ein Opfer.

»Sie haben alle dabei zugesehen«, fügte Glynnis leise hinzu, »als sie ihn am Galgenbaum aufgehängt haben.«

»Wer war er?« Ich hielt förmlich den Atem an.

Es gab immer ein Opfer, es gab immer einen Fluch. So lief es in diesen Legenden nun mal ab. In der Geschichte. Menschen, Eroberungen … Irgendetwas – irgend*jemand* – musste im Laufe der Geschichte stets erobert oder überwältigt werden.

»Das weiß niemand. Heutzutage kursieren unter uns Hobbyhistorikern verschiedene Theorien. Aber es scheint, als hätte er einer prominenten Familie angehört. Je größer der Skandal, desto mehr waren die Menschen angeblich geneigt, daran zu glauben.«

Beim leisen Klirren ihrer Teetasse, die sie zurück auf den Tisch stellte, zuckte ich unwillkürlich zusammen.

»Diese Stadt liebt ihre Geistergeschichten nun mal«, sagte ich, auch wenn ich nicht wirklich glaubte, dass ich die erdrückende Stimmung damit ein wenig leichter machen konnte. Glynnis hatte bereits angedeutet, dass jetzt, nachdem Tee und Kekse abgehakt waren und wir zum Kern der Geschichte vordrangen, die Phase der leichten Plauderei vorüber war. Ich versuchte eher, das richtige Gleichgewicht zu finden: Ich musste sie dazu bringen, weiterzureden, ohne meinem Drang nachzugeben, ihr vehement darin zu widersprechen, dass der übernatürliche Aspekt dieser Geschichte – in diesem Fall nichts Geringeres als ein *Fluch* – tatsächlich der Realität entsprechen konnte. »Warum haben sie denjenigen denn verdächtigt … wer immer er auch war?«

»Wegen eines Mädchens«, antwortete Glynnis.

Es ist immer wegen eines Mädchens. Auch das war in der Geschichte der Menschen und Eroberungen eine Konstante.

»Der Legende zufolge war er in eine der Darstellerinnen verliebt, aber sie hat seine Avancen abgelehnt.«

»Und deshalb hat er sie getötet und sie verschwinden lassen. Zusammen mit den restlichen Darstellern.« Es klang ein bisschen weit hergeholt. Allerdings wusste ich als Detektivin auch, dass Menschen schon Schlimmeres getan hatten, aus weit nichtigeren Gründen.

Wer braucht einen Fluch, wenn wir es mit realen Ungeheuern zu tun haben?

Ich zitterte. Ich konnte nicht anders. Jenseits des Wohnzimmerfensters ging die Sonne bereits unter, feurig glühend. War die Temperatur im Raum gesunken, seit ich hergekommen war? Es kam mir so vor. Aber Glynnis' Miene blieb starr, teilnahmslos. »Du weißt, was als Nächstes kommt«, fuhr sie fort, so als wollte sie mich ermuntern, beinahe anspornen. »Oder du kannst es dir zumindest denken. Du bist eine von den Cleveren. Das kann ich in deinen Augen sehen.«

»Das Fest«, sagte ich automatisch. »Sie haben es trotzdem gefeiert.«

»Ja. Sie haben den Mann in der Mitte des Marktplatzes erhängt. Alle kamen, um zuzuschauen. Wenige Tage später wurde dann eine andere Show aufgeführt: die gleiche Nacherzählung, die die Kinder bis zum heutigen Tag auf die Bühne bringen.«

Ich sah Glynnis an und hielt ihren Blick fest. »Das ist wirklich eine furchtbare Geschichte. Aber ich glaube nicht an Flüche.«

»Natürlich, da hast du vollkommen recht. Das tue ich auch nicht. Und schließlich feiern wir diese Siedler noch heute jedes Jahr. Was immer sie auch getan haben oder nicht – und wer immer der Hingerichtete war –, es hat ihrem Ruf nicht geschadet. Jedenfalls nicht in erkennbarem Ausmaß.«

Ich atmete aus und war kaum überrascht, als ich sah, dass sich mein Atem wie eine kleine Rauchwolke in der

Luft kringelte. Es *war* kälter in der Hütte, da war ich mir ganz sicher, obwohl Glynnis mir gegenübergesessen hatte, seit sie das Tablett hereingebracht hatte, und es keine vernünftige Erklärung gab, warum die Temperatur im Raum hätte sinken sollen.

Plötzlich hörte ich ein scharfes *Kracks* und schreckte aus dem Sofa hoch.

»Nervös, Liebes?«, fragte Glynnis. Sie musste erkennen, dass ich errötete, als ich mich wieder gegen die gummiartige Schutzfolie der Couch zurücklehnte. Das Quietschen des Plastiks war unüberhörbar.

»Ich … das Fenster. Ich dachte, ich hätte was gehört«, antwortete ich verlegen. *Reiß dich zusammen, Drew.*

»Der Wind kann hier in den Wäldern ziemlich kräftig wehen«, erwiderte sie. »Wahrscheinlich war es nur ein Ast. Irgendwann gewöhnt man sich an die Geräusche der Natur.«

Ich war mir sicher, dass sie recht hatte. Aber es war schließlich kaum einen Tag her, seit ich erlebt hatte, wie ein Fenster zerschmettert wurde und eine Lampe explodiert war! Und das war alles andere als unschuldig oder leicht zu ignorieren gewesen. *Sie werden es mir also verzeihen, wenn ich schreckhafter bin als normalerweise.*

»Aber du kennst dich ja sicher selbst mit … *Hintergrundgeräuschen* aus, so nahe am Meer.« Sie trank einen Schluck Tee, und beim Scheppern der Tasse gegen die Untertasse musste ich an klappernde Zähne denken.

»Irgendwann hört man es nicht mehr. Man nimmt es nicht mehr wahr. Das Geräusch des Meeres verwandelt sich einfach in weißes Rauschen«, erwiderte ich.

»Ich erinnere mich. Aber es ist doch wirklich ein Jammer, es in gewisser Weise als selbstverständlich zu betrachten. Trotzdem hast du natürlich recht.« Als sie meinen fragenden Blick sah, fügte sie hinzu: »Ich habe auch mal dort gewohnt. Wie du eigentlich wissen müsstest, da du meinen Artikel – und *mich* – gefunden hast.« Sie schaute abwägend zum Fenster, auf die Stelle, an der der dicke, krumme Ast noch immer über das Glas kratzte. »Um ganz offen zu sein, habe ich das Geräusch des Meeres aber nie wirklich als beruhigend empfunden. Die Rufe der Möwen hatten irgendetwas an sich …«

»Was denn?«, fragte ich, und das Traumbild der tintenschwarzen Federn, die auf meine Haut schlugen, blitzte wieder in meinem Kopf auf.

»Für mich klangen sie immer wie Schreie.«

Ich konnte es hören – ein dünnes, gellendes Klagen in der Ferne, wie das Heulen eines sterbenden Tiers. Bildete ich mir das nur ein? Wie die Kälte der Luft ließ es sich nur schwer beweisen, aber noch schwerer ignorieren.

Diese ganze Sache war mir inzwischen offiziell unheimlich. Und das kam nicht besonders oft vor.

Man musste es mir im Gesicht ablesen können – anscheinend war ich heute ziemlich lausig darin, meine wahren Reaktionen zu verbergen –, denn Glynnis setzte sich rasch in ihrem Sessel auf. »Aber du hast mich schließlich nach meinem Artikel gefragt. Über den Fluch des Namenstags. Leider muss ich jedoch zugeben, dass es nicht mehr viele Einzelheiten gibt, die ich noch hinzufügen könnte.«

»Zu ihrem Artikel?«, fragte ich verwirrt.

»Zu dem Fluch an sich«, antwortete sie. »Genau darum ging es bei meinem Artikel ja: Wie sehr Horseshoe Bay seine Traditionen liebt, obwohl viele von ihnen so willkürlich erscheinen. Mein Standpunkt war, dass der Fluch des Namenstags nur ein weiteres Beispiel für diese Kleinstadt-Mythologie ist, auch wenn niemand wirklich weiß, wo genau diese spezielle Legende ihren Ursprung hat. In gewisser Weise ist es wohl ein Segen, wie ich auch in der Überschrift des Artikels andeute. Hier sind wir nun, viele Jahre später, und fühlen uns Jahr für Jahr dazu inspiriert, die Sünden unserer Väter mit der Aufführung erneut zu durchleben, auch ohne die wahre Entstehungsgeschichte zu kennen.« Sie lachte. »Wir werden dadurch an das Böse erinnert, zu dem der Mensch fähig ist.«

»Ich bin erstaunt, dass es Ihnen damals überhaupt gelungen ist, irgendwelche Informationen zu dem Fluch aufzuspüren.«

Sie sah mich an. »Ich bin eben auch eine von den Cleveren.« Sie lehnte sich nach vorne und durchbohrte mich förmlich mit ihrem Blick. »Und auch wenn ich mich nicht gerne daran zurückerinnere, bleibt es eine Tatsache, dass ich aufgrund dieses Artikels nach Stone Ridge gezogen bin. In Horseshoe Bay gab es einige Leute, die gar nicht glücklich darüber waren, dass ich diese uralten Geschichten wieder aufwühlte.«

Ich erschauderte. Diese Frau hatte einen kritischen Artikel über die Geschichte der Stadt geschrieben und danach das Gefühl gehabt, umziehen zu müssen. Welch eine Vorstellung! Ich musste wirklich *alle* Informationen aus ihr herauskitzeln. Und dafür musste ich ihr reinen Wein einschenken. Wir hatten einen Punkt erreicht, an dem kein Weg mehr daran vorbeiführte. »Die Wahrheit ist, Ms Strathmore …«

»Glynnis«, korrigierte sie mich.

»Glynnis. Die Wahrheit ist, dass ich den Artikel gar nicht gelesen habe. Das konnte ich nicht.«

»Und wie hast du mich dann gefunden?«, fragte sie.

»Ich habe ihn *gesehen*. Der Titel des Artikels tauchte als Treffer bei meiner Internetrecherche auf. Aber der Link führte nirgendwohin. Deshalb habe ich im Rathausarchiv die alten Ausgaben der *Tribune* durchforstet. Und ihn dort gefunden.«

»Aber du hast ihn nicht gelesen? Wenn ich das sagen darf: Das scheint dir gar nicht ähnlich zu sehen. Du scheinst mir eher zu den Leuten zu gehören, die ihre Hausaufgaben machen.«

»Na ja, nein. Ich meine, ja, ich gehöre zu den Leuten,

die ihre Hausaufgaben machen. Was ich eigentlich sagen wollte, ist, dass ich die *Ausgabe* gefunden habe, in der der Artikel damals veröffentlicht wurde. Aber der Artikel an sich … war verschwunden. Jemand hat ihn herausgeschnitten.«

Sie legte die Stirn in Falten. »Herausgeschnitten? Nun, ich schätze, das unterstreicht nur, was ich gesagt habe: Die Leute stellen sich nicht gerne unangenehmen Wahrheiten. Wenn sie bereit waren, mich aus der Stadt zu vertreiben – sozusagen mit erhobenen Mistgabeln –, wundert es dich da wirklich, dass sie die spärlichen Beweise vernichtet haben, die in Bezug auf den Fluch überhaupt jemals existierten?«

Ich erschauderte erneut, aber es lag nicht nur an der Kälte im Raum. »Nein«, antwortete ich, »das wundert mich überhaupt nicht.«

Kapitel 11

Wie lautete noch gleich das Zitat aus diesem Film? Der mit der Gegenüberstellung bei der Polizei und der unglaublichen Wende am Schluss, mit dem humpelnden Typen? *Der größte Trick, den der Teufel je gebracht hat, war die Welt glauben zu lassen, es gäbe ihn gar nicht.*

Dann war der Fluch des Namenstags also nur ein weiteres Märchen – genau wie Bloody Mary oder der Osterhase. Ein Märchen, das man Kindern erzählte, damit sie auch schön brav waren, und das allein aus Gründen der Nostalgie oder der Gewohnheit überdauert hatte. Und dennoch …

Irgendjemand dort draußen hegte diesem eingebildeten Fluch gegenüber so starke Gefühle, dass er versuchte, ihn vollständig aus dem allgemeinen Gedächtnis zu löschen. Die Verfasserin des wohl einzigen Artikels darüber war gemobbt, geächtet und aus der Stadt vertrieben worden. Aus dem einzigen verbliebenen Exemplar der Zeitung, in der der Artikel damals erschienen war, war genau dieser Teil herausgeschnitten worden. Außerdem zweifelte ich nicht eine Sekunde lang daran, dass derjenige, dem die ganze Sache wichtig genug war, um den Artikel verschwinden zu lassen, auch nicht gezögert hatte, sämtliche digitalen Spuren zu verwischen, entweder auf eigene Faust oder mithilfe großzügiger finanzieller Unterstützung.

Aber *warum*?

Die Frage rasselte förmlich in meinem Kopf, als ich mit dem Auto zurück über den Waldweg holperte, der von Ms Strathmores Hütte wegführte. Der Mond war aufgegangen und zeichnete sich als schmale Sichel zwischen den leuchtenden Sternen ab.

Es *war* kalt hier draußen, kälter als die letzten Nächte in der Bucht. Sobald der Motor warm gelaufen war, hatte ich sofort die Heizung voll aufgedreht. Nun beschlugen jedoch die Scheiben ein wenig, was nicht gerade ideal war, wenn man bedachte, dass die Sicht hier draußen im Wald schon bei klaren Fenstern nicht unbedingt die beste war. Ich schaltete das Gebläse und die Scheibenwischer ein, um das Glas wieder freizubekommen.

Und schnappte vor Schreck nach Luft.

Denn bevor die Scheibenwischer sämtliche Spuren beseitigen konnten, sah ich, dass jemand etwas auf das mit zartem Frost bedeckte Fenster geschrieben hatte: HÜTE DICH!

Aber es war sonst niemand hier draußen im Wald gewesen, nur Ms Strathmore. Alles war so still gewesen, so einsam, dass ich es beinahe als gruselig empfunden hatte, als ich vor ihrem Haus vorgefahren war. Wir waren allein gewesen.

Oder?

Und jetzt war ich immer noch allein, richtig? Reflexartig blickte ich in den Rückspiegel – und wäre beinahe von der Straße abgekommen.

Ein Paar geisterhaft weißer Beine, von Schlamm befleckt, baumelten vor der Heckscheibe.

Ich trat auf die Bremse und der Wagen geriet ins Schlingern. Ich scherte aus, um einem mächtigen Baum auszuweichen, und klammerte mich mit hämmerndem Herzen am Lenkrad fest.

Ich musste nachsehen. Ich musste mich vergewissern. Ich musste wissen, dass, was immer es auch gewesen war, wirklich fort war.

Ich starrte auf die Windschutzscheibe und spürte, wie ein Schweißtropfen in meinem Nacken hinunterrann. Dann blickte ich erneut in den Rückspiegel.

Das Bild von eben war verschwunden. Stattdessen hingen zwei Kletterpflanzen über das Heck meines Autos. Der Wind musste sie aus dem Wald hergeweht haben, als ich mich mit Glynnis unterhalten hatte – die ganz offensichtlich eine überzeugendere Geschichtenerzählerin war, als ich es ihr jemals zugetraut hätte, wenn sie solche Halluzinationen bei mir auslöste.

Ich atmete tief durch. Hier im Wald war nur ich, allein, mit rasendem Puls und wie wild in der Kehle pochendem Herzen.

Und mit dem unheimlichen Gefühl, beobachtet zu werden.

Während Glynnis' Worte noch in meinem Kopf widerhallten und eine böse Ahnung wie eine schwere Last auf meine Schultern drückte, schaltete ich die Scheinwerfer heller, legte den richtigen Gang ein und fuhr mit quietschenden Reifen die Straße hinunter, fort aus dem Wald und zurück nach Horseshoe Bay, so schnell ich nur konnte.

Der Rückweg kam mir viel länger vor als die Fahrt zu Ms Strathmores Haus. Normalerweise war es umgekehrt. Aber normalerweise hatte ich auch nicht das ungute, erdrückende Gefühl, verfolgt zu werden, während ich mich über die sonst so vertraute, nun jedoch unheilvoll wirkende kurvenreiche Straße schlängelte. WILLKOMMEN IN HORSESHOE BAY stand auf dem Ortsschild, aber anstatt Erleichterung zu empfinden, blieb mir bei seinem Anblick fast die Luft weg. Ein Paar Scheinwerferkegel tauchte hinter mir auf der Straße auf, als ich links auf die Main Street abbog. An sich war daran nichts Ungewöhnliches ... abgesehen von der Tatsache, dass die Straßen noch eine Sekunde zuvor vollkommen verlassen gewesen waren. So verlassen, dass es mir richtig unheimlich vorgekommen war.

Verlor ich den Verstand? Oder lag es daran, dass die Nachwirkungen des kleinen Beinahe-Nervenzusammenbruchs, als ich Stone Ridge verlassen hatte, erst allmählich abklangen? Keins von beiden war ein besonders angenehmer Gedanke.

Ich warf einen raschen Blick in den Außenspiegel, bevor ich scharf und abrupt links abbog. Jetzt musste ich zwar eine weite, unnötige Schleife fahren, um das *Claw* zu erreichen und mich mit Parker zu treffen, aber dafür wurde ich auch nicht mehr vielleicht-verfolgt.

Entsetzt musste ich jedoch feststellen, dass die beiden Scheinwerfer erneut in meinem Rückspiegel auftauchten, auch wenn sie diesmal in etwas weiterem Abstand geschmeidig über die Straße glitten. Einer der Scheinwerfer – der rechte – ging ein paar Mal flackernd an und aus, als würde er stottern, bevor er sich wieder im Einklang mit dem linken direkt auf mich richtete.

Ich kniff die Augen zusammen, ignorierte die Gänsehaut, die sich auf meinen Unterarmen bildete, und versuchte, das Nummernschild des Wagens zu erkennen. Aber die Scheinwerfer waren zu grell. Bilder der vergangenen Tage blitzten unerwünscht vor meinem inneren Auge auf: Daisys verunstalteter Spind; der tote Rabe mit seinen offenen, blinden Augen; das ständige Schlagen der Flügel aus meinem Albtraum.

Ein totenblasser Knöchel, der sanft im Wind baumelte.

Endlich erstrahlte vor mir das Leuchtschild des *Claw* wie ein Leuchtfeuer in der Nacht und ich bog dankbar rechts auf den Parkplatz des Diners ab. Auch er war ungewöhnlich leer. Es war beinahe so, als hätte sich ganz Horseshoe Bay mitsamt seiner Umgebung dazu verschworen, mir Angst einzujagen.

Und es funktionierte.

Zitternd parkte ich den Wagen, stellte den Motor ab – und war urplötzlich von der Angst erfüllt, was ich diesmal im Rückspiegel sehen würde, falls ich es tatsächlich wagen sollte, hineinzublicken.

Ich wagte es. Und da war es: das Aufblitzen der Scheinwerfer. Als sei mir, wer immer mir auch gefolgt war, noch immer dicht auf den Fersen. *Obwohl ich mich nicht mehr bewege.*

Ich blinzelte, zu Tode erschrocken. Als ich die Augen wieder öffnete, war die Nacht jedoch wunderbar still. Endlich.

»Hey!«

Ich stieß einen Schrei aus.

»Tut mir leid!« Durch das Autofenster klang seine Stimme gedämpft, aber es war eindeutig Parker. Und mit seiner verlegenen Miene und den erhobenen Händen sah er tatsächlich aus, als täte es ihm aufrichtig leid.

Ich öffnete die Fahrertür, peinlich berührt, und zwang meinen Puls, wieder auf Normalfrequenz herunterzufahren. »Gott, nein … *mir* tut es leid. Ich bin nur … ach, vergiss es. Es war ein langer Abend.« Ich brachte ein Lächeln zustande. »Und dabei ist es gerade mal acht Uhr.«

»Geisterstunde«, scherzte Parker, aber ich musste das Gesicht dabei wohl ziemlich eindeutig verzogen haben, denn er änderte seine Taktik hastig. »Oder – für manche nicht minder furchteinflößend – *Date*-Stunde.«

»Richtig, da war ja noch was.« Ich lächelte wieder, und diesmal war es echt. Langsam fühlte ich mich zumindest wieder annähernd normal. »*Du* hast mich erschreckt, *ich* hab überreagiert. Lass uns noch mal von vorn anfangen.«

»Liebend gerne«, erwiderte Parker und verbeugte sich ungeschickt vor mir. »Schön, dich zu sehen. Hey, wie geht's dir so? Tut mir leid, dass ich mich so an dich rangeschlichen habe.« Er sah mich an. »Du warst echt ziemlich durch den Wind. Es tut mir ehrlich leid.«

»Du musst dich nicht bei mir entschuldigen«, versicherte ich ihm und folgte ihm zur Eingangstür des Restaurants. »Und du hast dich auch nicht an mich rangeschlichen.«

Aber das hatte er, dachte ich, während wir durch die Tür traten, begleitet vom Klingeln der kleinen Glocke über unseren Köpfen. Das hatte er definitiv – was ziemlich schwer zu glauben war, wenn man bedachte, dass ich in extrahoher Alarmbereitschaft war und mich auf einem offenen, so gut wie leeren Parkplatz befunden hatte. Eigentlich war ich so hundertprozentig auf meine Umgebung konzentriert gewesen, wie ein Mensch nur sein konnte.

Ich will mich nicht selbst loben oder so … doch im Allgemeinen gehöre ich eher zu den Menschen, die sich nicht so leicht auf dem falschen Fuß erwischen lassen. Was hatte es also zu bedeuten, dass Parker genau das gelungen war – noch dazu auf ziemlich beeindruckende Weise und in einem Moment, in dem ich dachte, ich sei *hyper*wachsam?

Die Ermittlerin in mir, die praktisch mit harten Fakten *verheiratet* war – wir hatten sozusagen denselben Nachnamen –, wusste, dass es nur eine von zwei Möglichkeiten gab: Entweder war ich heute Abend bedauernswerterweise entschieden weniger wachsam, als ich geglaubt hatte – was eine überaus schlechte Nachricht gewesen wäre, wenn man bedachte, wie dieser Abend bislang verlaufen war. Oder: Parker hatte mich erschrecken *wollen* und aus irgendeinem unbegreiflichen Grund beschlossen, sich an mich heranzuschleichen.

Die Tür des *Claw* schwang hinter mir zu und ein kalter Windstoß wirbelte um meine Knöchel. George Fan stand hinter dem kleinen Empfangspult am Eingang und gestikulierte mit dem absoluten menschenmöglichen Mindestmaß an Gastfreundschaft vage in Richtung eines freien Tischs. »Du schon wieder«, sagte sie tonlos.

Parker blickte sie fragend an und ich zuckte unverbindlich mit den Schultern. »Nach dir«, sagte er dann zu mir und wedelte pseudoritterlich mit den Händen.

Ich ging ihm voraus in Richtung des Tischs und verbot es mir, dem Gedanken nachzuhängen, dass die Tatsache, dass er hinter mir hertrottete und ich ihn noch nicht mal mehr aus dem Augenwinkel sehen konnte, mit einem Mal ein ungutes Gefühl in mir auslöste, so als hätte mir gerade jemand die Augen verbunden.

Oder meine Hände und Knöchel mit Seilen gefesselt, dachte ich unwillkürlich. Und den Hocker unter mir weggekickt. Mich baumeln lassen, einsam und allein, am knorrigen Ast eines alten Baumes.

»Hey«, sagte Parker und erschreckte mich erneut, auch wenn er diesmal weniger forsch klang. Er hielt mir eine der in Plastik eingeschweißten Speisekarten über den Tisch hin. »Du siehst so ernst aus. Was geht dir durch den Kopf?«

Erhängte Männer. Geister. Flüche. Und jemand – vielleicht sogar du? –, der mich spätabends durch dunkle Gassen verfolgt.

Aber der Ausdruck auf seinem Gesicht? So ernst. Die hochgezogene Augenbraue, die Besorgnis in seiner Miene. *Bitte, bitte, sei kein Freak oder Stalker oder irgendein anderer unheimlich Irrer.* Er hatte recht: Wir steckten schon ziemlich tief in dieser ganzen Sache drin – schließlich hatte es gerade zur Date-Stunde geschlagen. War nur meine wilde Fantasie, die mit mir durchging, schuld daran, dass ein leiser Verdacht an mir nagte, was Parker betraf? Ich konnte nur hoffen, dass meine Fantasie sich schon bald wieder einfangen lassen würde.

»Ich bin am Verhungern«, sagte ich, nahm ihm die Speisekarte ab und schlug sie auf, wobei ich die tieferschürfende Frage, die er mir gestellt hatte, geflissentlich ignorierte. »Lass uns was essen.«

Kapitel 12

– Mittwoch –

Caroline war ein wenig verärgert gewesen, als ich angedeutet hatte, dass ich mit Stephenson reden wollte, um ihr Alibi zu überprüfen. Aber damit hatte ich kein Problem. Es wäre nicht das erste Mal, dass ich mir wegen eines Falles ein paar Feinde machte. Jetzt, angesichts des hartnäckigen Verdachts, dass mir jemand gefolgt war, war die Gefahr, es mir mit Caroline noch mehr zu verscherzen als ohnehin schon, meine geringste Sorge. Und nachdem ich mir dank meiner regen Fantasie ohnehin längst alle möglichen verstörenden Dinge ausmalte, kümmerte es mich noch weniger. Ich wollte einfach nur diesen Fall lösen.

Stephenson hatte in der Mittagspause Sprechstunde, was keine gute Nachricht für alle war, die in Englisch Probleme hatten, aber auch etwas essen wollten. Andererseits war er für seine Schüler leichter zugänglich als die meisten anderen Lehrer, weshalb es vielleicht nicht fair war, ihn für gewisse Entscheidungen zu sehr zu kritisieren.

Ich fand ihn in seinem Klassenzimmer, wo er heimlich ein Sandwich verschlang, obwohl Essen außerhalb der Mensa eigentlich nicht erlaubt war. *Hm. Setzt sich auch mal über Regeln hinweg. Ist hiermit notiert.* Verdiente er deswegen doch mehr Kritik? Oder weniger?

Ich meine, es war zwar nur ein sehr mildes Vergehen, aber trotzdem. Im Moment ging es schließlich darum, jede Rebellion sofort zu erkennen, so klein und scheinbar unbedeutend sie auch sein mochte.

»Nancy Drew«, sagte er und klang überrascht, als ich leise an die offene Tür klopfte. Er steckte sein Sandwich hastig in eine braune Papiertüte, die er in eine Schreibtischschublade warf. Es dauerte nicht länger als ein Augenzwinkern. »Was kann ich für dich tun?« Er legte verwirrt die Stirn in Falten. »Du hast in deinem letzten Aufsatz eine Eins gekriegt, daher gehe ich nicht davon aus, dass du Hilfe bei den Hausaufgaben brauchst.« Er faltete die Hände auf der Schreibtischplatte. »Bitte, sag mir, dass du nicht hier bist, um mich wegen irgendwelcher Dinge auszuhorchen, von denen du eigentlich gar nichts wissen solltest.«

»Ähm, na ja … Die gute Nachricht ist, dass ich mit Henry James im Moment ganz gut klarkomme«, erwiderte ich, obwohl ich mir in Wahrheit etwas weniger Konventionelles auf dem Lehrplan gewünscht hätte.

Feministische Literatur stand allerdings erst in der Abschlussklasse als Wahlfach zur Verfügung, und ich konnte es ehrlich kaum noch erwarten. »Die weniger gute Nachricht ist … Na ja, ehrlich gesagt hatte ich gehofft, Sie wären bereit, mir ein paar Fragen über Caroline Mark zu beantworten.«

Er blickte mich mit hochgezogener Augenbraue an, seine Miene unlesbar. »Nancy«, begann er in diesem Tonfall, der für gewöhnlich bedeutete, dass mir irgendein Erwachsener einen mehr oder weniger subtilen Tadel verpassen würde. Unglücklicherweise kam das gar nicht so selten vor, wenn man als mehr oder weniger subtile Spürnase bekannt war. »Du weißt doch, dass es für mich vollkommen unangebracht wäre, mit dir über andere Schüler zu sprechen, sofern die Angelegenheit nicht direkt etwas mit dir zu tun hat. Egal, unter welchen Umständen.«

Ich seufzte, ließ mich an einem Pult in der ersten Reihe nieder und schüttelte mir das Haar aus dem Gesicht, damit ich ihm direkt in die Augen schauen konnte. »Einerseits: Ja, natürlich weiß ich das. Und ich verstehe es ja auch. Ich bin nicht im Mindesten überrascht, dass Sie so reagieren.«

»Ich freue mich wirklich schon sehr auf das Aber, das gleich kommt«, bemerkte er trocken.

»Aber …« Ich schenkte ihm ein leises, hoffungsvolles Lächeln. »Tatsächlich habe ich bereits mit Caroline über

die Sache gesprochen und sie hat mich ausdrücklich zu Ihnen geschickt. Also … vielleicht reicht dieser *eine* Umstand ja doch, in diesem ganz speziellen Fall?«

Er holte tief Luft und verschränkte die Arme auf dem Schreibtisch. »Das kommt mir trotzdem sehr unprofessionell vor«, erwiderte er. »Aber ich schätze, wenn du bereits mit ihr gesprochen hast, kann diese Unterhaltung ja nicht wirklich jemandem schaden. Ich sehe keinen Grund, warum ich mir nicht zumindest anhören sollte, was du zu sagen hast.«

Es war kein klares Ja, aber es genügte, um mir ein wenig Auftrieb zu geben. »Es geht um gestern«, begann ich. »Gestern Morgen. Als Daisy Dewitts Spind verunstaltet wurde.« Ich musste die Sache nicht genauer ausführen. Unsere Schule war ziemlich klein, der Schock hingegen ziemlich groß. Jeder, der den Spind nicht mit eigenen Augen gesehen hatte, hatte inzwischen zumindest davon gehört.

Mr Stephenson gab einen mitfühlenden Laut von sich. »Ja, ich hab davon gehört.«

Er schaute mir direkt in die Augen.

»Schrecklich. Aber was hat das mit Caroline zu tun?«

»Mr Stephenson«, antwortete ich vorsichtig. »Genauso, wie alle Daisys Spind entweder selbst gesehen oder davon gehört haben, weiß auch *jeder* in der Schule, dass Caroline total ausgeflippt ist, weil sie keine Rolle bei der Aufführung bekommen hat.«

»Wohl wahr«, stimmte er mir zu. Er kratzte sich am Kinn. Ich wurde den Gedanken nicht los, dass er mit dieser Geste nur ein wenig Zeit schinden wollte.

»Tatsächlich waren *Sie* derjenige, der auf den Schulhof kam, um sie zu beruhigen. Richtig?« Es war eine rhetorische Frage. Ich erinnerte mich noch sehr lebhaft daran. Eine derartige Szene vergaß man nicht so leicht wieder.

Und Mr Stephenson wusste das so gut wie ich. »Wirklich, Nancy. Wenn du mir diese Frage schon stellst, dann bin ich mir sicher, dass du die Antwort darauf bereits kennst.«

Ich zuckte die Achseln. »Schön, wie dem auch sei. Der Grund, warum ich hier bin, ist, dass Caroline – aufgrund ihrer Reaktion nach der Bekanntgabe der Besetzung – die Schülerin ist, die das stärkste Motiv hatte, Daisys Spind zu besudeln.«

»Das kommt mir doch ziemlich weit hergeholt vor«, entgegnete er. »Selbst wenn sie wegen der Aufführung unverhältnismäßig aufgebracht *war* – und ich muss zugeben, dass man ihre Reaktion so interpretieren könnte …«

Ich schoss ihm einen Blick zu, den er absichtlich ignorierte.

»Selbst wenn sie *unverhältnismäßig* aufgebracht gewesen wäre«, wiederholte er und betonte das Wort extra deutlich, »weiß ich wirklich nicht, warum sie es deswegen gezielt auf Daisy abgesehen haben sollte. Ich konnte bisher nie beobachten, dass zwischen den beiden eine besondere Feindseligkeit herrscht. Aber, wie gesagt: Eigentlich sollte ich das gar nicht mit dir diskutieren.«

»Keine besondere Feindseligkeit, das ist richtig«, stimmte ich ihm zu. »Aber Caroline war definitiv enttäuscht, ganz egal, wie Sie persönlich ihren kleinen Ausbruch genau einstufen würden. Daisy stammt aus einer Gründerfamilie und wurde in einer der Hauptrollen besetzt. Vielleicht ging es bei der Sache um Daisy … aber vielleicht – und meiner Meinung nach ist dies die wahrscheinlichere Variante – ging es um die Aufführung an sich, und Daisy hat einfach ein leichtes, auffälliges Ziel abgegeben.«

»Diese Theorie kann ich nicht unterstützen, Nancy. Und ich bin mir sicher, du weißt das auch.«

Er würde nicht einlenken, was jedoch keine besonders große Überraschung war. Das Ganze hatte sich im Prinzip zu einer Pattsituation entwickelt. Aber es war auch gar nicht nötig, dass er meine Theorie unterstützte. Er musste nur bestätigen, dass Caroline gestern tatsächlich dort gewesen war, wo sie behauptete.

»Okay, na gut. Genauso wie *Sie* wissen, dass ich Caroline wegen dieser Vandalismus-Geschichte befragt habe.«

»Es ist jedenfalls nicht das Schockierendste, was ich heute bislang gehört habe«, erwiderte er. »Nicht, dass ich viel Zeit damit verbringe, über meine Schüler und ihre etwaigen Motive zu spekulieren …«

Es ist doch irgendwie niedlich, wenn Lehrer versuchen, besonders geistreich zu sein.

»Sie hat behauptet, dass sie bei Ihnen war.«

Eine gute Detektivin erkennt die Anzeichen für einen Lügner, auch wenn er talentiert ist: winzige Mikroausdrücke und verräterische Ticks, die anderen, vertrauensseligeren Menschen vielleicht verborgen bleiben. Zum Beispiel macht selbst ein begabter Lügner möglicherweise übermäßig von Superlativen Gebrauch – alles ist »unglaublich« oder »brillant« anstatt einfach nur »gut«. Selbst ein begabter Lügner zögert vielleicht erst, bevor er Nein sagt, oder rutscht auf seinem Stuhl hin und her, hustet oder holt Luft, bevor oder nachdem er geantwortet hat … All dies sind Anzeichen für eine Lüge. Ein Lügner redet bei seiner Befragung möglicherweise schneller als gewöhnlich. Und er könnte es vermeiden, seinem Gegenüber direkt in die Augen zu schauen.

Mr Stephenson tat nichts von alledem. Allerdings hatte ich ihm auch noch nicht direkt eine Frage gestellt, auch wenn sie in meiner Bemerkung deutlich mitschwang. Er rutschte nicht hin und her, räusperte sich nicht, zupfte nicht an seinen Klamotten herum oder stellte mir als Antwort selbst eine Frage. Wenn überhaupt, dann wirkte er in dieser Millisekunde, diesem winzigen Moment, in dem ich schweigend abwartete und ihm Zeit ließ, über seine Antwort nachzudenken, noch entspannter.

»War sie«, erwiderte er schlicht.

Ich nickte, sagte jedoch immer noch nichts. Auch wenn ein guter Lügner es besser wusste, als Einzelheiten preiszugeben, nach denen man ihn nicht ausdrücklich gefragt hatte, hatte eine gute Detektivin genauso ein paar Tricks auf Lager. Und sie wusste, dass sie dem Verdächtigen genügend Raum geben und lange genug schweigen musste, damit er sich doch zu einer weiteren Aussage hinreißen ließ und sich dadurch möglicherweise selbst belastete.

»Sie ist die Sprecherin der Theater-AG«, fügte er hinzu, wirkte jedoch vollkommen unbeeindruckt von meinem bohrenden Blick. »Wir beide treffen uns jeden Dienstagmorgen zu einer Besprechung, da die Theater-AG dienstags nach der Schule stattfindet.«

»Sie treffen sich immer morgens?«

»Für gewöhnlich, ja. Es ist am einfachsten, es gleich als Erstes zu erledigen. So können wir uns gegenseitig auf den neuesten Stand bringen, bevor wir uns mit den anderen treffen.«

Auf den neuesten Stand bringen. Okay. Das war so weit plausibel.

Aber »plausibel« bedeutete nicht automatisch »wahr«. Ganz davon zu schweigen, dass Caroline als Sprecherin der Theater-AG erst recht Grund hatte, wütend zu werden, weil sie bei der Aufführung keine Rolle bekommen hatte.

»Haben Sie sich … hier getroffen?«

Er schüttelte den Kopf. »Im Theaterbüro.«

Es war kein offizielles *Büro* im eigentlichen Sinne, sondern vielmehr ein Wandschrank, der für die Theater-AG umfunktioniert worden war. Der Raum war fensterlos, staubig und vollgestopft mit alten Kostümen und vergilbten Skriptseiten, die sich im Laufe der Jahre angesammelt hatten. Es war durchaus glaubwürdig, dass sich die Sprecherin und der Vertrauenslehrer der Theater-AG dort trafen.

Doch abgesehen von Stephensons Bestätigung ließ sich Carolines Alibi ohnehin nicht weiter überprüfen.

Alles lief darauf hinaus, ob ich ihm glauben wollte oder nicht.

Erstens: Ich hatte keinen besonderen Grund, ihm nicht zu glauben, abgesehen von der lästigen, hässlichen Tatsache, dass Caroline im Augenblick meine einzige echte Verdächtige bei dieser ganzen Fluch-Geschichte war, und sei es nur, weil sie im Gegensatz zu allen anderen ein überzeugendes Motiv hatte.

Zweitens: Falls Stephenson ein Lügner war, dann ein sehr überzeugender.

Drittens: *Falls* er für Caroline log – und ich hatte nicht wirklich das Gefühl, dass er es tat –, was war dann *sein* Motiv?

Ich seufzte. Es gab keines. Jedenfalls kein offensichtliches, soweit ich es im Moment erkennen konnte. Wenn das Schlimmste, was er getan hatte, war, eine enttäuschte Schülerin zu trösten, die in aller Öffentlichkeit einen kompletten Nervenzusammenbruch erlitten hatte, dann schrie dies meiner Meinung nach nicht gerade »Charakterfehler«.

Er sah mich an. »Habe ich deine Neugier gestillt?« Er runzelte die Stirn. »Und gibt es überhaupt eine Welt, in der das möglich wäre?«

Darüber musste ich lachen. »Wahrscheinlich nicht. Aber ja, vielen Dank«, sagte ich so aufrichtig, wie ich konnte. »Ich weiß es zu schätzen, dass Sie sich die Zeit genommen haben.« Ich stand auf.

»Nancy«, hielt er mich noch einmal zurück, »auch wenn ich es wirklich lobenswert finde, dass du dich so sehr um deine Freundin kümmerst, möchte ich dich doch inständig bitten, keine voreiligen Schlüsse zu ziehen. Caroline ist eine … leidenschaftliche Schülerin mit unbändiger Energie. Aber sie hat ein gutes Herz. Ich glaube nicht, dass sie jemals eine Mitschülerin so tyrannisieren würde, wie du es ihr unterstellst.«

Ich zuckte mit den Schultern. »Ich hoffe, Sie haben damit recht, Mr Stephenson«, erwiderte ich. »Ich persönlich hatte nie ein Problem mit Caroline. Aber ich habe inzwischen schon mehrfach gelernt – und das immer auf die harte Tour –, dass die Menschen einen hin und wieder überraschen können. Und das nicht nur auf positive Weise.«

Und überhaupt: Was hatte es zu bedeuten, dass ihr Entlastungszeuge so erpicht darauf war, mich von ihrer Fährte abzulenken? War es möglich, dass dies in Wahrheit ein belastenderes Indiz war, als wenn er es nicht getan hätte?

»So zynisch.« Er wirkte ein wenig besorgt.

»Nicht zynisch«, korrigierte ich ihn und spürte, wie mein Handy in meiner Hosentasche vibrierte. »Nur pragmatisch. Und ich muss sagen, dass das für mich meistens sehr gut funktioniert.« Ich zog das Handy hervor und warf einen Blick auf die Nachricht, die gerade eingetroffen war. Sie stammte von Daisy, eine Gruppennachricht an Lena und mich. Redaktionsraum. SOFORT. Absoluter Notfall.

Wenn man von Überraschungen sprach … Und diese hier fiel höchstwahrscheinlich auch nicht in die Kategorie »positiv«.

»Danke noch mal.« Ich warf Stephenson noch einen letzten flüchtigen Blick zu, steckte mein Notizbuch wieder in meine Tasche und brach auf. »Ich muss los.«

»Mach's gut, Nancy«, rief er mir nach, als ich aus dem Zimmer rannte. Aber ich hatte keine Zeit, ihm zu antworten.

Daisy setzte nicht leichtfertig einen »Notruf« ab. Selbst wenn die nächste Lampe über mir explodiert wäre, hätte ich nicht angehalten oder weniger als zwei Stufen auf einmal genommen. Wahrscheinlich hätte mich höchstens eine nukleare Katastrophe davon abhalten können, so schnell ich konnte, in die Redaktion zu rennen. Als ich endlich mit wild hämmerndem Herzen ins Zimmer platzte, war ich so außer Atem, dass ich eine Sekunde länger brauchte als normalerweise, um zu begreifen, was ich vor mir sah.

Und als sich das Bild schließlich zusammensetzte, traute ich meinen Augen kaum.

»Was zur Hölle?«, stammelte ich, strich mir das Haar aus dem Gesicht und wich einen Schritt zurück, um die Szene richtig betrachten zu können. »Was ist hier los? *Wer war das?*«

Das Klassenzimmer war komplett demoliert. Tische und Stühle waren umgeworfen, wütend rote Sprühfarbe tropfte an den Wänden hinunter und Mülleimer waren auf dem Lehrerpult im vorderen Teil des Raumes ausgeleert worden. Irgendjemand hatte die Tafel mit Eiern beworfen, und dort, wo es noch nicht ganz getrocknet war, lief das grelle, schmierige Eigelb noch immer in klumpigen Schlieren herunter.

»Was soll denn das da bedeuten?«, fragte Lena, die plötzlich neben mir stand, während ich den Blick immer noch mit offenem Mund durch den Raum schweifen ließ und versuchte, die chaotische Szene zu verarbeiten.

Ich drehte mich um und schaute in die Richtung, in die sie zeigte: die hintere Wand des Zimmers. Das

Schwarze Brett, das dort hing, war offensichtlich wutentbrannt aufgeschlitzt worden, der Boden davor war von bunten Papierstreifen übersät. Über der nun leeren Tafel standen in leuchtendem Rot – der offiziellen Farbe des Namenstagsfluchs, oder zumindest kam es mir allmählich so vor – die Worte:

LETZTE WARNUNG.

Der Vogel.

Daisys Spind.

Die Nachricht auf meiner Windschutzscheibe.

Und jetzt das.

»Was zur Hölle hat das zu bedeuten?«, fragte ich mich selbst genauso sehr wie alle anderen im Raum. Nichts Gutes, so viel war klar.

In Daisys Augen schimmerten hilflose Tränen. »Ich hab keine Ahnung, wer das getan hat. Oder warum. Es sah schon so aus, als ich reingekommen bin. Ich wollte nur kurz was holen ...« Sie verstummte. Offensichtlich stand sie noch immer unter Schock.

»Du musst uns nicht erzählen, warum *du* hier warst«, erwiderte ich barsch. »*Dir* vertrauen wir schließlich. Aber ... hier geht irgendetwas richtig Krankes vor, Daisy. Irgendjemand hat es ganz eindeutig auf dich abgesehen. Wir können nicht einfach so tun, als hätten all diese Vorfälle nichts miteinander zu tun.«

»Und selbst wenn dem so wäre, wäre einer allein schon schlimm genug«, fügte Lena hinzu.

»Na ja, ja«, stimmte ich ihr zu. »Aber wir glauben doch nicht *immer noch* ernsthaft, dass wir *allein* mit dieser Sache fertigwerden … oder?« Ich warf meinen beiden Freundinnen einen vorsichtigen Blick zu. Ich wusste, dass sich Daisy – im Gegensatz zu jedem vernunftbegabten Menschen – bis jetzt an einen letzten Funken Hoffnung geklammert hatte. Aber das hier war … etwas völlig Neues. Und es ließ sich nicht ignorieren. Das hier zeigte mir, dass es ziemlich verantwortungslos von mir gewesen war, die Sache ihr zuliebe unter den Teppich zu kehren.

Ich hatte gezögert. Mein Bauchgefühl ignoriert.

»Und jetzt schweben meine Freundinnen womöglich in Gefahr.« Mir war gar nicht bewusst gewesen, dass ich die Worte laut ausgesprochen hatte. Doch als ich den Blick hob, sah ich, dass Lena und Daisy direkt vor mir standen, ehrliche Angst auf ihren Gesichtern, während eine Träne über Daisys Wange kullerte.

»Ihr stimmt mir da doch zu, oder? Ihr seid derselben Ansicht wie ich?« Ich blickte Daisy zögerlich an. Lena nickte mir zu und legte eine Hand auf Daisys Schulter.

Daisy blinzelte und wischte sich übers Gesicht. »Natürlich, Nance. *Natürlich* stimme ich dir zu. Es ist … es ist mir nur peinlich, dass ich dafür so lange gebraucht habe. Ich hätte dir schon in dem Moment zustimmen müssen, als der Vogel gegen dieses Fenster geknallt ist. Ich hätte dich nicht bitten sollen, die Sache zu verschweigen.«

»Das muss dir nicht peinlich sein«, sagte Lena mit sanfterer Stimme als gewöhnlich. »Wir verstehen doch, dass das Fest eine große Sache für dich ist.«

Daisy schniefte. »Sicher, ja. Es ist eine große Sache. Ich darf endlich bei der Namenstagsaufführung auf der Bühne stehen. Wie viel erbärmlicher kann man eigentlich noch das ›typische Mädchen vom Land‹ sein?«

»Das ist nicht erbärmlich«, widersprach ich ihr und versuchte, Lenas tröstlichen Tonfall nachzuahmen.

»Ein bisschen schon«, beharrte Daisy in dem Versuch, die Stimmung ein wenig zu lockern, wofür ich ihr wirklich dankbar war.

Lena nickte lachend und zeigte mit Daumen und Zeigefinger. »Höchstens *so* viel«, scherzte sie. »Aber wir verzeihen dir. Dein Mädchen-vom-Land-Charme und deine kleinen Ticks mögen wir schließlich am liebsten an dir.«

»Vergessen und verziehen«, versicherte ich Daisy ebenfalls, bevor ich wieder ernster wurde. »Unter einer Bedingung: Du bist einverstanden, dass ich mit meinen Ermittlungen in dieser Sache jetzt so richtig durchstarte. *Und* dass wir die Behörden einschalten. Das sind jetzt schon zwei Fälle von üblem Vandalismus – und wenn diese Tafel irreparabel beschädigt wurde, wird die Schulleitung deswegen auf hundertachtzig sein. Und das schon, bevor wir die Sache mit der Nachricht im Schnabel dieses toten Vogels überhaupt erwähnt haben.«

»So was von einverstanden. Total und unwiderruflich. Einverstanden kommt schließlich von Verstand, stimmt's?«

»Na, es freut mich wirklich zu hören, dass unser Theaterstar seinen gesunden Menschenverstand am Ende doch wiedergefunden hat«, sagte Lena.

»Werd nicht gleich frech«, gab Daisy zurück, auch wenn sie Lenas Bemerkung offensichtlich überhaupt nicht störte.

»Ladies, ich störe eure nette kleine Party ja nur ungern«, meldete sich eine Stimme und erschreckte uns alle drei, »aber ich glaube, wir sind inzwischen offiziell weit über sämtliche Scherze hinaus und befinden uns mitten in einem Akute-Gefahr-für-Leib-und-Leben-Szenario.«

Es war Theo, der im Türrahmen lehnte und den Blick durch den demolierten Raum wandern ließ. Sein dunkles Haar hing ihm über ein Auge, und er strich es sich aus der Stirn, neigte das Kinn zur Seite und schaute mich mit einem herausfordernd funkelnden Blick ganz direkt an.

»Dein Timing ist ausgezeichnet, mein Lieber«, sagte Lena. »Wir sind uns zufällig alle einig: Es ist Zeit, die großen Geschütze aufzufahren.«

»Metaphorisch gesprochen, natürlich. Ich glaube *wirklich* nicht an Gewalt«, ergänzte ich.

Theo winkte ab. Er wirkte schrecklich ungeduldig. »Noch so ein geistreicher Scherz. Ihr habt es offensichtlich immer noch nicht kapiert, Mädels.«

Ich rollte mit den Augen. »Doch, haben wir. Dieses Klassenzimmer wurde komplett zerlegt. Und *wir* könnten die Nächsten sein.« Auch falls die Bemerkung flapsig klang, fühlte ich mich in Wahrheit ganz und gar nicht so. »Wir kümmern uns drum. Wir gehen direkt zur Rektorin und weihen sie ein. Wir erzählen ihr alles. *Alles*«, fügte ich deutlich hinzu. »Auch das von dem Raben.«

»Vergesst die Rektorin«, erwiderte Theo.

Daisy sah ihn verwirrt an. »Aber du hast doch gerade gesagt …«

»Vergesst die Rektorin, weil sie längst Bescheid weiß. Na ja, zumindest teilweise.«

»Du hast es ihr erzählt?«, fragte ich überrascht. Und ein wenig gereizt – das hier war schließlich *meine* Ermittlung, wenn auch sozusagen noch undercover.

»Das musste ich. Ich meine, zumindest in groben Zügen. Aber ich bin mir sicher, dass es noch jede Menge Details gibt, die du ergänzen kannst.«

»Und in welchen groben Zügen?« Unser ach so entspannter, hochnäsiger Theo hatte mit der Rektorin gesprochen? Noch bevor er das zerstörte Redaktionszimmer gesehen hatte?

Er tat meine Frage mit einem Winken ab. »Die gute Nachricht ist, dass *sie* sich, im Gegensatz zu euch dreien, tatsächlich darum kümmert. Sie hat die Polizei informiert, und Chief McGinnis ist bereits auf dem Weg in die Schule, um mit seinen Ermittlungen zu beginnen.

Vielleicht berufen sie sogar eine Notfallversammlung ein.« Allerdings wirkte er angesichts dieser Aussicht nicht annähernd so zynisch begeistert, wie ich es vielleicht von ihm erwartet hätte. Ausnahmsweise schien Theo wirklich aufgewühlt zu sein.

Er schaute mich an. »Außerdem hat sie deine Eltern angerufen. Offensichtlich war sie der Ansicht, ein Anwalt und eine Sozialarbeiterin seien in einer Krisensituation wie dieser die richtige Unterstützung.«

Meine Eltern waren auf dem Weg hierher? Sie waren bereits informiert?

Ich warf Daisy einen Blick zu und konnte sehen, dass sie das Gleiche dachte wie ich. Ihr Gesicht war kreidebleich.

»Dann ist das jetzt also eine *offizielle Krisensituation*?«, fragte ich, obwohl ich die Antwort bereits kannte. Ich starrte auf das leuchtend rote Graffiti an der Wand. »Wusstest du überhaupt schon, was hier passiert ist? Wusstest du, dass der Raum demoliert wurde?« In meinem Schädel drehte sich alles.

Er schüttelte den Kopf. »Genau darauf will ich ja gerade hinaus. Es ist noch viel schlimmer, als ihr glaubt. Das hier«, er ließ den Arm durch den zerstörten Raum schweifen, »ist noch nicht mal die Spitze des Eisbergs.«

»Erst das hier, dann einer von uns«, sagte ich mit heiserer Stimme.

»Genau das habe ich dir ja zu erklären versucht. Du

hinkst immer noch einen Schritt hinterher, Nancy«, sagte Theo.

O nein. Ich schluckte. »Wer? Was ist passiert?«

Ihm entgleisten die Gesichtszüge in einer Weise, bei der sich mir der Magen zusammenkrampfte. »Niemand weiß, was passiert ist. Darum ist die Polizei ja auch auf dem Weg hierher. Wir müssen sie finden.«

»Wen finden?«, fragte Daisy verzweifelt. »Wer ist denn *verschwunden*?«

»Melanie«, antwortete Theo finster. »Melanie ist weg.«

VERSCHWUNDEN

Manche sagen, die Stadt sei im Tausch für ein Opfer gegründet worden, für heiliges Blut. Nur ganz wenige – diejenigen, die lange genug in dieser Stadt leben, um durch die Risse in ihrem alten Lack zu sehen – glauben, die komplette Geschichte von Horseshoe Bays Gründung zeuge vom Gift, das an den Wurzeln des Fundaments unserer Stadt klebt. Man erzählt sich von Zwischenfällen, tragischen Ereignissen, die sich um Namenstagsfeiern vergangener Tage ranken.

Diejenigen, die daran glauben – sie sind die Weisen. Die Törichten hingegen tun sie als bloße Gruselgeschichten ab, als Lagerfeuermärchen, die man zur Geisterstunde mit anderen teilt.

Als das Oberhaupt einer der ältesten Familien in Horseshoe Bay ertrunken in seiner eigenen Badewanne gefunden wurde und der toxikologische Bericht eine hohe Konzentration muskelentspannender Mittel in seinem Körper aufwies? Kamen diese törichten Menschen sofort zu dem Schluss, seine Frau hätte ihm die tödlichen Medikamente in einem Cognac nach dem Abendessen verabreicht.

Doch die Gläubigen stellten Spekulationen an. Einige von ihnen nannten es einen Fluch.

Aber ich? Ich nannte es Karma.

Kapitel 13

»Wollen Sie mir damit sagen, dass es in Wahrheit *zwei* Vorfälle im Zusammenhang mit der Aufführung und diesem sogenannten Fluch gab?«, fragte Rektorin Wagner. Sie klang gleichermaßen besorgt, fassungslos und wütend. Es war durchaus eine Leistung, so viele verschiedene Emotionen in einer einzigen Frage unterzubringen – selbst in einer so schwerwiegenden Frage wie dieser.

Ich verstehe Sie so *gut, Rektorin Wagner.*

Auch in mir wetteiferten mindestens genauso viele große Gefühle um die Spitzenposition. Mir war nicht entgangen, dass es schon ein ziemlich großer Zufall war, dass ich Glynnis' Geschichte erst am Abend zuvor gehört hatte und Melanie ausgerechnet *heute* verschwunden war.

Das Büro der Rektorin war kein besonders verheißungsvoller Ort. Selbst unter den besten Umständen fand man sich hier nur sehr ungern wieder – und die aktuellen Umstände konnte man eindeutig nicht als die »besten« bezeichnen. Oder auch nur als »ganz gut«. Und trotzdem saß ich hier, in einen der steifen, unbequemen Bürostühle gequetscht, die in einem weiten Halbkreis vor ihrem Schreibtisch angeordnet waren. Flankiert wurde ich von Theo, Daisy und Lena auf der einen Seite und von meinem Vater, meiner Mutter und Chief McGinnis auf der anderen. Meine Freunde sahen alle mehr oder weniger besorgt aus, wohingegen uns die Erwachsenen im Raum durch die Bank wütend anfunkelten. Mit anderen Worten: Die Emotionen lagen blank. Melanies Eltern waren ebenfalls verständigt worden und befanden sich momentan auf dem Polizeirevier.

»Ich wusste bereits über Miss Dewitts Spind Bescheid«, sagte Rektorin Wagner. »Aber nun gibt es diese neue … *Entwicklung*.« Sie verzog bei dem Wort die Lippen. Beinahe sah es aus wie ein unfreiwilliges höhnisches Grinsen.

»Das ist ein ziemliches harmloses Wort dafür«, bemerkte mein Vater. Ich war mit diesem Tonfall nur allzu vertraut: geduldig, gelassen, zurückgenommen. Wer ihn nicht so gut kannte wie ich, konnte beinahe meinen, er sei freundlich.

Aber das war er nicht. Ich erkannte es an der Art und Weise, wie sein Blick ununterbrochen durch den Raum huschte und kurz an sämtlichen Oberflächen hängen blieb, bevor er weiterwanderte. Er nahm alles genau in sich auf, konzentriert und abschätzend. Rektorin Wagner wollte einen Anwalt an ihrer Seite? Nun, hier war er: Carson Drew, in seinem besten, bis zum Anschlag aufgedrehten Juristenmodus.

Rektorin Wagner räusperte sich. »Ihre Reaktion ist absolut verständlich, Mr Drew«, begann sie. »Und ich habe bereits ausführlich mit Melanies Eltern gesprochen. Ich würde das Ganze jedoch nur ungern als etwas Unheilvolleres bezeichnen, es sei denn, mir bleibt keine andere Wahl mehr. Im Augenblick würden wir nur gerne hören, über welche zusätzlichen Informationen Ihre Tochter und ihre Freunde verfügen.« Sie blickte von meinem Vater wieder zu mir, ihre Miene undurchdringlich.

Schon klar. Aber Dad hat recht: Es war trotzdem eine seltsam gleichgültige Formulierung.

Andererseits war Rektorin Wagner noch nie ganz vorne mit dabei gewesen, wenn es um die feinen zwischenmenschlichen Untertöne ging. Vielleicht lag es daran, dass sie sich einfach schon zu viele Jahre lang um überreagierende Eltern und Schüler kümmern musste, deren charakterliche Bandbreite vermutlich von anstrengenden Neurotikern bis hin zu total durchgeknallten Individuen reichte. Ich konnte mir sehr gut vorstellen, dass dies irgendwann seinen Tribut forderte.

»Gut«, fuhr sie fort, und ihre Stimme durchschnitt die

Spannung im Raum wie Glas, »Melanie wurde im Laufe des Tages als vermisst gemeldet, und *Sie drei*«, sie blickte Daisy, Lena und mich an, »musstet feststellen, dass das Redaktionsbüro der Schülerzeitung einem Akt von Vandalismus zum Opfer gefallen ist.«

»Außerdem«, warf Chief McGinnis ein, »wurde Daisys Spind gestern Morgen ebenso mutwillig beschädigt, ist das korrekt?«

Daisy nickte stumm. Ich lehnte mich auf meinem Stuhl nach vorne, um ihr tröstend das Knie zu drücken.

Meine Eltern schossen mir beinahe synchron einen Blick zu, so als hätten sie es zu Hause oder auf dem Weg hierher im Auto geübt. *Wie konntest du uns das nicht erzählen?*

Ich bin ein Teenager. Ich sollte doch wenigstens ein paar *Geheimnisse haben, oder?*

»Wenn ich Sie fragen darf, Frau Rektorin«, ging McGinnis dazwischen, und seine Stimme hatte einen herablassenden, beinahe bedrohlichen Unterton. »Woher wissen Sie eigentlich mit solcher Sicherheit, dass die kleine Forest verschwunden ist?« McGinnis war leicht reizbar und von Natur aus misstrauisch, was – im Allgemeinen – natürlich zu den wünschenswerten Eigenschaften eines Polizisten gehörte.

Im Allgemeinen. Was wiederum bedeutete, dass dies hin und wieder eher in der Theorie als in der Praxis zutraf. Auch ich war schon mehr als einmal mit seiner eher stachligen Seite in Berührung gekommen, während verschiedenen meiner Ermittlungen. Auch wenn er es natürlich immer gut meinte und einfach nur versuchte, seine Pflicht zu erfüllen, kam es mir manchmal so vor, als würden er und ich ständig gegeneinanderarbeiten. Ich zog es allerdings vor, zu glauben, dass dies vollkommen unbeabsichtigt und nur auf eine leicht paranoide Interpretation meinerseits zurückzuführen war.

»Sie wollte sich mit mir treffen«, antwortete Theo und lehnte sich auf seinem Stuhl nach vorne. »Im Büro der Theater-AG. Aber sie ist nicht aufgetaucht.«

»Und was hast *du* im Theaterbüro gemacht?«, fragte ich instinktiv. Es war der letzte Ort, an dem ich ihn je zu finden erwartet hätte.

Rektorin Wagner seufzte und hob eine Hand. »Miss Drew, wenn Sie es *mir* vielleicht erlauben würden, diese Unterhaltung zu leiten?«

Ich schenkte ihr meinen besten beschämten Blick. »Natürlich.«

»Danke.« Sie blickte Theo an. »Also: Was *haben* Sie im Büro der Theater-AG gemacht?«

Hm. Ich schätze, es muss wohl die leichte Abweichung bei der Betonung sein, die den Unterschied ausmacht.

Theos Wangen erröteten. »Ich wollte mich mit Melanie treffen. Um sie zu interviewen.«

»Um sie zu *interviewen*?«, platzte ich heraus. Ich konnte einfach nicht anders.

»Miss Drew«, ermahnte mich Rektorin Wagner, diesmal nachdrücklicher. »Was habe ich gerade gesagt?«

»Tut mir leid, tut mir leid«, murmelte ich. »Es ist nur …« Ich drehte den Kopf und starrte Theo ungläubig an. »Um sie zu *interviewen*? Am Montag hast du noch vehement deine Ansicht verteidigt, wie lächerlich es ist, dass der *Masthead* überhaupt über den Namenstag *berichtet*.«

Er zuckte abwehrend mit den Achseln. »Ja, schon. Aber, du weißt schon … Melanie und ich waren Freunde. *Sind* Freunde.« Er errötete noch mehr. »Sie ist ja nicht von uns gegangen oder so. Ich meine, nicht *für immer*, jedenfalls. ›Vermisst‹ ist natürlich nicht gleichbedeutend mit ›von uns gegangen‹.«

»Das will ich doch hoffen«, warf Rektorin Wagner energisch ein.

»Wir werden sie schon wiederfinden«, sagte Chief McGinnis zuversichtlich. »Gut, sie wollte sich also mit Theo treffen, ist aber anscheinend nie im Theaterbüro aufgetaucht, was Theo bemerkte, als er selbst dort eintraf, um sie zu interviewen.«

»Zu *interviewen* …« Selbst Lena fiel es offensichtlich schwer, das zu glauben. Sie sah Rektorin Wagner an, hob abwehrend die Hände – *tut mir so leid!* – und setzte eine hilflose Miene auf. Rektorin Wagner schüttelte nur den Kopf, als könnte sie unsere andauernde Unverfrorenheit einfach nicht fassen.

»Sie fand die Idee lustig und meinte, es könnte mir vielleicht sogar helfen, das Ganze mit einem offeneren Blick zu betrachten. Und sie … äh, na ja … sie dachte, es könnte nicht schaden, wenn sie dadurch ein bisschen Publicity für ihre eigene Rolle bei der Aufführung bekäme.«

»Aber dir wurde doch überhaupt kein Artikel *zugeteilt*«, sagte ich und versuchte immer noch, das Ganze zu verarbeiten. Das hier war im wahrsten Sinne des Wortes das Letzte, was ich von Theo erwartet hätte.

»Was soll ich sagen? Ich stecke eben voller Überraschungen.«

»Also, was haben wir für Hinweise? Was denken wir, wo sie sein könnte?«, fragte ich automatisch.

»Miss Drew.« Diesmal war es McGinnis, der meinen Namen verärgert in die Länge zog. »Haben Sie etwa vor, sich in meine Ermittlungen einzumischen?«

»Nein! Natürlich nicht. Ich will nur helfen.«

Soll heißen: ja, ehrlich gesagt. Ich hatte definitiv vor, mich in seine Ermittlungen einzumischen. Aber: Speck, Mäuse …

»Jetzt wollen Sie uns helfen«, erwiderte er. »Aber als Sie uns hätten erzählen können, was passiert war, und uns so vielleicht dabei hätten helfen können, Melanie zu beschützen, haben Sie es vorgezogen, den Mund zu halten.«

»So war das nicht«, verteidigte ich mich. »Na ja, ich meine, irgendwie schon. Aber Sie müssen mir glauben:

Ich habe das nur getan – wir *alle* haben das nur getan –, weil wir ehrlich dachten, die Sache mit dem Raben sei nur ein schlechter Scherz.« Aber *ich* hatte das gar nicht wirklich gedacht. Ich hatte nur niemandem davon erzählt, um dem Wunsch meiner Freundin nachzukommen. Und das bedauerte ich, noch viel mehr, als ich jemals hätte vorhersehen können.

»Es war meine Idee, es niemandem zu erzählen«, gestand Daisy mit zitternder Stimme. »Ich hab das Ganze als albernen Streich abgetan. Oder es zumindest versucht. Ich meine, ein *Namenstagsfluch*? Es klang so … lächerlich.«

»Und Sie sind nicht auf den Gedanken gekommen, es könnte doch etwas Gefährlicheres dahinterstecken, nachdem Ihr Spind verunstaltet worden war?«, fragte Rektorin Wagner.

»Doch, schon«, antwortete Daisy leise. »Ich wollte nur nicht darüber nachdenken.«

»Verdrängung«, warf Theo ein, »kann sehr mächtig sein.«

»Wie schön für Sie, dass Sie in der glücklichen Situation waren, diese Entscheidung treffen zu können«, entgegnete die Rektorin mit seidiger Stimme, trotz der Schärfe ihrer Worte. »Unglücklicherweise ist es Melanie womöglich nicht vergönnt, ihr Schicksal auf dieselbe Weise zu lenken.«

Autsch. Halten Sie sich bloß nicht zurück, Frau Rektorin.

Aber sie hatte natürlich recht. Meine geheime Ermittlung in Sachen Namenstagsfluch hatte vielleicht wirklich entscheidend dazu beigetragen, dass Melanie verschwunden war. Womöglich wäre sie sonst noch bei uns.

Es war ein Fehler, dachte ich, *Daisy diesen Gefallen zu tun, wenn auch nur für ein oder zwei Tage*. Ich würde es mir niemals verzeihen, falls Melanie wirklich etwas Ernstes zugestoßen war. Was, wenn sie verletzt war – oder noch Schlimmeres?

So darfst du nicht denken, ermahnte ich mich selbst.

Eins schwor ich mir: In Zukunft würde ich mich nicht mehr zurückhalten. Und ich würde meinem Bauchgefühl unbeirrt folgen, ganz gleich, wohin es mich führte.

»Sie werden doch auch Caroline Mark unter die Lupe nehmen, oder?«, fragte Theo plötzlich. »Und sie befragen?«

»Nach allem, was Sie mir erzählt haben, muss ich gestehen, dass sie auf der Liste meiner Verdächtigen ziemlich weit oben steht. Sie scheint jedenfalls eindeutig zu den Schülern zu gehören, die ein echtes Motiv haben durchblicken lassen.« Chief McGinnis klang ernst.

Moment mal, nein! »Aber …«, protestierte ich. »Sie mag vielleicht ein Motiv haben, aber sie hat auch ein Alibi. Sie hat mir erzählt, dass sie bei Mr Stephenson war, und er hat es mir bestätigt, als ich mit ihm gesprochen habe.«

»Ich bin Ihnen für Ihr eifriges Engagement durchaus

dankbar, Miss Drew«, erwiderte der Chief, sah dabei jedoch eindeutig *un*dankbar aus. »Aber dennoch glaube ich, dass ich Caroline einen kleinen Besuch abstatten und mich mit ihr unterhalten werde. Natürlich nur, falls Sie nichts dagegen haben, dass ich *meine* Ermittlungen auf *meine* Weise führe.«

»Natürlich nicht, Sir«, erwiderte ich und spürte, wie mein Gesicht zu glühen begann. Allerdings hatte ich sehr wohl etwas dagegen, wenn er seine Ermittlungen *vermasselte*. »Es ist nur, na ja … selbst wenn Sie das Alibi durch Stephenson außer Acht lassen …«

»Sie sind die Erste, die es erfährt, falls ich mich dazu entschließen sollte«, unterbrach McGinnis mich. »Ich hoffe, das ist in Ordnung?«

»Kein Grund, sarkastisch zu werden«, ging mein Vater dazwischen und hob eine Hand.

»Selbst wenn Sie dies täten«, fuhr ich so ungerührt fort, wie ich konnte, »ist es doch völlig undenkbar, dass *Caroline Mark* Melanie … na ja … *gekidnappt* haben könnte. Ich meine, sie ist *Highschool-Schülerin*.«

»Nun, das ist ein interessantes Argument, Miss Drew. Vor allem von einer Highschool-Schülerin, die im Augenblick darauf besteht, dass ich sie in ihrer Eigenschaft als Privatdetektivin ernst nehme. Oder finden Sie nicht auch?«, fragte er ein wenig hämisch.

Ich presste die Lippen ganz fest zusammen, wandte den Blick ab und weigerte mich, ihm die Genugtuung einer Antwort zu geben. Trotzdem konnte ich spüren, wie meine Mutter mir einen mitfühlenden Blick zuwarf.

»Und falls es noch irgendwelche anderen Hinweise gibt«, sprach McGinnis weiter, »Hinweise, die Sie mit mir teilen wollen, meine ich, dann kann ich Ihnen versichern, dass wir ihnen genauso nachgehen werden.«

»Ich werde Ihnen nichts mehr verschweigen«, erwiderte ich ernst. Ich schämte mich immer noch dafür, dass ich möglicherweise dazu beigetragen hatte, dass Melanie etwas passiert war. Trotzdem nahm ich es McGinnis übel, dass er offensichtlich versuchte, in offenen Wunden zu bohren und dafür zu sorgen, dass ich mich deswegen so mies wie möglich fühlte. Und mir schreckliche Sorgen machte.

»Es freut uns, das zu hören«, sagte Rektorin Wagner, so förmlich und steif wie eh und je.

»Können wir *Ihnen* denn irgendwie helfen?«, fragte mein Vater. Er wirkte angespannt, so als würde er am liebsten von seinem Stuhl aufspringen. Aber es war nicht wegen dieses Falls, das wusste ich. Er war einfach kein besonders großer Fan von Rektorin Wagner und ihrer, äh, *strengen* Persönlichkeit, wie er es gerne ausdrückte.

Meine Mutter legte beruhigend eine Hand auf sein Knie. »Carson steht Ihnen jederzeit gerne zur Verfügung, falls Sie noch weitere Fragen haben sollten.« Von den beiden war schon immer sie diejenige gewesen, die es schaffte, die Wogen bei so gut wie jeder zwischenmenschlichen Interaktion zu glätten, ganz gleich, wie unangenehm sie auch war.

Und diese hier droht, gleich ziemlich unangenehm zu werden.

»Selbstverständlich«, sagte er. »Und ich kann Ihnen versichern, dass die Schule nicht für Melanies Verschwinden haftbar gemacht werden kann.«

»Nun, das hängt ganz davon ab, was unsere Ermittlungen zutage fördern«, ergänzte McGinnis.

Mein Vater neigte den Kopf zur Seite und dachte widerwillig darüber nach. »Sicher. Ausnahmen bestätigen natürlich immer die Regel.«

»Und«, warf Lena mit funkelnden Augen ein, *»natürlich* ist es die Frage der Haftbarkeit, die uns alle im Moment am meisten beschäftigt, da ein Mädchen spurlos vom Schulgelände verschwunden ist.«

»Sie können wieder von Ihrem Rednerpult zurücktreten, Miss Barrow«, sagte Rektorin Wagner. »Wir machen uns genauso große Sorgen um Miss Forest wie Sie.«

»Ja, das klingt mir auch ganz danach«, erwiderte Lena ein wenig bissig. Ich räusperte mich wenig dezent, um ihr vorzuschlagen, vielleicht einen oder zwei Gänge runterzuschalten, und sie verschränkte daraufhin tatsächlich mit einem Schnauben die Arme vor der Brust.

»Aber wenn ich der Polizei in der Zwischenzeit irgendwie von Nutzen sein kann, dann lassen Sie es mich bitte wissen, Chief«, fügte mein Vater hinzu. »*Darauf* wollte ich eigentlich hinaus.«

Lena stieß erneut ein leises Schnauben aus und schlang die Arme noch fester um sich, aber immerhin gelang es ihr diesmal, den Mund zu halten.

»Und wenn ich das anmerken darf«, sagte meine Mutter mit weiten Augen und offener Miene. »Ich nehme mir gerne etwas Zeit, um mich mit dem Schulpsychologen zu treffen und ihm ein paar Tipps in Sachen Krisenberatung zu geben. Ich bin natürlich auch gerne bereit, selbst eine Sprechstunde für die Schüler hier im Haus einzurichten. Oder einen Vortrag zu diesem Thema zu halten. Was immer in Ihren Augen das Beste wäre. Ich bin mir sicher, dass die Schüler einige Fragen haben und diese Neuigkeit erst einmal verarbeiten müssen.«

Ich schaute meine Mutter an, überflutet von Liebe. Wo ich nur Rätsel sah, die es zu lösen galt, sah sie Menschen, denen geholfen werden musste. Sie war einfach unglaublich.

»Danke, Mrs Drew«, erwiderte Rektorin Wagner und schenkte meiner Mutter ihr erstes aufrichtiges Lächeln seit Beginn dieser Unterhaltung. Meine Mutter hatte diese Wirkung häufig auf Menschen. Es schien zu den Eigenschaften zu gehören, die eine Generation übersprungen hatten. »Ich bespreche die Sache mit unserem Schulpsychologen. Einer von uns wird sich dann bei Ihnen melden.«

»Großartig«, sagte der Chief und erhob sich. »Wenn wir hier fertig sind, will ich versuchen, Caroline Mark zu erwischen. Weiß vielleicht irgendjemand, wo sie sich im Augenblick aufhält?«

»Sie können sich an meine Sekretärin draußen wenden. Sie verwaltet sämtliche Stundenpläne und Schülerakten«, antwortete Rektorin Wagner.

»Sie hat eine Freistunde«, fügte Theo hinzu. »Aber, äh, sie ist nicht in der Schule. Glaube ich jedenfalls. Sie hat erwähnt, dass sie ihr Auto in die Werkstatt bringen will. Wir können auf dem Parkplatz nachsehen, ob sie noch hier ist.«

»Was stimmt denn nicht mit ihrem Auto?«, wollte Chief McGinnis wissen, und mir ging genau dieselbe Frage durch den Kopf.

Theo zuckte mit den Schultern. »Das weiß ich auch nicht so genau. Sie hat es vorhin im Klassenzimmer nur kurz erwähnt, das ist alles. Irgendwas ist wohl mit den Scheinwerfern. Oder nur mit einem der Scheinwerfer?«

Mir blieb die Luft im Halse stecken. *Scheinwerfer.*

Zwei Scheinwerfer – einer flackernd, kurz erlöschend.

Ich, allein auf der Straße, auf der Rückfahrt von Stone Ridge.

Bleiche, von Dreck überzogene Knöchel in meinem Rückspiegel, mit dicker Schnur gefesselt.

Ich hatte an jenem Abend das Gefühl gehabt, dass mich jemand beobachtete. Und dann diese Nachricht auf meiner Windschutzscheibe – im einen Moment noch dort, im nächsten verschwunden. Hatte ich sie mir nur eingebildet? Oder wollte mir tatsächlich jemand Angst einjagen?

Ich machte den Mund auf, um etwas zu sagen. *Vertrau auf dein Bauchgefühl*, hörte ich das Echo meiner inneren Stimme.

Aber diesmal sagte mir mein Bauchgefühl, dass ich diese Sache für mich behalten sollte, nur noch für eine Weile. Ja, Melanie war verschwunden. Und ja, es ließ sich nicht ignorieren, was möglicherweise auf dem Spiel stand. Aber ich glaubte einfach nicht, dass *Caroline Mark* eine Entführung geplant und in die Tat umgesetzt hatte – genauso wenig, wie ich glaubte, dass ich den Geist eines erhängten Mannes in meinem Rückspiegel gesehen hatte.

Mein Bauchgefühl riet mir, Chief McGinnis die Spur verfolgen zu lassen, deren Fährte er bereits aufgenommen hatte. Weil mir dadurch ein wenig mehr Zeit blieb, selbst ein bisschen zu graben. Wenn Caroline Mark nicht die Hauptverdächtige war, wer dann? Und war der flackernde Scheinwerfer – oder die Erinnerung an das Auto, das mich neulich abends verfolgt hatte – nur eine Ausgeburt meiner Fantasie? Oder etwas Schlimmeres?

Allerdings wusste ich noch nicht einmal, was dieses »Schlimmere« in dieser Situation bedeuten könnte. Aber ich wollte auch nicht allzu sehr darüber nachdenken. Die

Situation war ohnehin bereits außer Kontrolle geraten. Und ich hatte schon jetzt, bevor ich dieses Büro auch nur verlassen hatte, meinen Schwur gebrochen, Rektorin Wagner und Chief McGinnis gegenüber vollkommen offen zu sein …

Was soll ich sagen? Ich bin nun mal wirklich *nicht die Beste darin, Anweisungen zu befolgen.*

Meine Eltern und ich verließen gerade das Büro der Rektorin, als Daisys Mutter eintraf.

»Was machst du denn hier?«, fragte Daisy. Ihr Gesicht wurde beim Anblick ihrer Mom kreidebleich.

Daisys Mutter wirkte hager, ausgezehrt. Außerdem war sie kleiner, als ich sie in Erinnerung hatte. Sie trug einen langen Wollrock – für Anfang Frühling *viel* zu lang; er sah sogar aus, als sei er bei diesen milden Temperaturen richtig unangenehm – und dazu eine schlichte weiße Bluse und einen Schal mit dem leuchtend roten Aufdruck eines Vogels. Mir fiel wieder ein, dass Daisy mal erwähnt hatte, dass Rotkehlchen die Lieblingsvögel ihrer Mutter waren, was wahrscheinlich das einzige persönliche Detail war, das mir über Mrs Dewitt bekannt war.

»Die Rektorin hat mich gebeten, herzukommen. Sie will mit mir über diese … *Fluch*geschichte sprechen«, antwortete sie mit leiser Stimme. Daisy warf mir einen Blick zu.

»Mrs Dewitt«, platzte ich heraus. Ich kam mir ziemlich unbeholfen vor, aber ich wollte Daisy unbedingt ein Stück aus der Schusslinie ziehen. »Rektorin Wagner hat alles im Griff. Sie können völlig unbesorgt sein.«

Sie schenkte mir ein knappes, eisiges Lächeln. »So sehr im Griff, dass mir niemand wirklich sagen konnte, *was* hier eigentlich los ist?«

Touché.

»Ab in den Unterricht, Daisy!«, herrschte ihre Mutter sie finster an. »Wir sehen uns, wenn ich hier fertig bin.«

Daisy warf mir erneut einen Blick zu, aber ich konnte nicht das Geringste für sie tun.

Parker: Hab ich dich gerade aus dem Büro der Rektorin kommen sehen, mit deinen Eltern und Chief McG?

Nancy: **rot werd** Erwischt.

Parker: Alles in Ordnung?

Nancy: Bei mir? Ja.

Nancy: Bei Melanie Forest eher weniger. Du weißt schon: von der Zeitung.

Parker: Klar, ich kenne Melanie. Und ja, ich hab's gehört.

Nancy: Tja, solche Nachrichten verbreiten sich schnell.

Parker: Und was wollte der Chief von dir?

Parker: Warte, glaubt er etwa, es gäbe einen Zusammenhang mit Daisys Spind? Und der Sache mit dem Raben?

Nancy: Ist schwer, da nicht von einem Zusammenhang auszugehen. Außerdem wurde das Redaktionsbüro total demoliert.

Parker: Moment mal – *davon* hatte ich noch nichts gehört.

Nancy: In dem Fall muss ich dann wohl die Überbringerin der schlechten Nachrichten spielen …

Parker: In der Mittagspause auf dem Schulhof? Dann können wir uns richtig unterhalten.

Nancy: Falls wir nicht alle zu einer Krisenversammlung einbestellt werden, sind wir hiermit verabredet.

Parker: Noch so was, das du mir näher erklären kannst.

Parker: Aber von den schlechten Nachrichten mal abgesehen: Ich freu mich.

Nancy: Ich mich auch. Wir sehen uns in der Mittagspause.

Kapitel 14

Wenn die Atmosphäre in Rektorin Wagners Büro an diesem Vormittag schon angespannt gewesen war, dann war die Luft beim Abendessen mit meinen Eltern noch dicker als die dichte Nebelsuppe, die häufig vom Meer über die Bucht hereinrollte. Nachdem wir unseren Salat vorab in quälender Stille verzehrt hatten ,– wobei das Knacken jedes einzelnen Salatblatts förmlich in meinen Ohren widerhallte – musste ich einfach etwas sagen.

»Okay, lasst es endlich raus«, flehte ich sie an. »Sagt, was immer ihr mir zu sagen habt. Diese Nummer mit der ›höflichen erzwungenen Stille, unter der brodelnde Wut kocht‹, geht mir ziemlich an die Nerven, wenn ich ehrlich sein soll.«

Mein Vater holte tief Luft, umklammerte die Gabel und das Messer in seinen Händen noch fester, legte sie dann jedoch scheppernd am Rand seines Tellers ab.

Wie gewöhnlich war meine Mutter diejenige, die den Anfang machte, ebenso bestimmt wie souverän. Auch sie legte ihre Gabel weg und trank einen Schluck Wasser, bevor sie begann: »Von ›brodelnder Wut‹ kann überhaupt keine Rede sein, Schatz«, versicherte sie mir. »Obwohl ich geneigt bin, dir für deine übertriebene Teenager-Dramatik ein paar Extrapunkte zu geben.«

»Übertriebene Teenager-Dramatik?« Ich zog eine Augenbraue hoch. »Wenn ich dich an dieser Stelle vielleicht darauf hinweisen dürfte, dass *ihr* diejenigen seid, die nicht mit *mir* redet?«

»Wir machen uns einfach nur Sorgen um dich«, erwiderte meine Mutter. »Du weißt, dass wir immer versuchen, dich bei deinen Ermittlungen zu unterstützen – viel mehr, als andere Eltern es tun würden.«

Das stimmte.

»Aber versuch doch mal, die Sache aus unserer Perspektive zu betrachten, Schatz. Jemand hat dir eine Drohnachricht in die Zeitungsredaktion geschickt, und du bist nicht mal auf die Idee gekommen, es uns gegenüber zu erwähnen?«

»Jemand hat eine Drohnachricht an *irgendjemanden* in der Schule geschickt. Wir können unmöglich mit Sicherheit wissen, ob sie tatsächlich für die Redaktion bestimmt war. Und ja, es war ziemlich unheimlich – ein dickes Lob für Originalität und Schreckensfaktor an denjenigen, der sich das Ganze ausgedacht hat, wer immer es auch sein mag. Aber wie *mehrere* Mitglieder der Zeitungsredaktion so richtig bemerkten: Die Keene High war auch *die* Schule, an der die Unterwäsche der erbittertsten Rivalen unserer Fußballmannschaft in der Nacht vor dem letzten Spiel der Saison an einem Fahnenmast gehisst wurden. Streiche werden an unserer Schule sehr ernst genommen. Und das hier wäre noch nicht mal der wildeste Streich gewesen, den die Keene High je gesehen hat.«

»Aber dieser ›Streich‹ war berechnend«, entgegnete mein Vater mit leiser, angespannter Stimme.

Punkt an Dad. Es war nicht so, dass der Zwischenfall mit dem Vogel *keinen* Grund zur Sorge bot. »Ich … gehe der Sache nach«, erwiderte ich schwach. Ich wagte es nicht, ihnen auch von meinem Albtraum zu erzählen. Es hätte definitiv zu einer Runde wilder küchenpsychologischer Analysen geführt – vor allem von Mom –, bei der vor übertriebener elterlicher Sorge Begriffe wie »Trauma« und »verdrängte Erinnerungen« über den Esstisch geflogen wären.

»Genau das ist ja der Punkt, Nancy«, sagte mein Vater schließlich und hob die Stimme. »Spielst du absichtlich die Begriffsstutzige? Weil uns nämlich genau das Sorgen macht. Dass du ›der Sache nachgehst‹.«

Ich starrte ihn an. »Du kannst doch nicht ernsthaft erwarten, dass ich das Ganze einfach auf sich beruhen lasse, oder? Du glaubst, jemand hätte es auf meine

Freunde abgesehen, möglicherweise sogar auf mich, und trotzdem willst du, dass ich einfach nur dasitze und nichts unternehme?«

»Ich erwarte, dass du Chief McGinnis seine Arbeit machen lässt«, erwiderte Dad. »Was er, nebenbei bemerkt, weit weniger effektiv tun kann, wenn du und deine Freunde, um die du dir angeblich solche Sorgen machst, wichtige Hinweise verheimlicht oder Informationen zurückhaltet.«

»Dad, er hat *eine* Spur.« Ich ließ den Blick von ihm zu Mom wandern und flehte die beiden förmlich mit den Augen an, mich anzuhören und mich ernst zu nehmen. »Ihr wisst so gut wie ich, dass die Wahrscheinlichkeit, dass Caroline Mark irgendetwas mit Melanies Verschwinden zu tun hat, gegen null geht. McGinnis und seine Leute sollten lieber Melanies Familie unter die Lupe nehmen, ihre Ex-Freunde …« Mein Vater *wusste* all das. Es gehörte sozusagen zum Grundkurs Polizeiarbeit. Gott, Moms beste Freundin, Karen, arbeitete schließlich auch als Detective. Also wer spielte hier absichtlich die Begriffsstutzige?

»Nancy, wir wissen, was für eine talentierte Investigativjournalistin du bist …«, begann meine Mutter.

»Mom«, unterbrach ich sie, »es ist mehr als nur Journalismus. Ob du es nun zugeben willst oder nicht.«

Sie seufzte und schloss die Augen, so als sei ich ein Kopfschmerz, der sich genau über ihrem Nasenrücken manifestierte. Oder falls ich nicht der Kopfschmerz an sich war, dann zumindest die Ursache dafür. »Na schön. Du hast recht. Du bist eine talentierte *Ermittlerin*, und das gehört zu den Eigenschaften, die wir an dir besonders zu schätzen wissen.«

»Komisch.« Ich stieß ein kurzes, bitteres Lachen aus. »Im Moment fühle ich mich nämlich nicht besonders *geschätzt*.«

»Weil die Sache kompliziert ist. Talentiert oder nicht, du bist immer noch ein Teenager – und du bist immer noch *unser Kind*. Du wirst uns daher verzeihen, dass wir deine Sicherheit über alles andere stellen. Begreifst du das denn nicht, Nancy?« Ihre Stimme brach, als sie meinen Namen aussprach, und meine wilde Entschlossenheit zerbrach ebenfalls.

Jetzt war ich diejenige, die seufzte. »Doch, tue ich«, gab ich zu. »Natürlich tue ich das.« Meine Eltern hatten mich immer unterstützt – selbst nachdem ich meinen ersten Fall gelöst hatte, worüber Chief McGinnis nicht sonderlich glücklich gewesen war. Einen Kinderschänder zu schnappen? Gut. Einen Kinderschänder zu schnappen, weil eine Grundschülerin den entscheidenden Hinweis geliefert hatte, nachdem die eigene Truppe bei ihren Ermittlungen absolut null erreicht hatte? Nicht so gut. Zumindest nicht für sein Ego.

Und dennoch hatten meine Eltern mir den Rücken gestärkt.

Aber sie mussten doch verstehen … dass es manchmal nicht die beste Vorgehensweise war, sofort alles offen auf den Tisch zu legen. Erwachsene, offizielle Behörden – selbst die »guten Jungs« unter ihnen, denen wir vertrauten, weil sie für unsere Sicherheit sorgten und uns beschützten – konnten schließlich Fehler machen und blind für gewisse Hinweise oder Einzelheiten sein.

In diesem Moment erkannte ich: Sie verstanden es *natürlich*. Aber auch wenn sie es verstanden, würde ihre Sorge um mich stets schwerer wiegen.

Ich blickte meine Mom erneut über den Tisch hinweg an und versuchte, das eisige Stechen der Angst zu ignorieren, dass sich zwischen meine Rippen bohrte, als sie sich die Schläfen rieb, so als würde diese Unterhaltung – *ich* – körperliche Schmerzen bei ihr auslösen.

Ich verstand sie. Genauso, wie sie mich verstanden. Ich verstand sie nur allzu gut.

Hier gab es keine »bösen Jungs«. Na ja, abgesehen von den offensichtlichen: denjenigen, die an unserer Schule diese »Streiche« spielten und für Melanies Verschwinden verantwortlich waren. Aber meine Eltern versuchten nicht, mir das Leben absichtlich schwer zu machen. Genauso wenig, wie ich absichtlich versuchte, ihnen Schwierigkeiten zu machen oder Kummer zu bereiten.

Wir taten alle unser Bestes.

Unglücklicherweise bedeutete dies für mich, zumindest in diesem Fall, dass alles ein bisschen schlechter werden würde – vielleicht sogar mehr als nur ein bisschen –, bevor es wieder besser werden konnte.

»Ich verstehe, was ihr meint«, erwiderte ich zögernd und legte meine Gabel ab. »Und ich verspreche euch, dass ich vorsichtiger sein werde. *Und* ehrlicher«, fügte ich hinzu, bevor mein Vater mich unterbrechen konnte. »Aber …« Ich wusste, dass ich mich an dieser Stelle nur ganz behutsam vortasten durfte. »Ich will euch was fragen.«

Mein Vater seufzte, aber wenigstens erkannte ich auch ein leichtes Glänzen in seinen Augen. »Natürlich willst du das. Du wärst nicht unsere Tochter, wenn dem nicht so wäre.«

Ich grinste, aber mein Grinsen verblasste schnell wieder, als ich an das dachte, was als Nächstes kam. Was ich möglicherweise heraufbeschwören würde. »Die Nachricht im Schnabel des Vogels, Daisys Spind, das Graffiti an der Wand in der Redaktion …«

Die auf meine Windschutzscheibe in den Frost geschriebene Botschaft.

»Sie haben alle einen Namenstagsfluch erwähnt.«

Mein Vater verdrehte die Augen. »Horseshoe Bay liebt eben seine Flüche.« Er schaute mit einem geduldigen Lächeln zu Mom hinüber. »Aber du weißt ja, dass wir darauf nichts geben.«

»Ja, das weiß ich. Natürlich.« Schließlich war dies sozusagen auch mein Mantra: *Nur, was ich mit eigenen Augen sehen kann.*

Aber ich *hatte* es gesehen. Das war ja genau der springende Punkt. Das war es, was an mir nagte, ein regelrechtes Loch in meinen Magen fraß und mich nachts nicht schlafen ließ.

»Es ist nur seltsam, dass er bei allen dreien erwähnt wurde. Und trotzdem scheint niemand, den ich kenne, je etwas von diesem Fluch gehört zu haben.«

»So seltsam ist das nun auch wieder nicht, wenn jedes Mal dieselbe Person dahintersteckt«, bemerkte Dad.

»Stimmt. Okay, aber … wie du selbst gesagt hast: In Horseshoe Bay gibt es so viele scheinbar willkürliche kleine, skurrile Traditionen und Bräuche und so viel Aberglauben … Der Namenstag selbst ist schließlich nur ein kleiner Teil davon. Aber den Fluch scheinen alle als Lappalie zu betrachten, in der noch nicht mal ein winziges Körnchen Wahrheit steckt. Und deshalb sind auch nirgends irgendwelche Einzelheiten darüber zu finden, worum es sich bei diesem Fluch nun genau handelt.«

»Ich bin mir sicher, dass es ohnehin nie irgendwelche Einzelheiten gab«, erwiderte mein Vater und tat meinen Einwand mit einem Winken ab. »Wie du schon sagst: Er ist auch nichts weiter als eine dieser willkürlichen, skurrilen Geschichten. Und niemand hat etwas dazu zu sagen, weil es dazu nichts zu sagen gibt. Nichts zu erzählen.«

»Daisys Mom schien das anders zu sehen«, widersprach ich ihm. »Sie wollte noch nicht mal, dass Daisy bei der Aufführung mitmacht.«

Meine Mutter hustete dezent in ihre Serviette. »Daisys Eltern sind …« Sie brach den Satz unsicher ab. »Na ja, du weißt selbst sehr gut, wie sie sind, Schatz. Exzentrisch. Es gibt einen Grund dafür, dass du nicht bei Daisy übernachten durftest, als du noch klein warst.«

»Der *Grund* war, dass ihre Eltern nicht wollten, dass irgendjemand im Haus übernachtet. Weil sie ihre Privatsphäre zu sehr schätzen«, erwiderte ich. »Richtig?« Mit einem Mal war ich mir da nicht mehr so sicher.

»Du erinnerst dich nicht mehr, oder?«, fragte meine Mutter plötzlich. »Normalerweise ist dein Gedächtnis so zuverlässig wie eine Stahlfalle, deshalb hatte ich angenommen …«

Eine Faust krallte sich in meinen Magen. »An was erinnere ich mich nicht?«

»Es war keine große Sache«, erwiderte meine Mutter. »Du warst einmal bei Daisy zu Hause, als du noch ganz klein warst. Zum Übernachten. Als wir dich am nächsten Morgen wieder abgeholt haben, warst du ganz starr vor Schreck.«

»Ich hatte vor etwas *Angst*?« Das war mal was Neues.

»Na ja, ja. Wir fanden es auch eigenartig. Das war

eigentlich nicht deine Art. Sonst hätten wir dich niemals dort übernachten lassen. Aber dir ging es gut, und die Dewitts konnten uns auch nicht sagen, was passiert war. Es war ihnen hauptsächlich unangenehm. Da dir offensichtlich jedoch nichts fehlte, haben wir nicht weiter nachgebohrt. Aber du hast uns auch nie erzählt, was dir solche Angst eingejagt hatte. Die Dewitts haben dich danach nie wieder eingeladen, was uns allerdings nur recht war. Soweit wir wissen, war das Daisys letzte Pyjamaparty.«

In meinem Kopf drehte sich alles. Ich konnte nicht glauben, dass ich dieses Erlebnis allem Anschein nach komplett verdrängt hatte. Und was noch viel entscheidender war: Was konnte mir bei Daisy zu Hause nur so einen Schrecken eingejagt haben?

Was es auch gewesen sein mochte, es wirkte auf irgendeine Weise bis heute nach.

Die Stille am Esstisch wurde plötzlich vom Klingeln des Handys in meiner Hosentasche durchbrochen. Meine Mutter schoss mir einen Blick zu.

Ich nickte – *ich weiß* –, zog das Smartphone aber trotzdem heraus und warf unter dem Tisch einen Blick darauf. Dann schaute ich wieder Mom an. »Na ja, es wird schließlich eine Schülerin vermisst …«, sagte ich entschuldigend.

»Dann mach schnell«, erwiderte sie, aber in ihrer Stimme schwang kein wirklicher Tadel mit.

»Es ist Daisy«, sagte ich und stand vom Tisch auf. »Ihr entschuldigt mich für eine Minute?«

Ich ging ins Wohnzimmer, wo ich ein bisschen mehr Privatsphäre hatte, ohne auf eine Antwort zu warten.

Daisy: Wie läuft's mit den Erzeugern?

Nancy: Mit einem Wort: angespannt. Sie sind von den Ereignissen in der Schule nicht sonderlich begeistert ... oder von der Tatsache, dass ich die ganze Zeit ein paar Hinweise verschwiegen habe.

Daisy: Ja. Tut mir übrigens immer noch leid.

Nancy: Schon okay. Ich wusste schließlich, was ich tue. Und ich muss zu meinen Entscheidungen stehen.

Daisy: Na ja, trotzdem danke. Aber die Sache ist die: Meine Eltern benehmen sich total seltsam. Also, noch seltsamer als sonst.

Nancy: ?

Daisy: Weißt du noch, dass ich dir erzählt hab, dass sie nicht begeistert von der Idee waren, dass ich bei der Aufführung mitmache?

Nancy: Ja, das war total strange.

Daisy: Ja, oder? Aber es wird noch besser: Beim Abendessen haben wir über Caroline gesprochen, und darüber, dass meine Mom zu einem Gespräch mit dem Chief und Rektorin Wagner in die Schule bestellt wurde.

Nancy: Ja, das war ziemlich krass.

Daisy: Krass ist noch harmlos ausgedrückt. Aber die Sache ist die: Meine Eltern waren total aufgebracht, als sie erfahren haben, dass McGinnis Caroline befragen wollte, die Feierlichkeiten zum Namenstag aber immer noch nicht abgesagt hat. Angesichts all dieser Drohungen und der Tatsache, dass dieser mysteriöse Fluch überall erwähnt wurde, sind sie anscheinend der Meinung, es sollte sofort alles gecancelt werden.

Nancy: Das gefällt mir gar nicht. Irgendwas stimmt da nicht.

Daisy: Nancy Drew auf heißer Spur.

Daisy: Ich mache mir überhaupt keine Sorgen. Ich weiß, dass wir in guten Händen sind.

Daisy: McGinnis wird Caroline knacken wie eine Walnuss, und dann haben wir diesen ganzen Albtraum endlich hinter uns.

Nancy: ...

Daisy: Das war nur ein Witz. Die guten Hände sind natürlich deine. Aber ich bin trotzdem froh, dass McGinnis Caroline mal unter die Lupe nimmt. Dass er einen Plan zu haben scheint, meine ich. Einen, der nicht vorsieht, den Namenstag abzusagen.

Nancy: Jedenfalls noch nicht.

Daisy: Immer so optimistisch! Ich habe trotzdem beschlossen, die Hoffnung nicht aufzugeben. Ich halte sämtliche Daumen gedrückt, dass die Spur zu Caroline auch zur Aufklärung dieses Falles führt und dass wir alle wieder nach vorne blicken und dieses ganze Drama hinter uns lassen können. Dass Melanie wieder unversehrt zurück nach Hause kommt und der Namenstag ohne Zwischenfälle gefeiert werden kann.

Nancy: …

Ohne weitere *Zwischenfälle*, hatte ich bereits als Antwort zu tippen begonnen. Ich bekam jedoch nicht die Chance, die Nachricht zu Ende zu schreiben, denn im selben Augenblick klingelte es an der Tür. *Bis später*, schrieb ich Daisy stattdessen schnell.

»Nancy!«, rief meine Mutter mir von der Haustür zu. »Du hast Besuch.«

Besuch? Ich erwartete niemanden. Ich strich mir das Haar hinters Ohr und ging in die Diele.

Es war Parker. Er lehnte im Türrahmen und schenkte mir ein entzückendes schelmisches Lächeln. »Ich war gerade in der Nähe.«

Ich lachte. »Na, wir wohnen ja auch im selben Stadtviertel«, erwiderte ich.

»Ich weiß! Deshalb ist diese ganze *Oh, ich war sowieso gerade in der Gegend*-Nummer auch noch viel überzeugender. Absolut perfekt. Und äußerst praktisch.«

»Nancy«, sagte meine Mutter, »der junge Gentleman meinte, er würde dich gerne ins Frosty Queen ausführen.«

»Stimmt«, bestätigte er. »Ich hab total Lust auf einen von diesen M&M's-Eisbechern.«

Ich beäugte ihn skeptisch. »Ist zwar ein bisschen kalt für Eis, aber ich bin dabei.« Ich sah meine Mutter an. »Und bitte sag nie wieder ›junger Gentleman‹.«

»Wenn du magst, darfst du dafür dieses Wochenende entscheiden, was wir machen«, bot Parker mir an und hielt mir seinen Arm hin, damit ich mich bei ihm einhakte.

»Hatten wir denn schon Pläne fürs Wochenende?«

»Na ja, das hatte ich jedenfalls gehofft«, gab er zu.

»Ooh, Nancy, der ist ja ein richtiger Charmeur«, säuselte Mom. Ich konnte an ihrem Gesichtsausdruck erkennen, dass sie Parker mochte.

Was gut war – weil ich es auch tat. Er war clever genug, um mit mir mitzuhalten, und bisher schien er auch kein Problem mit meiner Detektivleidenschaft zu haben. Ich hatte ehrlich gesagt schon angefangen, mich zu fragen, ob es so einen Jungen überhaupt gab.

»Und ja, du bist fürs Abendessen entschuldigt«, fügte Mom zwinkernd hinzu.

»Warte kurz«, bat ich ihn. »Ich hol nur schnell meine Jacke.«

»Eine Einladung zum Eisessen, völlig aus dem Blauen heraus«, sagte ich. »Guter Instinkt.«

»Ich weiß«, sagte er, während er mich zur Beifahrerseite seines Autos geleitete und die Tür für mich öffnete.

Eben *ein richtiger Charmeur*, wie Mom es ausgedrückt hatte. Wo sie recht hatte … »Und gib's zu: Jetzt, da ich es erwähnt habe, kannst du an nichts anderes mehr denken als an einen Eisbecher mit M&M's.«

»Ich gebe überhaupt nichts zu«, erwiderte ich und musste lachen, als er sich hinters Lenkrad setzte und absichtlich den Motor aufheulen ließ. »Aber gut: Du hast vollkommen recht.«

»Ich habe immer recht«, sagte er. »Das wirst du schon sehr bald erkennen. Es ist eine meiner besten Eigenschaften.«

»Komisch«, entgegnete ich. »Hier in der Gegend bin ich nämlich auch dafür bekannt, dass ich immer recht habe.«

»Das *ist* komisch«, erwiderte er. »Ich schätze, dann werden wir gemeinsam wohl ziemlich unaufhaltsam sein.«

Er neckte mich nur, aber bei seinen Worten schmolz ich trotzdem innerlich dahin. Was irgendwie nett war, weil es im Auto, obwohl die Heizung lief, wirklich ziemlich kalt war.

Er schaltete die Scheinwerfer ein.

Und mir gefror das Blut in den Adern.

Aber diesmal hatte es nichts mit der Temperatur im Wagen zu tun.

»Deine … Scheinwerfer …«, stammelte ich. »Einer von ihnen flackert.«

»Was? Ach ja, stimmt.« Er fuhr sich abgelenkt mit der Hand durchs Haar. »Das macht er in letzter Zeit öfter. Seltsam. Ich sollte das wohl mal reparieren lassen. Welche Werkstatt kannst du denn empfehlen, Nachbarin?«, fragte er fröhlich.

»Ähm, J. Dodds«, murmelte ich. »Die sind die Besten.«

»Ich schätze, in einer Stadt wie Horseshoe Bay sind sie wahrscheinlich auch die *Einzigen*, richtig?« Parker rieb sich die Hände und blies hinein. »Verdammt, Nancy … du hattest vielleicht doch recht damit, dass ein Eisbecher heute Abend keine so gute Idee ist. Ich meine, ich bin bis auf die Knochen durchgefroren.«

Ich auch. Aber aus völlig anderen Gründen.

»Nancy? Hey, ist alles okay?« Parker wandte sich mir mit besorgter Miene zu und strich mit einer Hand über meine Wange. »Du siehst auf einmal aus, als hättest du ein Gespenst gesehen.«

»Was?« Sosehr ich es auch hasste, das zuzugeben, aber trotz des eisigen Gefühls der bösen Vorahnung, das über meine Haut kroch, kribbelte alles in mir, als seine Hand meine Haut berührte. »Nein, tut mir leid. Es ist nur … ich war kurz ganz woanders.«

»Na«, sagte er, und auf seinem perfekten Gesicht breitete sich ein Grinsen aus, »dann wollen wir doch mal sehen, was wir tun können, um dich wieder ins Hier und Jetzt zurückzuholen.«

Er lehnte sich zu mir und küsste mich ganz sanft.

Auch wenn mir vor einer Sekunde noch eiskalt gewesen war, stand plötzlich mein ganzer Körper in Flammen.

In diesem Moment war ich mir der Tatsache sehr bewusst, dass meine Eltern uns durch das Wohnzimmerfenster beobachten konnten, was normalerweise allerdings nicht zu ihren Angewohnheiten gehörte. Aber andererseits waren sie schließlich *Eltern*. Ich wusste, dass hier draußen, um uns herum, noch immer etwas Seltsames – etwas Gefährliches – vor sich ging, ob es nun etwas mit dem Namenstagsfluch zu tun hatte oder nicht.

Und ich wusste, dass Parkers Scheinwerfer flackerte, genau wie Carolines. Genau wie der an dem Wagen, der mir neulich abends gefolgt war.

Was bedeutete, dass ich jetzt einen weiteren Verdächtigen auf meine Liste setzen konnte.

Ich sah aus, als hätte ich ein Gespenst gesehen? Parker hatte ja keine Ahnung. Er konnte sich überhaupt nicht vorstellen, wie es war, in den Rückspiegel zu schauen und diese bleichen, leblosen Beine vor der Glasscheibe baumeln zu sehen. Aber in diesem Augenblick, von seinen Armen umschlungen, während ich seine Wärme und seinen Geruch mit jedem Atemzug in mir aufnahm?

War alles besser als das, was ich in meinem Kopf vor mir sah, sobald ich die Augen schloss.

Zwei Scheinwerfer, die mich auf einer einsamen, verlassenen Straße verfolgten.

Konnte es Parker gewesen sein?

Ich zog ihn noch näher zu mir heran und verdrängte den Gedanken mit aller Macht. Wenn auch nur für einen Moment.

Kapitel 15

– Donnerstag –

Entschieden verheißungsvoller als Parkers kaputte Scheinwerfer war Daisys eifriges Hupen vor unserem Haus, als sie mich am nächsten Morgen in aller Frühe mit ihrem Mini abholte.

Halleluja.

Am gestrigen Abend hatte sich schließlich doch noch herausgestellt, dass ein eiskalter Flurry genau das war, was wir beide brauchten – oder zumindest ganz sicher das, was *ich* brauchte, um mein Hirn komplett einzufrieren und in herrlich süßes Vergessen abzudriften. Wenn ich mich nur angestrengt genug konzentrierte, konnte ich noch immer die winzigen Zuckerkristalle und das Knacken der M&M's auf meiner Zunge spüren.

Von dem Gefühl, wie Parker mit seinen Händen durch mein Haar fuhr, ganz zu schweigen.

Trotzdem war es mir bei unserem Date nicht gelungen, den flackernden Scheinwerfer völlig aus meinen Gedanken zu verbannen – ich wäre nicht ich, wenn es anders gewesen wäre. Aber ich hatte es immerhin irgendwie geschafft, ihn in eine Kiste zu packen, sie ganz fest zu verschließen und irgendwo in der hintersten Ecke meines Verstandes ordentlich zu verstauen, nur für ein paar Stunden. Ich betrachtete sie als den Aktenschrank meines Unterbewusstseins. Worüber ich im Augenblick allerdings *wirklich* nicht weiter nachdenken wollte, war die Tatsache, dass direkt neben der Akte WAS HAT'S MIT PARKERS SCHEINWERFERN AUF SICH? eine weitere Akte mit dem Etikett NOCH SO EIN GRUSELIGER ALBTRAUM, NUR, DASS IN DIESEM HIER DIE REDAKTION VON EINEM FLAMMENMEER VERSCHLUNGEN WIRD, WÄHREND IN DER MITTE DES RAUMES EINE LEICHE VON EINER LAMPENFASSUNG BAUMELT stand.

Federn kleben am zerfetzten Saum ihres Kleids.

Eine verfärbte Kette mit zarten Perlen – die, die sie immer trägt – liegt wie eine Schlinge um ihren Hals.

Es ist Daisy.

Das erhängte Mädchen – es ist Daisy.

Aus diesem neuen Megakracher war ich laut schreiend aufgewacht, in Schweiß gebadet, wild mit den Armen fuchtelnd und mich verzweifelt in mein Bettlaken krallend. Einen Moment später, nachdem sich meine Augen an das Sonnenlicht gewöhnt hatten, war mir jedoch bewusst geworden, wo ich war – zu Hause – und, noch wichtiger, dass ich in Sicherheit war.

Für den Moment.

Ich setzte mich im Bett auf, schnappte keuchend nach Luft und wartete darauf, dass meine Mutter, mein Vater oder alle beide in mein Zimmer stürmten, um nachzusehen, warum ich so geschrien hatte. Ich versuchte, meinen Herzschlag zu zwingen, wieder auf ein normales Tempo herunterzufahren, während ich meine »beiläufig-entspannte« Antwort übte. Es kam jedoch niemand, also stellte ich mich stattdessen unter die dampfend heiße Dusche, länger als gewöhnlich, und genoss den Luxus des heißen Wassers, das wie Nadeln auf meine Haut prasselte. Ich hatte das Gefühl, die letzten verbleibenden Bilder aus meinem Traum ließen sich nur mithilfe dieser extremen Empfindung endlich fortspülen. Als ich mich angezogen hatte und nach unten gegangen war, warteten Daisy und Lena bereits im Auto auf mich. Die Sonne strahlte hell, und es fiel mir nicht schwer, zu glauben, dass ich tatsächlich in Sicherheit war, hier und jetzt.

Mom und Dad saßen in der Küche und stritten sich spielerisch um die Zeitung, die sie beide noch immer absolut traditionell in der Printversion lasen, jeden Morgen und immer bei Kaffee, Eiern und Toast. Sie trugen beide Joggingklamotten – Mom enge Laufleggings und ein Multifunktionsshirt, Dad eine alte Jogginghose und einen Fleecepullover –, und um ihren Hals baumelten In-Ear-Kopfhörer.

Keine Kopfhörer. Eine zerrissene, verblasste Perlenkette.

Ich atmete ganz tief ein, und als ich den Blick wieder hob, hatte sie sich wieder in harmlose Kopfhörer verwandelt.

Jetzt drehst du wirklich völlig durch. Oder vielleicht war ich bereits durchgedreht, Vergangenheitsform – und was dann?

»Wart ihr zwei … joggen?«, brachte ich hervor. Gott sei Dank, dass ich diesen »beiläufig-entspannten« Tonfall vorhin in meinem Zimmer geübt hatte.

Es war zwar nicht total ungewöhnlich für die beiden, dass sie morgens joggen gingen, aber es kam auch nicht regelmäßig vor. »Ihr wisst schon, dass ein richtiges Date normalerweise *abends* stattfindet, oder? Und dass es *Spaß* beinhalten soll? Keinen *Sport*?« Ich erschauderte spielerisch.

»Haha«, sagte Mom und warf überraschend zielsicher eine zusammengeknüllte Serviette nach mir. »Es mag vielleicht ein bisschen romantisch-kitschig sein, zusammen joggen zu gehen …«

»Oh, es ist *definitiv* romantisch-kitschig«, versicherte ich ihr. »Im besten Fall.«

»Mach dich über eine arme alte Frau nicht so lustig.« Sie lachte. »Es ist nur … ich war in letzter Zeit ziemlich gestresst«, gestand sie.

»Und eine Joggingrunde im Morgengrauen war da natürlich die einzige Lösung.«

»Eher die letzte Zuflucht. Aber ich habe mir das nicht ausgedacht, das schwöre ich! Ich habe einen Artikel gelesen, in dem stand, dass sich intensive Bewegung am frühen Morgen unglaublich positiv auf die körperliche Energie und das Konzentrationsvermögen auswirken kann«, beharrte sie.

»Und genau darum musst du auch aufhören, so was zu lesen. Sonst verfault dein Hirn noch«, scherzte ich und schaute Dad an. »Und du unterstützt das auch noch?« Er war ein ziemlich sportlicher Typ und für einen Vater richtig gut in Form. Meine Freundinnen ließen sich sogar hin und wieder zu der Bemerkung hinreißen, dass er – für einen Dad – ganz süß war, was natürlich vollkommen intolerabel war. Aber joggen zu zweit kam mir trotzdem ziemlich extrem vor.

»Deine Mom wollte es eben mal versuchen«, antwortete er und trank einen ausgiebigen Schluck von seinem Kaffee. »Und wer bin ich denn, dass ich mich ihr dabei in den Weg stelle?«

»Wer, in der Tat?« Wenigstens mochten sich die beiden wirklich, was mehr war, als ich von vielen Eltern meiner Freunde behaupten konnte. Sie liebten sich sogar. Das stand niemals infrage. In dieser Hinsicht hatte ich wirklich Glück. Wir alle, unsere ganze kleine Familie. Und ich war erleichtert, dass es nach unserem Quasi-

Streit gestern Abend keinerlei Spannungen mehr zwischen uns gab.

»Ist bei dir alles okay, Nancy?«, fragte Dad und begutachtete mich eindringlich. »Du hast wohl gerade geträumt.« Er schnipste mit den Fingern, um seine Bemerkung zu unterstreichen.

Ich schüttelte den Kopf, als mir bewusst wurde, dass er recht hatte. Ich blinzelte und stellte überrascht fest, dass heiße Tränen in meinen Augenwinkeln brannten.

Krieg dich wieder ein, Drew. Ein kleines bisschen Dankbarkeit war eine gute Sache, sicher, aber es bestand wirklich kein Grund, hier in der Küche meinen persönlichen Schnulzenfilm-Moment abzuziehen, völlig aus dem Blauen heraus, während die Kaffeemaschine auf der Küchentheke gurgelte.

Ich bin einfach immer noch durcheinander wegen dieses Traums, redete ich mir selbst ein. Ich schenkte mir gerade eine Tasse Kaffee ein, als draußen dankenswerterweise Daisys Hupe ertönte.

»Tu uns einen Gefallen, Nancy«, bat meine Mutter. »Versprich uns, dass du dich heute auf die Schule konzentrierst und nicht auf irgendwelche mysteriösen Ereignisse.«

Ich wollte sie nicht anlügen. »Ich werde mein Bestes tun«, erwiderte ich daher. Ich gab jedem von ihnen einen flüchtigen Kuss auf die Wange und eilte dann zu meinen Freundinnen hinaus.

»Ich hab verschlafen«, sagte ich atemlos, als ich auf den Rücksitz rutschte und mir das Haar von den Schultern strich. »Hatte nicht mal Zeit für einen Kaffee. Seltsam …« *Seltsam geträumt*, hätte ich beinahe gesagt, bevor mir bewusst wurde, dass ich im Moment nicht darüber reden wollte.

»Na, dann hast du ja Glück, dass wir jetzt Kaffee trinken *gehen*«, gähnte Lena.

»Ja, Nancy«, Daisy warf mir einen schnellen Blick im Rückspiegel zu, »du weißt schon noch, dass wir uns nur so früh treffen, damit wir vor der Schule noch ins *Harbor Joe's* können, oder? Ich meine, das war doch der Plan, richtig?«

»Ja, klar.«

Die Wahrheit? Ich wusste natürlich, dass wir ausgemacht hatten, uns heute schon vor der Schule zu treffen, und das *Harbor Joe's* war dafür die offensichtliche Wahl – es gehörte zu den wenigen Läden, die so früh schon geöffnet hatten –, aber ich war durch meinen Traum so abgelenkt gewesen, dass mir die Einzelheiten unseres Chatverlaufs von gestern Abend schlichtweg entfallen waren. Aber das würde ich ganz sicher nicht zugeben.

»Du stehst heute Morgen ja richtig neben dir«, trällerte Daisy heiter. Sie grinste von einem Ohr zum anderen und fummelte an den Knöpfen des Autoradios herum, bis sie sich schließlich für einen Sender entschied, auf dem geradezu aggressiv fröhliche Popmusik lief.

»Ich krieg ein Loch im Zahn, wenn ich mir das anhören muss«, beschwerte sich Lena. »Das ist doch wohl bitte nicht dein Ernst?«

»Was denn?« Daisy zuckte mit den Schultern. »Ich bin gut gelaunt. Der Chief hat Caroline im Visier, er kümmert sich um den Fall *und* er hat den Namenstag nicht abgesagt, obwohl ich weiß, dass meine Eltern darauf gedrängt haben. Die perfekte Win-win-Situation.«

»Außer für Melanie«, bemerkte ich. »Aber ich weiß, was du meinst.«

»Darf ich mich nicht *gleichzeitig* wegen des Namenstags freuen *und* mir Sorgen über Melanie machen?«, fragte Daisy. »Denn ich schwöre bei meiner Rolle bei der Aufführung, dass ich beides tue.«

»Doch, darfst du«, erwiderte ich. »Aber angesichts der Tatsache, dass ein Mädchen vermisst wird, sollten wir vielleicht trotzdem zwanzig Prozent runterschrauben.«

»Nancy hat recht. Halt dich einfach ein bisschen zurück, wenn noch andere Leute außer uns in der Nähe sind«, warnte Lena sie. »Wenn du zu erfreut wirkst, gehörst *du* noch irgendwann zu den Verdächtigen.«

Darüber mussten wir alle lachen. Daisy war das süßeste, freundlichste, hilfsbereiteste Mädchen der ganzen

Stufe, vielleicht sogar der ganzen Schule. Die Vorstellung, sie könnte etwas mit einer Entführung oder Sabotage zu tun haben, war einfach nur lächerlich.

»Ich halte mich zurück, versprochen. Wenn ihr zwei mit einem winzigen Abstecher heute Morgen einverstanden seid.«

»Wohin?«, fragte ich misstrauisch, aber als ich aus dem Fenster schaute, konnte ich mir bereits denken, was sie vorhatte.

Wir fuhren zwar zunächst in Richtung des *Harbor Joe's*, aber jetzt erreichten wir eine große Kreuzung, an der Daisy scharf links abbog. Nun fuhren wir in die entgegengesetzte Richtung und hielten auf den Stadtrand zu, wo sich – gleich jenseits der Bucht – der Festplatz befand. In der Ferne glitzerte der graugrüne Ozean in der Morgensonne.

»Sie haben die Bühne für die Aufführung noch nicht aufgebaut«, sagte ich. »Ich glaube, sie wollen erst heute Nachmittag damit anfangen. Es gibt wahrscheinlich noch gar nichts zu sehen.«

»Ich weiß«, erwiderte sie, ihre Schultern schuldbewusst gebeugt. »Ich bin nur schon so aufgeregt. Ich will's mir trotzdem kurz anschauen. Und es liegt doch sowieso praktisch auf dem Weg, richtig?«

»Wenn du damit meinst, dass es an der Kreuzung exakt in der entgegengesetzten Richtung liegt, dann ja, sicher.« Lena zuckte die Achseln. »Aber solange wir hinterher noch genügend Zeit haben, um vor der Schule im *Harbor Joe's* vorbeizuschauen, ist alles cool.«

»Es *ist* alles cool«, stimmte Daisy ihr zu. »*Du* bist cool. Wir sind *alle* cool. Die Coolsten.«

»Daisy?« Lena klang zögerlich, zurückhaltend.

»Uns bleibt noch jede Menge Zeit für Kaffee!«, stöhnte Daisy mit gespielter Frustration.

»Nein, tut es nicht«, widersprach ich ihr tonlos, als ich sah, worauf Lena starrte.

Kaffee ist hiermit offiziell von der morgendlichen Agenda gestrichen, wurde mir bewusst. Mir rutschte das Herz in die Hose.

»Wir müssen sofort in die Schule und mit Rektorin Wagner sprechen. Und sie muss McGinnis rufen«, fügte ich hinzu.

Daisy protestierte nicht. Die Heiterkeit war völlig aus ihrem nun blassen, von kaltem Schweiß bedeckten Gesicht gewichen. Ihr Blick huschte hin und her, während sie die Szene in sich aufnahm:

Der Festplatz war normalerweise eine weite, grasbewachsene Fläche. Doch das Gras in der Mitte des Rasens war versengt worden und enthüllte eine weitere düstere, unheilvolle Warnung. Ich schüttelte den Kopf und blinzelte heftig. Schaute dann noch einmal hin. Es war immer noch da.

Daisy schluckte. »Ihr seht das auch, oder? Ihr seht das beide auch?«

»Tun wir«, bestätigte ich. Lena nickte.

Dort, im Gras, jeder verbrannte Buchstabe mindestens einen Meter lang und genauso breit, stand die hässliche Botschaft:

DIE ZEIT IST UM.

»Oh, gut«, sagte ich schwach, als wir auf den Parkplatz der Keene High rollten. »Chief McGinnis ist schon hier.«

»Vielleicht hat er ja Kaffee mitgebracht«, scherzte Lena düster.

Während Daisy den Wagen parkte, ließen wir die Szene auf uns wirken: zwei Streifenwagen, dankenswerterweise ohne Blaulicht und Sirene, standen in der Feuerwehrzufahrt vor dem Haupteingang der Schule. Eine Traube besorgter Lehrer hatte sich auf dem Gehweg versammelt, wodurch ein Rückstau unter der Menge der Eltern entstand, die sich auf der Vordertreppe und in den offenen Schulhoftoren drängten. Die Luft war erfüllt von dem aufgeregten Durcheinandergerede verängstigter Stimmen.

Ich blickte Lena und Daisy an. Keiner ihrer Eltern war in der Gruppe sofort zu erkennen, was allerdings nicht bedeutete, dass sie nicht da waren – man hätte einen kleinen Dinosaurier in dieser Meute verstecken können, und selbst ich hätte eine Weile gebraucht, um ihn aufzuspüren. Wortlos hielten wir uns an den Händen und steuerten auf den Seiteneingang der Schule zu.

»Also, willst *du* dem Chief vielleicht erzählen, was wir gesehen haben?«, fragte Lena, als wir das Gebäude betraten. »Weil, na ja, ich weiß auch nicht, Nancy … Ich hab irgendwie den Eindruck, dass du mit diesen Autoritätspersonen richtig gut kannst.«

Ha. »Ja, ich kann sie richtig gut auf die Palme bringen.«

»Aber die gute Nachricht ist doch, dass er sowieso schon wirkt, als sei er ganz oben auf der Palme«, warf Daisy ein. Sie zeigte geradeaus.

Wir hatten es noch nicht mal halb den Flur hinunter geschafft, als sich uns folgende Szene darbot: eine Reihe von Spinden, einer von ihnen mit sperrangelweit offener Tür, und davor der Chief, flankiert von drei weiteren Polizisten. Wenn man bedachte, wie klein Horseshoe Bay war, erschien es fast überraschend, dass es hier überhaupt so viele Polizisten gab, die man an einen Tatort rufen konnte. Aber wahrscheinlich konnte es eben nie schaden, auf alles vorbereitet zu sein.

Einer der Beamten hielt einen bedrohlich aussehenden Deutschen Schäferhund an einer Leine. Das Tier stand in Habachtstellung bei Fuß, den Schwanz ausgestreckt.

»Wessen Spind ist das?«, fragte Daisy. »Und – nur so aus Neugier – was glaubt ihr, wonach McGinnis diesen Hund schnüffeln lässt?«

»Ich lehne mich mal ganz weit aus dem Fenster«, sagte

Lena, »und vermute, dass es der Spind von Caroline Mark ist.«

Da uns Chief McGinnis die Sicht versperrte, konnten wir nicht erkennen, was sich in dem offenen Spind befand. Die beiden Beamten ohne Hund waren dabei, den Inhalt mit ihren großen behandschuhten Händen sorgfältig in mehrere Plastiktüten zu packen.

Einer dieser Gegenstände? Eine Spraydose mit roter Farbe.

Und bei dem Inhalt von zwei weiteren kleineren Tüten schien es sich um einen Lippenstift und Nagellack zu handeln.

»Wollen wir wetten, welche Farbe dieser Lippenstift hat?«, murmelte ich. *Blutrot, zweifellos*. Kein Buchmacher der Welt würde sich auf diese Wette einlassen.

»Dann *war* sie also diejenige, die meinen Spind verunstaltet und das Redaktionsbüro demoliert hat?«, fragte Daisy stirnrunzelnd.

»Sieht ganz so aus«, antwortete ich.

Was auch bedeuten konnte: Irgendjemand wollte, *dass es ganz so aussah*.

Andererseits hatte sie sowohl die Gelegenheit als auch ein Motiv gehabt. Sie stand schließlich auch auf meiner Verdächtigenliste. Und Stephenson, ihr Alibi, hatte möglicherweise eigene Gründe, sie zu decken. Ich hatte bei meinen Ermittlungen jedenfalls schon seltsamere Dinge erlebt.

Aber trotzdem: mein Bauchgefühl.

Dieser Fluch. Mein Traum. Was ich mir einbildete, im Rückspiegel gesehen zu haben.

Zwei Personen, deren Scheinwerfer aus mysteriösen Gründen flackerten – wobei ich erst vor Kurzem entdeckt hatte, dass ich eine dieser Personen ausgesprochen gerne küsste.

Vielleicht war es ja *wirklich* so einfach. Vielleicht steckte Caroline tatsächlich hinter dem Vandalismus, und wenn ich die Spur verfolgte, dass die Beweise möglicherweise gefälscht waren, kam ich damit womöglich viel zu weit vom Kurs ab und verlor mich in bizarren Verschwörungstheorien. *Vielleicht* konnte ich mich ja einfach damit abfinden und meinem Bauchgefühl sagen, dass es sich wieder beruhigen sollte, wenigstens für eine Weile, während wir dieses ganze Durcheinander entwirrten.

Aber das erklärte immer noch nicht, was mit Melanie passiert war.

Ich war völlig in Gedanken versunken und ging die verschiedenen Möglichkeiten noch einmal im Kopf durch, als sich McGinnis für sich und seine Kollegen einen Weg durch die versammelten Schüler und anderen Schaulustigen bahnte. »Entschuldigung«, bellte er so laut, dass es von den gekachelten Wänden des Korridors widerhallte. »Auf die Seite. Wir müssen hier durch. Vielen Dank für Ihre Kooperation.«

Aber es kooperierte niemand, nicht wirklich. Die Schüler reckten nach wie vor neugierig die Hälse, und auch die Angestellten aus dem Sekretariat wichen mit verängstigten Mienen gerade weit genug zurück, dass man es nur mit viel Wohlwollen so betrachten konnte, als seien sie seiner Aufforderung nachgekommen. Mit anderen Worten: Sie machten niemandem etwas vor. Rektorin Wagner stand in der Mitte des Gewimmels, die Hände in die Hüften gestemmt. Ihr Ausdruck war streng, ihre Miene versteinert. Hinter McGinnis legte einer der Beamten einen Arm um Caroline Marks Schultern. Ein kleiner Akt der Gnade, wie ich vermutete – gnädiger, als sie in Handschellen abzuführen, was mir allerdings auch ziemlich übertrieben vorgekommen wäre. Bis ich mich wieder an den Zustand von Daisys Spind erinnerte, und an die Redaktion ... und daran, dass noch immer eine Schülerin vermisst wurde.

Ich packte einen an mir vorbeitrottenden Mitschüler an der Schulter. »Seit wann ist McGinnis hier?«, fragte ich.

Er zuckte mit den Schultern und beäugte mich misstrauisch. »Keine Ahnung. Noch nicht so lange. Ich schätze mal, kurz nachdem sie die Türen aufgeschlossen haben.«

Nicht sehr hilfreich. Die Türen wurden für Angestellte und Lehrer für gewöhnlich um sieben geöffnet. Schüler, die in der Schule frühstücken wollten – nur eine kleine

Gruppe, aber sie existierte –, wurden dann ab halb acht ins Schulgebäude gelassen.

Hatte Caroline damit genügend Zeit gehabt, den Rasen auf dem Festplatz abzubrennen? Wenn sie wirklich für den Spind und den Redaktionsraum verantwortlich war, machte sie das dann auch zur wahrscheinlichsten Kandidatin, was die in den Rasen gebrannte Warnung betraf? Oder wollte nur irgendjemand, dass wir genau das dachten? Beispielsweise jemand, der Melanie irgendwo in seiner Gewalt hatte und sichergehen wollte, dass wir mit etwas anderem beschäftigt waren, anstatt nach ihm zu suchen?

Ich sprang in Gedanken noch einmal zum Festplatz zurück: Der Rasen war versengt worden, hatte aber nicht mehr geraucht. Was bedeutete, dass er mindestens ein paar Stunden vor unserem Eintreffen verbrannt worden war. Lange genug, dass sich der Rauch hatte verziehen können.

Es konnte Caroline gewesen sein. Sie hätte es in der Nacht tun können.

Aber »konnte getan haben« bedeutete nicht »hatte getan«. Es gab noch viel zu tun. Und Melanie war immer noch spurlos verschwunden.

Die Uhr tickte.

Mutig stellte ich mich vor McGinnis, als er den Flur hinunterstapfte wie der Rattenfänger von Hameln, der seine grimmige Truppe hinter sich herlockte. Er rollte mit den Augen, als er mich erkannte. »Natürlich. Nancy Drew. Genau Sie haben mir zu meinem perfekten Tag noch gefehlt.« Er gestikulierte in Richtung seines Trupps, auf das Material, das sie sichergestellt hatten. »Es wird Sie freuen zu hören, dass wir einen Durchsuchungsbeschluss für Caroline Marks Spind haben und genügend Beweise sicherstellen konnten, um sie zu den jüngsten Fällen von Vandalismus zu befragen.«

»Das ist …« *Großartig* schien mir nicht das richtige Wort zu sein, unter diesen Umständen. »Das sind gute Neuigkeiten«, stimmte ich ihm zu. »Aber …« Ich beschloss, mein Glück einfach zu versuchen. »Ich nehme nicht an, dass Sie auch irgendetwas finden konnten, dass auf einen Zusammenhang mit Melanies Verschwinden hindeutet?«

Er schenkte mir ein irritiertes Lächeln, das jedoch nicht bis zu seinen Augen reichte. »Gut, Miss Drew, ich weiß ja, dass Sie unsere stadteigene Teeniespürnase sind«, sagte er und wollte seiner Stimme vermutlich einen »geduldigen« Klang geben, was ihm jedoch keineswegs gelang.

Ich neigte den Kopf zur Seite. »Ich ziehe ›Detektivin‹ vor.«

Jetzt lächelte er mit den Augen, ein lang gezogenes, herablassendes Grinsen, das sich nicht sonderlich ansehnlich auf seinen Lippen ausbreitete. »Sicher. *Detektivin*. Nun, ich versichere Ihnen, dass wir sehr dankbar für all die Hilfe sind, mit der Sie und Ihre Freunde uns unterstützt haben.« Er durchbohrte mich förmlich mit seinem anklagenden Blick, der mich gewiss daran erinnern sollte, dass ich die Informationen über den Zwischenfall mit dem Vogel zunächst für mich behalten hatte. »Aber *wir* kümmern uns von nun an um die Sache. Sie haben recht, wir wissen immer noch nicht, wo Melanie ist, und auch wenn ich zu laufenden Ermittlungen keine Stellungnahme abgeben darf, kann ich Ihnen doch versichern, dass wir jedem einzelnen Hinweis nachgehen.«

»Aber …« Von der Sache auf dem Festplatz musste ich ihm erzählen. Die Botschaft auf meiner Windschutzscheibe … das war nur …

Was, eine Halluzination?

Nun, im besten Fall war es ein unzuverlässiger Hinweis. Aber das Gras, das Gras war real. Eine konkrete, greifbare Tatsache. Auch Daisy und Lena hatten es gesehen. Und ausnahmsweise stand der Schalter so eindeutig auf »totale Transparenz«, dass es niemand ignorieren konnte. Endlich.

»Aber gar nichts«, schnitt er mir das Wort ab. »Ich muss zurück aufs Revier. Ich habe einige Fragen an Miss Mark, wie Sie sich ja sicher denken können.«

»Wir wollten etwas melden!«, platzte Lena heraus. »Den nächsten Fall von Vandalismus. Jemand hat eine Botschaft in den Rasen auf dem Festplatz gebrannt – eine Warnung!«

McGinnis neigte neugierig das Kinn zur Seite. »Tatsächlich?«

»Ja«, bestätigte ich und schaute ihm direkt in die Augen.

»Nun, das sind natürlich sehr nützliche Informationen«, sagte er. »Ich danke Ihnen, dass Sie uns darauf aufmerksam gemacht haben. Meine Männer und ich werden die Sache untersuchen.«

»Das … das ist alles?«, stammelte ich, ebenso verdutzt wie frustriert. »Wollen Sie uns gar nicht dazu befragen?«

Er zuckte mit den Schultern. »Sie haben uns gesagt, dass Sie auf dem Festplatz etwas gesehen haben, und wir werden hinfahren und es uns anschauen.« Er lehnte sich näher zu mir. »Haben Sie es immer noch nicht verstanden, Miss Drew? Für mich ist das hier kein albernes kleines Highschool-Rätsel, das ich lösen muss. Das hier ist mein Beruf – meine *Pflicht*. Und ob Sie es nun glauben oder nicht, ich weiß, wie ich meine Arbeit zu erledigen habe. Und ich bin sehr gut darin.«

»Natürlich«, zischte ich. Ich war noch nicht mal siebzehn und hatte schon auf die harte Tour gelernt, dass es nur wenige Menschen auf der Welt gab, die es genossen, von einem mickrigen jungen *Mädchen* bloßgestellt zu werden.

Ihr Pech.

Weil ich *auch* sehr gut in dem war, was ich tat. Und

was *ich* tat, war – wie McGinnis es so abwertend ausgedrückt hatte – Rätsel zu lösen.

Er wollte meine Hilfe vielleicht nicht – abgesehen davon, dass ich ihm hin und wieder einen Hinweis lieferte oder ihm einen Schubs in die richtige Richtung gab. Aber er würde sie trotzdem bekommen. Nur weil es für Caroline Mark als Hauptverdächtige nicht besonders gut aussah, bedeutete das nicht, dass der Fall damit abgeschlossen war. Melanie wurde immer noch vermisst.

Stand ihr Verschwinden im Zusammenhang mit Carolines Vandalismus? Stand es im Zusammenhang mit der Warnung im Gras? Und *war* mir neulich Abend jemand aus Stone Ridge gefolgt?

Und die wichtigste Frage, die noch immer im Raum hing, direkt über mir und noch schwerer als eine Schlinge:

Was hatte es mit dem Fluch des Namenstags auf sich, und fielen wir ihm alle einer nach dem anderen zum Opfer, während die Vorbereitungen für die Feierlichkeiten weiterliefen?

Kapitel 16

Parker: Mittagessen?

Nancy: Ja, bitte.

Nancy: Bin auf dem Weg zur Mensa. Organisierst du mir 'nen Platz?

Parker: Und einen von diesen mysteriösen Fleischklumpen?

Nancy: Ich will ja nicht undankbar erscheinen, aber auf den kann ich wahrscheinlich verzichten.

Parker: Man weiß es nie, bevor man's probiert hat.

Parker: Aber mach, was du willst.

Nancy: Das mache ich im Allgemeinen am liebsten.

Parker: Ich auch. Ich schätze, wir sind das perfekte Paar.

Das perfekte Paar, sinnierte ich und las Parkers letzte Nachricht erneut, *oder die perfekte Katastrophe?* Schließlich mussten zwei Leute, die daran gewöhnt waren, ständig ihren Willen durchzusetzen, früher oder später zwangsläufig aneinandergeraten, richtig?

Aber darüber würde ich mir später einmal Gedanken machen. Ich hatte im Augenblick schon genügend andere Dinge im Kopf.

In meinem Kopf schien die Zeit stillzustehen, seit McGinnis Caroline abgeführt hatte – ohne Handschellen zwar, doch abgeführt war immer noch abgeführt. Ich wusste, wie so was aussah. Aber draußen, in der realen Welt, ging das Leben größtenteils seinen normalen Gang. Der Fall nagte an mir – genauso, wie er an Melanies Familie und Freunden nagte, wie ich vermutete. Doch für jene, die nicht direkt von den Vandalismusfällen betroffen und die nicht dabei gewesen waren, als der Vogel mit voller Wucht gegen das Fenster der Zeitungsredaktion geknallt war, mit einem eindeutig bedrückenden Schreiben im Schnabel, lief im Prinzip alles so weiter wie gehabt, vor allem jetzt, da Caroline als Täterin überführt worden war. Alles, was der Chief jetzt noch tun musste, war, Melanie zu finden. Und da er nach Carolines Entlarvung offensichtlich auf einer Erfolgswelle ritt, schien auch dieses Ziel für ihn – in den Augen einiger anderer, jedenfalls – in greifbare Nähe gerückt zu sein.

Mir hingegen kam das alles ein bisschen zu einfach und perfekt vor.

Ich ging mit knurrendem Magen den Korridor hinunter Richtung Mensa, als ich plötzlich Stimmen hörte. Ich war spät dran und die Flure waren größtenteils menschenleer, daher waren die Geräusche isoliert und meine Wahrnehmung besonders geschärft.

Es waren ein Junge und ein Mädchen. Sie stritten sich.

Ein typisches Teenie-Drama, wie ich annahm. Eigentlich hatte ich vor, einfach weiterzugehen, zumal mein Magen ein weiteres mürrisches Knurren von sich gab. Aber dann wurde mir bewusst: *Ich kenne diese Stimme,* und blieb wie angewurzelt stehen.

Es war Theo. Und er klang *gereizt*.

»Hör mal, es tut mir leid, wie die Dinge gelaufen sind, aber du hast kein Recht, mir die Schuld daran zu geben. Du hast dir dein eigenes Grab geschaufelt.«

Du hast dir dein eigenes Grab geschaufelt. Es war nur eine Redewendung, aber trotzdem stellten sich mir dabei alarmiert die Nackenhaare auf.

»Aber du musstest mir deswegen ja nicht gleich Inspektor Clouseau auf den Hals hetzen, oder?« Das Mädchen, ebenso angespannt. Andererseits war ich es von ihr nicht anders gewohnt: *Caroline*.

Ich schlich mich näher an die Ecke im Korridor, drückte mich, so flach ich konnte, gegen die Spindreihe und hoffte, die beiden dadurch besser hören zu können.

»Komm schon. Der Typ hat eine ›Verdächtigenliste‹, auf der exakt zwei Namen stehen: deiner und meiner.

Wir waren die Einzigen weit und breit, die sich öffentlich gegen die Aufführung gestellt haben. Wenn ich ihm keinen Schubs in deine Richtung gegeben hätte, dann hätte er irgendwann mich ins Visier genommen. Und außerdem – du *warst* schuldig!«

»Oh, und du musstest natürlich um jeden Preis verhindern, dass er dich ins Visier nimmt, hab ich recht?«, blaffte sie ihn mit vor Wut bebender Stimme an.

»Du hast all diese Dinge *getan*, Caroline. Bei dieser Sache kannst du dir die Mühe sparen, auf dein hohes Ross zu steigen. Es tut mir leid, aber du wirst wohl oder übel damit klarkommen müssen.«

Ich wurde von einer Welle heißer, mächtiger Gefühle überrollt. Caroline *war* dafür verantwortlich, zumindest für einen Teil der Dinge, die passiert waren. Ich konnte mich nicht länger zurückhalten. Ich stürmte um die Ecke, baute mich direkt vor Theo auf und jagte den beiden damit offensichtlich einen gehörigen Schrecken ein.

»Mein Gott, Nancy!«, stammelte er. »Lauerst du öfter in den Gängen?«

Ich schoss ihm einen Blick zu. »Tja, die Sache ist: Herumlungern zahlt sich im Allgemeinen aus. Das habe ich inzwischen gelernt.« Ich wirbelte zu Caroline herum und die Wut kochte in mir hoch. Das hier war die Person, die eine Drohbotschaft an Daisys Spind geschmiert hatte, und das machte die Sache mehr als nur kriminell.

Mehr als nur bösartig. Es machte sie *persönlich*. »Sie haben dich wieder gehen lassen? So schnell?«

»Ich bin noch minderjährig. Wir sprechen hier von Vandalismus. Und es war mein erstes Vergehen. Meine Eltern haben mit McGinnis gesprochen. Ich werde eine Strafe bezahlen und Gemeinschaftsstunden leisten. Ob du's glaubst oder nicht, ich muss tatsächlich dabei helfen, die Bühne für die Aufführung aufzubauen.« Sie gab ein würgendes Geräusch von sich. »Ich schätze, McGinnis ist ein glühender Verfechter der These ›Die Strafe muss zum Verbrechen passen‹. Von wegen tragische Ironie und so.«

»Das ist keine Ironie«, widersprach ich ihr bitter.

»Kein Mensch benutzt das Wort korrekt«, warf Theo ein, offensichtlich vollkommen unberührt von der ganzen Szene.

»Wir können uns die Englischlektion für später aufsparen«, sagte ich. »Dein *erstes* Vergehen, sagst du? Dann hat er den Spind, die Zeitungsredaktion und den Raben also als eine Tat zusammengefasst. Drei für den Preis von einer. Ich schätze, du hattest wohl Glück, dass er den Rasen auf dem Festplatz noch nicht gesehen hatte, als er dich vernommen hat. Sonst hätte deine Strafe schlimmer ausfallen können.«

»Ja, sie hätten dich dazu verdonnern können, auch das Make-up für die Show zu übernehmen«, bemerkte Theo sarkastisch.

Ich sah ihn an. »Nicht hilfreich.«

Caroline starrte mich hingegen nur an. »Ich hatte nichts mit diesem Raben zu tun. *Oder* mit dem Festplatz. Das schwöre ich.«

Ich stemmte die Hände in die Hüften. »Und ich nehme an, du bist mir neulich abends auch nicht gefolgt, als ich aus Stone Ridge zurückgefahren bin?« Mir gefolgt, nachdem sie verflucht gruselige Nachrichten auf meiner Windschutzscheibe hinterlassen hatte.

Sie errötete und senkte den Blick. »Tut mir leid«, murmelte sie. »Ich, äh … na ja, ich hatte gehofft, wenn ich den Fluch immer wieder erwähne und nicht lockerlasse, dann … du weißt schon, dann würden es alle mit der Angst zu tun kriegen, sich in ihr Schneckenhaus verkriechen und den Namenstag vielleicht sogar ganz absagen. Aber wie sich herausgestellt hat, weiß sowieso niemand besonders viel über diesen Fluch, deshalb war es praktisch unmöglich, den Leuten damit ordentlich Angst einzujagen.«

»Ja«, erwiderte ich schlicht, »dieser Fluch hat wirklich kaum Spuren hinterlassen. Und das ist definitiv verdächtig.« Ich hatte Mitleid mit ihr – aber nur ein bisschen. Sie hatte mir auf den finsteren Kurven dieser unheimlichen Straße schließlich einen Heidenschrecken eingejagt. Mein Wohlwollen hatte sie sich damit ganz sicher nicht verdient. Auch wenn ich Parker dadurch wieder von meiner Liste streichen konnte, was eine echte Erleichterung war.

»Sag mal«, fügte sie hinzu und schaute mir direkt in die Augen, »wegen meines Alibis … von wegen, dass ich bei Stephenson war und so …«

»Richtig«, erinnerte ich mich wieder. »Moment mal – er hat für dich gelogen?«

Sie zuckte mit den Schultern und ihre Wangen glühten pink.

»Warum hat er das getan?«, wollte ich wissen. Als ihre Wangen noch röter leuchteten und sie den Blick abwandte, wurde mir alles klar. *»Oh.«* Ich riss die Augen auf. »Caroline, das musst du jemandem erzählen.«

»So ist das überhaupt nicht.« Sie verstummte kurz und holte tief Luft. »Oder, na gut, vielleicht ist es *ein bisschen* so. Oder zumindest wünsche ich mir, es wäre so. *Wünschte*. Ich meine, deshalb war es noch viel peinlicher, dass er mir keine Rolle gegeben hat.«

Kein Wunder, dass Caroline so wütend gewesen war.

Ich machte einen Schritt auf sie zu und streckte eine Hand nach ihr aus. »Caroline, du weißt, dass das …«

»Ich weiß«, unterbrach sie mich und nickte energisch. »Ich weiß. Und glaub mir, Stephenson weiß es *definitiv* auch. Was immer da auch war – und ich gebe zu, dass ich Gefühle für ihn habe … *hatte* … und dass ich definitiv geglaubt habe, er würde sie erwidern …« Ich musste unwillkürlich erschaudert sein oder irgendeine andere unfreiwillige Reaktion gezeigt haben, denn auf ihrem Gesicht war für einen flüchtigen Moment eine eindeutige Abwehrhaltung zu erkennen. »Wie dem auch sei, was immer es auch war – und du kannst mir vertrauen: Das wissen wir beide –, es war falsch. Und es ist nie wirklich etwas passiert. Es war alles rein emotional.«

»Gut«, erwiderte ich schlicht. Glaubte ich ihr? Vielleicht. Sie *wollte* mir die Wahrheit sagen, so viel war klar. Aber ich war nicht ihre Mutter oder ihre Vertrauenslehrerin, und wenn ich diese Geschichte noch weiter auseinanderpflückte, würde ich bei ihr damit sicher keine Pluspunkte sammeln, um zu erreichen, dass sie *mir* vertraute oder mir auch *weiterhin* die Wahrheit sagen wollte.

»Wie dem auch sei«, fuhr sie fort, »es war offensichtlich, dass du in dieser Sache ermittelst. Und, na ja …« Sie verstummte und wirkte mit einem Mal verlegen. »Jeder, der schon mal deinen Namen gehört hat, weiß, dass du, na ja, fürs Ermitteln *bekannt* bist. Wenn also *irgendjemand* dieser Sache mit dem Fluch auf den Grund gehen konnte, dann du.«

»Und deshalb bist du mir zu dem Interview in Stone Ridge gefolgt.« Nun, das erklärte zumindest, warum ich das eindeutige Gefühl gehabt hatte, beobachtet zu werden. Ich *war* beobachtet worden.

»Aber am Ende standest du immer noch mit leeren Händen da«, fügte ich hinzu. »Genau wie ich.«

»Ja.« Sie klang aufrichtig reumütig. Ich war mir nicht sicher, was das für uns bedeutete, aber ich nahm es fürs Erste zur Kenntnis.

Ich durchbohrte sie mit meinem Blick. »Warum hast du es getan? Das alles?«

»Wegen Daisy«, antwortete sie. »Sie war der Grund. Sie ist bei der Aufführung dabei, bei der Schülerzeitung, ihre Familie gehört zu den ältesten in Horseshoe Bay …«

»Älter geht's kaum«, stimmte Theo ihr zu, als wollte er uns daran erinnern, dass er auch noch da war. Nicht, dass es dringend *nötig* gewesen wäre, dass er immer noch hier war. Aber andererseits war genau genommen ich diejenige, die hier eingedrungen war, indem ich unaufgefordert in Theos und Carolines Unterhaltung platzte. Ich schenkte ihm daher das geduldigste, wenn auch angestrengteste Lächeln, das ich zustande brachte.

»Darum habe ich sie als Ziel ausgewählt«, gestand Caroline. »Das war echt uncool, ich weiß, aber es schien mir die beste Möglichkeit zu sein, um, du weißt schon, eine Riesensache daraus zu machen.«

»Eine Riesensache.« Ich hasste den Gedanken, dass *meine* Freundin zur Zielscheibe für Carolines erbärmlichen Racheplan auserkoren worden war. Aber nun, da ich vor ihr stand und sehen konnte, wie sie von einer Welle der Scham nach der anderen erfasst wurde … fiel es mir schwer, nicht wenigstens ein winziges bisschen Mitleid mit ihr zu empfinden.

Ich machte den Mund auf, um etwas zu sagen, auch wenn ich mir selbst noch nicht sicher war, was. Doch bevor ich ein Wort herausbringen konnte, kam Lena auf mich zugestürmt. Ihr sonst so perfekt gestyltes Haar kräuselte sich um ihr Gesicht wie ein zerzauster Heiligenschein, und ihre Augen waren blutunterlaufen und von pechschwarzen Mascara-Ringen umrandet. Mit einem Wort: Sie sah beinahe wahnsinnig aus. Ich spürte, wie sich mir das Herz zusammenkrampfte. Was kam bloß als Nächstes?

»Parker hat gesagt, dass du auf dem Weg in die Mensa bist!«, brachte sie hervor, ihre Stimme furchtbar schwer. »Deshalb hab ich dich zuerst dort gesucht.«

»Was ist denn los?«, fragte ich.

»Es ist Daisy!«, platzte sie heraus, bevor sie in hysterisches Schluchzen ausbrach.

»Was?« Ein Eisblock glitt an meiner Wirbelsäule hinab. »Was ist mit Daisy?«

Sie stieß ein erneutes Schluchzen aus, kehliger diesmal, rauer. Sie schaute mich an und krallte die Finger fest in meine Schultern.

»Sie ist jetzt auch verschwunden.«

DER FLUCH

Man schrieb das Jahr 1942. Die Japaner hatten gerade Pearl Harbor bombardiert, und die USA bereiteten sich darauf vor, ihre Jungs in den Krieg zu schicken. Und auch wenn Horseshoe Bay oft wie ein in der Zeit erstarrter Ort erscheint, war es in diesem Fall – ausnahmsweise – anders.

Dann trafen die ersten Briefe ein, darunter auch der für Hugo Dewitt, der seinen Abschluss an der Keene High erst ein knappes Jahr zuvor gemacht hatte. Seine Verlobte hatte – wie so viele damals – geschworen, dass sie auf ihn warten würde.

Doch für Hugo Dewitts zukünftige Braut – und für so viele andere – würde das Warten niemals enden.

Während der Rest der Stadt weiterhin in ignoranter Heiterkeit den Namenstag feierte, ließen diese jungen Männer Horseshoe Bay hinter sich, um im Krieg zu kämpfen – und kehrten niemals zurück. Die Briefe erreichten den Ort erst eine Woche nach dem Fest, und ihre Familien konnten nur noch darüber klagen, dass sie die Geschichte ihrer Stadt gefeiert hatten, während ihre lieben Jungen für sie starben.

Es war nicht die erste Tragödie, die mit dem Namenstag zusammenfiel. Es war noch nicht einmal die größte, die spektakulärste oder die grausamste.

Und es war auch nicht die letzte.

Die Menschen sprechen nie über den Fluch des Namenstags. Aber es ist kein Geheimnis, dass die freudigste Tradition dieser

Stadt auch mit einigen ihrer tragischsten Verluste in Zusammenhang steht.

Warum sollte der diesjährige Namenstag da eine Ausnahme bilden?

Nun, ich schwöre hiermit feierlich: Das sollte er nicht. Und das wird er nicht.

Kapitel 17

In Momenten der Panik wird gern das schöne alte Klischee bemüht, die Zeit scheine stillzustehen. Ich hatte immer angenommen, das sei nur so eine Redewendung. Ungefähr so wie »sich sein eigenes Grab schaufeln«. Und vielleicht war es ja wirklich nur eine Redewendung, auch wenn es mir noch so real vorkam. Vielleicht war das, was ich erlebte, als ich diese entsetzliche, unbegreifliche Nachricht erhielt, weniger ein Knick in der Zeit oder eine Falte im metaphysischen Stoff des Lebens als eine individuelle Halluzination, ein totaler Systemcrash meines Körpers.

Wie in einem Traum.

Aber das hier war kein Traum. Es war ein Albtraum.

Ich starrte auf Lenas Mund, der kontinuierlich neue Wörter formte, konnte jedoch keines von ihnen hören. Sämtliche Luft schien aus dem Raum zu entweichen, und mein Sichtfeld verengte sich zu einem nadelkopfgroßen Tunnel, so als würde ich auf dem Grund eines seit Langem versiegten Brunnens stehen. Gedämpft und undeutlich, wie unter Wasser gemurmelt, drangen langsam vage Worte an mein Ohr.

Nachricht ... vermisst ... Ich hörte sie auf einer Art primitiver Ebene, konnte sie jedoch nicht richtig verarbeiten, sie nicht so zusammensetzen, dass sie auch nur annähernd Sinn ergaben.

Und es war noch etwas anderes mit mir hier unten.

Etwas Fauliges, Modriges.

Ich streckte eine Hand aus und fuhr mit den Fingern über meinen Hals, kein bisschen überrascht, als sie ein ausgefranstes Seil berührten. Eine Schlinge.

Dort, auf dem Grund dieses bizarren Brunnens meiner Psyche, verziert mit wollenen Wimpeln, spürte ich eine Schlinge um meinen Hals.

Trance-Nancy ... Traum-Nancy ... oder wer immer dieses andere Mädchen auch war ... schien aus irgendeinem Grund kein bisschen überrascht zu sein.

Dann spürte ich Lenas panische Hände plötzlich wieder auf meinen Armen. Sie klammerte sich so fest an mich, dass sie mich aus der Tiefe des Brunnens zurück in den Schulkorridor riss. Sie schüttelte mich heftig, und jetzt konnte ich endlich hören, wie sie mich anschrie.

»Nancy? Kannst du mich hören?« Erneutes Schütteln. »Hast du gehört, was ich gesagt habe, Nancy? Sie ist verschwunden! *Nancy!*« Ihre Stimme stieg immer höher, wurde mit jedem Flehen heiserer. »Hörst du mir zu?«

Irgendetwas im Klang ihrer Stimme, hinter der Panik und der beinahe totalen Hysterie, durchbrach den Bann schließlich ganz. Der Brunnen, die Schlinge, die Dunkelheit – sie waren verschwunden, auch wenn der Geruch von Moder und Verfall noch immer hartnäckig in der Luft waberte. Ich stand wieder mit beiden Beinen im Flur der Keene High und Daisy war …

»Verschwunden?« Einen Moment lang schwankte ich hin und her, noch immer ein wenig benommen. Lena hielt weiter meine Arme gepackt und auch ich klammerte mich an sie.

»Bist du *sicher*?«, fragte ich und kehrte langsam wieder in meinen Körper zurück. Aber natürlich war sie sich sicher. Lena war nicht der Typ, der ohne verdammt guten – oder, unter diesen speziellen Umständen, verdammt schlechten – Grund total ausrastete.

»Ich hab eine Nachricht gefunden. Der Entführer muss sie hinterlassen haben. In meinem Rucksack. Ich … ich hab keine Ahnung, seit wann sie da drin war. Wie konnte ich das nur übersehen? *Wieso hab ich das übersehen, Nancy?*«

Jetzt war ich an der Reihe, Lena vom Abgrund zurückzuholen. Tränen traten in ihre Augen. Ich konnte an einer Hand abzählen, wann ich Lena jemals hatte weinen sehen. »Du kannst nichts dafür. Es ist okay. *Du* hast das nicht getan.« Ich nahm ihre Hand. »Aber du musst mir die Nachricht zeigen.«

»Ich hab das vielleicht nicht getan.« Sie schüttelte den Kopf. »Aber ich hab ganz sicher auch nichts getan, um es zu verhindern.«

»Da sind wir schon zwei.« Obwohl ich es *versucht* hatte, dachte ich wütend. Ich hatte, so gut ich konnte, zu dem Fluch recherchiert, praktisch völlig ohne Ausgangsbasis. Das ständige innerliche Tauziehen, wann ich meine Geheimnisse am besten für mich behielt und wann nicht, würde mich noch irgendwann in den Wahnsinn treiben, wenn ich es zuließ.

Aber trotzdem. »Ich muss die Nachricht sehen.«

»Hier.« Sie zeigte sie mir, faltete sie vorsichtig auseinander und presste sie mit der Faust flach gegen die Tür eines Spinds.

Ich betrachtete die Botschaft. Getippt und ausgedruckt, in schwarzer Standardschrift, weder am Papier noch an der Tinte irgendetwas Außergewöhnliches. Die Nachricht hätte von jedem stammen können, der einen Laptop, einen Drucker und einen Stapel Papier besaß.

Der Fluch lebt. Sagt den Namenstag ab, wenn ihr Daisy Dewitt wiedersehen wollt.

Lebend.

Die Nachricht war vollkommen unauffällig. Aber sicherheitshalber knipste ich mit meinem Handy trotzdem ein Foto davon.

Ein Schauer lief mir über den Rücken. Nach Melanies Verschwinden hatte es keine Nachrichten oder Hinweise irgendwelcher Art gegeben. Wir hätten daher, zumindest bis zu einem gewissen Grad, leugnen können, dass tatsächlich etwas passiert war – wenn wir es denn gewollt hätten. Niemand hatte sich zu Melanies Entführung bekannt oder ein Lösegeld gefordert. Das hier hätte hingegen nicht eindeutiger sein können: Daisy wurde gefangen gehalten. Irgendjemand wollte so unbedingt, dass der Namenstag abgesagt wurde, dass er sogar bereit war, jemanden zu entführen, um sein Ziel zu erreichen.

»Lena«, sagte ich und blickte auf, »wir müssen es dem Chief erzählen. Und Daisys Eltern.«

»Nancy.« Lenas Stimme klang wieder sanfter. Sie lächelte mich an, ein wenig ungläubig. »Machst du Witze? Das hab ich doch längst.«

Ich musste nachdenken. Man hatte uns früher aus der Schule nach Hause geschickt – den Vorschlag hatte meine Mom in ihrer Eigenschaft als professionelle Krisenberaterin gemacht.

Anscheinend konnte man bei zwei vermissten Schülerinnen von einer *ernsten* Krisensituation sprechen, und Rektorin Wagner machte sich angesichts dieser ernsten Krisensituation mindestens so große Sorgen um ihre Schule wie der Rest von uns um die vermissten Schülerinnen. McGinnis, Rektorin Wagner und die Bürgermeisterin hatten für den folgenden Abend, für Freitag, eine Notfallsitzung im Rathaus einberufen, aber bisher waren die Feierlichkeiten zum Namenstag – unglaublicherweise – noch immer nicht offiziell abgesagt worden. Also bastelten Lena und ich weiter an dem Festwagen, auch wenn wir insgeheim vermuteten, dass er niemals das strahlende Licht einer Parade sehen würde. Lena willigte zwar nur sehr zögerlich ein, gab am Ende aber zu, dass es immer noch besser war, als herumzusitzen und sich zu fragen, wo Daisy war – und wie es ihr ging.

»Ich kümmere mich drum«, versprach ich ihr und meinte es auch so, auch wenn ich in Wahrheit genauso kurz vor dem Durchdrehen war wie sie. »Und ich halte dich auf dem Laufenden.«

Ich hatte den ganzen Nachmittag mit Internetrecherchen verbracht, in der verzweifelten Hoffnung, zufällig doch noch einen Hinweis auf den Namenstagsfluch zu entdecken, und sei er auch noch so klein. Irgendeinen Link, der nur darauf wartete, dass ich ihn anklickte. Aber ich fand keinen. Irgendwann hatte ich mir völlig frustriert mein Notizbuch geschnappt und war die Main Street hinunter in die Stadt spaziert.

Außerdem hatte ich an diesem Nachmittag einiges damit zu tun gehabt, den steten Strom von besorgten Nachrichten zu beantworten, der von Parker kam. Es war ja wirklich süß von ihm, aber in Wahrheit konnte ich an nichts anderes denken als an Daisy. Dieser Fall war einfach zu unvorhersehbar. Keine Verdächtigen zu haben, war mindestens genauso stressig, wie zu viele zu haben – und entschieden weniger nützlich.

Die Sonne ging gerade unter und zeichnete glühende orangefarbene Streifen auf den Abendhimmel. In der Ferne hörte ich das Krächzen eines Vogels, irgendein großes Tier, sein Ruf hallend und düster.

Der tote Rabe blitzte wieder vor meinem inneren Auge auf: sein Hals verdreht, die Augen blind, ein paar Blutstropfen neben ihm im Gras. Irgendetwas an dem Bild nagte noch immer an mir, in der hintersten Ecke meines Verstands, und ließ mir keine Ruhe, wie der lose Faden an einem Pullover, der sich langsam auflöste.

Oder vielleicht löste sich auch mein Verstand langsam auf.

Die Bäume ringsum schienen sich im Mondlicht zu bewegen. Verdrehte, knorrige Äste verwandelten sich in Gliedmaßen, winkten mir zu.

Warnten mich.

Zitternd setzte ich mich in den Pavillon am Rand des Marktplatzes im Zentrum der Stadt, von dem sich ein Blick auf das Felsenufer bot. Wenn ich einatmete, konnte ich die salzige Luft schmecken. Die feine Gischt des Ozeans kitzelte selbst hier, so weit oben, auf meiner Haut. Normalerweise war der Pavillon ein friedlicher Ort, der sich gut zum Nachdenken eignete, um meine Notizen noch einmal durchzugehen oder einfach den Kopf freizubekommen. Aber an diesem Abend wirkte der leere Platz Unheil verkündend, und ich wusste genau, dass meine Eltern alles andere als glücklich gewesen wären, wenn sie gewusst hätten, dass ich hier draußen war, allein, während immer noch zwei meiner Mitschülerinnen vermisst wurden.

Sie wussten zwar, dass ich auf mich selbst aufpassen konnte, aber man musste das Schicksal schließlich nicht herausfordern. Das hätten sie jedenfalls gesagt.

Gedankenverloren holte ich mein Handy heraus. Zahlreiche Posts in den sozialen Medien der Keene High erwarteten mich. Seit der Sache mit dem Vogel und dem ganzen darauffolgenden Wahnsinn hatte ich mich nicht groß um Instagram gekümmert. Lena hatte hingegen weiter regelmäßig gepostet – das war schließlich auch ihre Aufgabe. Ich scrollte durch die Bilderflut, völlig erdrückt von der Erkenntnis, dass der Rest der Schule einfach weitermachte wie bisher, während das Leben für so viele von uns vollkommen auf den Kopf gestellt worden war. Hier ein Schnappschuss von einer Probe für die Aufführung, auf der die Darsteller in zerzausten altmodischen Perücken herumalberten. Da ein Foto von Parker und ein paar anderen Jungs aus der Fußballmannschaft, die mit verschiedenen Werkzeugen vor dem Skelett eines Festwagens posierten. Darüber musste ich doch grinsen und wünschte mir so sehr, ich könnte mich ihnen anschließen. Ich fand es toll, dass er an jenem Tag sein Versprechen gehalten hatte, selbst nachdem er erfahren hatte, dass ich meines nicht halten würde.

Dann ein älteres Foto: Melanie, mit strahlendem Lächeln, ihr Skriptheft in der Hand.

Plötzlich hörte ich ein Knacksen – knisterndes Laub, ein zerbrechender Zweig. Ich sprang auf und wirbelte herum, ließ den Blick verzweifelt über meine Umgebung schweifen, auf der Suche nach irgendeinem Lebenszeichen. Aber der Platz war noch immer vollkommen verlassen.

Eine Geisterstadt. Ich erschauderte. Noch so eine Redewendung.

Kracks, hörte ich erneut. Schritte, da war ich mir ganz sicher.

»Hallo?«, rief ich und kam mir dabei richtig albern vor. Aber nicht so albern, dass ich nicht noch einmal gerufen hätte. Paranoia hatte mich schon öfter gerettet, als ich zählen konnte.

Stille.

Ein weiteres Vogelkrächzen, aber diesmal jagte es eine flüchtige Erinnerung durch meinen Kopf – oder waren es nur die verweilenden Bilder jenes schrecklichen Albtraums?

Breite Bodendielen. Tiefes, kehliges Krächzen. Der Schatten weiter, kräftiger Flügel. Das Echo einer Männerstimme, klar und herrisch.

Was zur Hölle war das? Ich konnte es sehen, hören, sogar *riechen* – Holzspäne, Dünger –, ganz deutlich.

Aber ich bekam es in meiner Vorstellung nicht ganz zu fassen, konnte nicht genau sagen, was es war, an das ich mich erinnerte. Oder ob es überhaupt real war.

Klatsch.

Ich versuchte zu schreien, aber straffe Finger legten sich auf meine Augen, meinen Mund.

Dunkelheit.

War das auch das Letzte, was Daisy gesehen hatte?

Ich begann zu zappeln, versuchte denjenigen abzuschütteln, der mich gepackt hatte, wer immer es auch sein mochte. Ich wandte all meine Kraft auf, um einen Laut unter den Händen hervorzubringen.

»Hey!«

Ich kannte diese Stimme.

»Nancy!«

Parker?

Allmählich verlangsamte sich mein Pulsschlag wieder auf Normaltempo, und auch das Adrenalin, das durch meinen Körper geschossen war, schien sich wieder zu verflüchtigen.

Die Hände schälten sich von meinem Gesicht und drehten mich herum, bis wir einander in die Augen schauen konnten. Er wirkte ziemlich betreten.

»Nancy, ich bin's nur. Tut mir leid, falls ich dir Angst gemacht hab.«

»*Falls* du mir Angst gemacht hast?« Ich durchbohrte ihn mit meinem Blick, versuchte aber, ihm etwas Spielerisches zu verleihen, was mir dank meines noch immer wie wild gegen meinen Brustkorb hämmernden Herzens jedoch gar nicht so leicht fiel. »Du schleichst dich von hinten an mich ran? Was hattest du denn *vor*?«

Er lief knallrot an. »Ähm … Ich kann dir jedenfalls schwören, dass ich nicht vorhatte, dir einen Schrecken einzujagen. Tut mir ehrlich leid. Ich dachte wirklich, die Aktion sei irgendwie ganz süß. Ich wollte die typische Rate-mal-wer-da-ist-Nummer abziehen, du weißt schon. Aber dann bist du total durchgedreht.«

»Ja, ich schätze, ich bin einfach ein bisschen schreckhafter als normalerweise, wenn ich ganz allein in einem verlassenen Pavillon mit Blick auf die Klippen sitze und noch dazu meine beste Freundin gekidnappt wurde«, erwiderte ich und hasste die Schärfe in meiner Stimme, auch wenn sie absolut berechtigt war.

Er zuckte zusammen. »Du hast recht. Es war eine bescheuerte Idee. Ein total mieser Scherz, der mieseste aller Zeiten. Ich verspreche dir, dass ich nie wieder versuchen werde, süß zu sein.«

Er schaute mich richtig jämmerlich an, und mein erster Schock hatte sich auch schon wieder gelegt. Es fiel mir schwer, weiter böse auf ihn zu sein, selbst wenn er ein *äußerst* schlechtes Urteilsvermögen an den Tag gelegt hatte. »Na, genau das ist es ja: Du musst überhaupt nicht *versuchen*, süß zu sein – du bist es von Natur aus.« Ich zeigte ihm den Instagram-Feed, den ich mir gerade angeschaut hatte. »Siehst du? Das bist du. Und du bist süß.«

»Oooh.« Er lächelte. »Mir ist also verziehen?«

»Dir ist verziehen«, bestätigte ich und machte einen Schritt auf ihn zu. Ich nahm seine Hände, zog ihn zu mir heran und küsste ihn sanft.

Nachdem wir uns wieder voneinander gelöst hatten, schaute ich ihm in die Augen. »Ehrlich gesagt, bin ich vor allem erleichtert, dass du es warst – und nicht schon wieder Caroline. Das war nämlich mein erster Gedanke.«

Er runzelte die Stirn. »*Schon wieder* Caroline?«

Hm. Hatte ich die Sache ihm gegenüber wirklich nicht erwähnt?

»Oh, du weißt schon«, winkte ich beschwichtigend ab und lachte. »Ich war neulich abends unterwegs und hab … ein bisschen ermittelt. Wie sich herausgestellt hat, ist sie mir dabei gefolgt.«

»Moment mal.« Er kniff die Augen zusammen. Ich konnte die scharfen Falten auf seiner Stirn erkennen, selbst im Mondlicht. »Caroline Mark ist *dir gefolgt*?«

Ich zuckte die Achseln. »Anscheinend. Sie hat es erst heute Morgen zugegeben, wenn du es genau wissen willst.«

Er packte mich an den Handgelenken und zog mich

zu sich auf die Pavillonbank herunter. »Nancy, was zur Hölle?«

Ich erzählte ihm alles so schnell wie möglich, auch wenn ich zugegebenermaßen versuchte, die Situation angesichts seiner Panik so weit wie möglich herunterzuspielen.

»Mit Caroline Mark komme ich schon klar«, versicherte ich ihm. »Ich musste schon mit Schlimmerem fertigwerden.«

»Ich kann nicht behaupten, dass ich mich dadurch sehr viel besser fühle«, erwiderte er.

Ich versuchte, mich selbst davon zu überzeugen, dass es doch eigentlich ganz niedlich war, dass er sich solche Sorgen um mich machte.

Die Sache ist nur, Parker: Es ist nicht meine *Aufgabe,* dich *zu beruhigen, wenn es um meine Ermittlungen geht.*

Das sprach ich jedoch nicht laut aus.

»Vielleicht solltest du, ich weiß auch nicht, für eine Weile lieber nicht weiterermitteln und keine Rätsel mehr lösen?«, schlug er vor und malte mit dem Finger kleine Kreise auf die Innenseite meines Handgelenks.

Ich spürte ein Zwicken in der Magengegend. Würde es genauso laufen wie mit David – und den anderen Freunden, die ich wegen meiner mysteriösen Fälle bereits verloren hatte? »Es ist wirklich nett, dass du dir solche Sorgen um mich machst. Richtig entzückend, ehrlich«, begann ich.

Aber ist es das wirklich?

»Aber du musst auch verstehen, dass Rätsel zu lösen nun mal das ist, was ich tue.«

»Das verstehe ich ja. Ehrlich. Aber bei Caroline Mark liegt ganz offensichtlich so einiges im Argen«, erwiderte er. »Sie könnte gefährlich sein. Ganz davon zu schweigen, dass, wer immer auch Daisy und Melanie entführt hat, immer noch da draußen ist. Und das macht mir richtig Angst.«

»Ich weiß«, sagte ich. Glaubte er wirklich, ich wüsste das nicht? Daisy war meine beste Freundin. Ich hatte mehr Angst als jeder andere. »Was genau der Grund dafür ist, dass ich alles in meiner Macht Stehende tun muss, um diesen Fall so schnell wie möglich zu lösen.« Ich schaute ihn an. »Ist das ein Problem für dich?«

Er seufzte schwer. »Wie heißt es so schön? Die Zukunft ist weiblich, richtig?«

Der leicht scherzhafte Tonfall in seiner Stimme gefiel mir nicht besonders. »Ich glaube, das hab ich mal auf einer Kaffeetasse gelesen«, antwortete ich vorsichtig.

»Mädchen, die allen zeigen wo's langgeht, sind schließlich total heiß, hab ich recht?«

»Das will ich doch meinen.«

»Eben. Also, nein, das ist *kein* Problem. Gehe hin und zeige allen, wo's langgeht.«

»Das werde ich«, versicherte ich ihm.

Er strich mir zärtlich das Haar aus dem Gesicht und

lehnte sich zu mir, um mich zu küssen. Ich hatte nicht das Geringste dagegen, aber auch wenn Tausende Schmetterlinge in meinem Bauch flatterten, wenn er mir so nahe kam, krochen erneut finstere Gedanken in meinen Kopf. Parker hatte gesagt, dass ich den Fall lösen sollte und dass er mir dabei nicht im Weg stehen würde. Aber ich brauchte seine Erlaubnis nicht. Und ich wusste auch, dass es dort draußen haufenweise Mädchen gab, die seine Beschützernummer richtig ritterlich gefunden hätten. Tief in meinem Inneren musste ich mir jedoch eingestehen: Ich gehörte nicht zu den Leuten, die glaubten, erst die »Zukunft« sei weiblich. Wir waren *jetzt* hier. *Ich* war *jetzt* hier.

Und wenn Parker das Alphamännchen spielen wollte?

Tja, er selbst mochte das vielleicht nicht als Problem betrachten – von mir konnte ich allerdings nicht dasselbe behaupten.

Kapitel 18

– Freitag –

Nachdem der Platz im Herzen unserer Stadt am Abend zuvor geradezu unheimlich leer gewesen war, schienen sämtliche Einwohner von Horseshoe Bay beschlossen zu haben, dies durch ihre Anwesenheit heute wieder wettzumachen. Ich hatte das Rathaus in meinem ganzen Leben noch nie so überfüllt gesehen wie bei Chief McGinnis' Notfallversammlung. Alle waren in höchster Alarmbereitschaft und schienen wegen der Vermisstenfälle ernsthaft besorgt zu sein. Es war eine Erleichterung, zu wissen, dass bei dieser Sache offensichtlich die ganze Stadt an einem Strang zog, auch wenn es schöner gewesen wäre, dieses Gemeinschaftsgefühl unter anderen Umständen zu erleben. Es erhöhte zumindest unsere Chancen, Daisy und Melanie schon bald zu finden. Und vielleicht konnte ja irgendjemand hier neue, wenn auch noch so nichtig erscheinende Informationen zum Fluch des Namenstags beitragen.

Im Prinzip hatte sich die komplette Stadt in die Aula gequetscht. Meine Eltern und ich saßen in der ersten Reihe – Mom zu meiner Rechten, Dad links von mir. Jeder von ihnen umklammerte so fest eine meiner Hände, dass ich befürchtete, sie würden mir schon bald die Blutzufuhr abschnüren. Moms Augen waren rot unterlaufen, Dads Kiefer merklich angespannt. Beide machten sich schreckliche Sorgen um Daisy. Auch Lena war hier, mit ihren Eltern, irgendwo im Gewimmel. Auch wenn ich sie nicht sehen konnte, wusste ich, dass sie ebenso aufgewühlt war. Genau wie Parker.

Im Raum war es heiß, die Luft stickig. Auf der Bühne stand ein langer Tisch, an dem der Chief, Rektorin Wagner und die Bürgermeisterin saßen. Beide Frauen waren ungefähr im selben Alter und strahlten dieselbe strenge Autorität aus. Auch Daisys Eltern saßen dort oben. Die Augen ihrer Mutter waren rot umrandet und glänzten vor Tränen, die jede Sekunde über ihre Wangen zu strömen drohten. Ihr Vater wirkte ernst, stoisch, aber ich vermutete, dass es auch ihm nur mit Mühe gelang, die Fassung zu wahren. Ihre bloße Anwesenheit verlieh dieser Versammlung eine noch düsterere Atmosphäre: ihre schwarzen Wollklamotten, ihre verzweifelten Mienen, die erdrückende Last ihrer Bedeutung für Horseshoe Bay …

Und die Tatsache, dass ihre Tochter verschwunden war.

Aber sie waren nicht die Einzigen anderen Personen auf der Bühne. Ein weiterer Mann und eine Frau saßen ganz am Ende des Tisches, beide kreidebleich und furchtbar ausgezehrt. Melanies Eltern. Stechende Schuldgefühle meldeten sich in mir. Daisys Entführung wog für mich persönlich natürlich besonders schwer, aber das bedeutete nicht, dass diese beiden nicht denselben Kummer durchlebten.

Wir müssen die Mädchen finden.

Ich *muss die Mädchen finden.*

Die Dringlichkeit traf mich wie ein Schlag, bohrte sich wie ein stechender Schmerz in mein Herz.

Chief McGinnis griff nach dem Mikrofon, das vor ihm auf dem Tisch stand. Er tippte darauf, um sich zu vergewissern, dass es an war. »Hallo«, begann er, begleitet von lautem statischem Rauschen. Alle im Raum zuckten zusammen und rutschten auf ihren Sitzen hin und her.

»Vielen Dank, dass Sie heute Abend alle hierhergekommen sind«, fuhr er fort. »Ich weiß, dass Sie aufgrund der jüngsten Ereignisse und der bevorstehenden Namenstagsfeierlichkeiten sehr besorgt sind.«

»Sagen Sie die Feierlichkeiten ab!«, brüllte jemand aus dem hinteren Teil des Raumes dazwischen und erntete dafür Buhrufe und andere Proteste. Es ließ sich nur schwer sagen, ob die Leute gegen den Namenstag protestierten oder gegen den Vorschlag, ihn abzusagen. Auch wenn niemand offen zugeben wollte, dass es einen Fluch gab, konnte ich mir beim besten Willen nicht vorstellen, dass irgendjemand die Nachricht rundheraus *ignorieren* wollte, die nach Daisys Verschwinden aufgetaucht war.

»Wir verstehen sehr gut, warum einige unter Ihnen so emotional reagieren«, warf Bürgermeisterin Johnson ein. Ihre Stimme klang ausgeglichen, beinahe erhaben, so als sei es ihr irgendwie gelungen, die emotionalen Reaktionen der Anwesenden in sich aufzunehmen und sie auf ein gelasseneres Niveau abzukühlen.

»Unsere Kinder sind in Gefahr! Wer weiß schon, wer als Nächstes zur Zielscheibe wird!« Der Zwischenruf stammte von einer kleinen, unscheinbar wirkenden Frau ein paar Reihen hinter mir. Ich erkannte sie von verschiedenen Schulveranstaltungen wieder: die Schatzmeisterin des Elternbeirats. Ihre Tochter war eine ebenso unscheinbare Neuntklässlerin, die mit irgendeinem Projekt über Osmose und Solarenergie den Wissenschaftswettbewerb gewonnen hatte.

Auf der Bühne wurde Daisys Mutter leichenblass. Ihr Vater knallte hingegen eine Faust auf den Tisch, donnernder als jeder Richterhammer. »Unsere Tochter *ist* verschwunden!«, bellte er.

»Genau wie unsere!« Es war Melanies Mutter, ihre Stimme von Tränen erstickt. »Schon komisch, dass erst eine Versammlung im Rathaus anberaumt wurde, nachdem die Tochter einer *Gründerfamilie* verschwunden ist!«

Die Buhrufe wurden noch lauter, bauschten sich zu

einem Crescendo auf. Von irgendwo hinter mir flog ein zusammengeknülltes Blatt Papier – die Tagesordnung der heutigen Versammlung? – über meinen Kopf hinweg. Mom drückte meine Hand noch ein wenig fester. Ich kuschelte mich an sie, dankbar, dass sie hier war.

Die Bürgermeisterin stand von ihrem Stuhl auf, ihre Miene nun entschieden angespannter. Sie hob eine Hand, um die Menge zu beruhigen. »Bitte«, sagte sie, »wir verstehen, warum Sie so aufgebracht sind. Ich versichere Ihnen, dass wir ebenso aufgewühlt sind und ebenso entschlossen, Ihre Kinder sicher wieder nach Hause zu bringen.« Sie blickte von Melanies Eltern zu Daisys. »*Beide* Kinder.«

»Die Bürgermeisterin hat mich gebeten, Ihnen im Einzelnen darzulegen, was wir im Augenblick wissen«, übernahm Chief McGinnis wieder. »Wir haben es mit verschiedenen Ereignissen zu tun«, erklärte er. Im Allgemeinen brachte ihn so schnell nichts aus der Ruhe – auch wenn er manchmal ein wenig mürrisch sein konnte –, aber es war offensichtlich, dass er angesichts der Meute hysterischer Eltern äußerst behutsam vorgehen wollte. »Erstens: Ein Vogel mit einer Warnung im Schnabel ist in der Highschool gegen das Fenster eines Klassenzimmers geflogen. Die anwesenden Schüler taten diesen Zwischenfall anfangs jedoch als Streich ab.« Irgendwie, trotz des Durcheinanders und der riesigen Menschenmenge, fiel sein Blick dabei auf mich und brannte sich förmlich in meine Haut, wie ein Sonnenstrahl, der eine Ameise unter einem Vergrößerungsglas versengte. »Daher wurden wir zunächst auch nicht darüber informiert.«

Empörtes Raunen hallte von den Wänden der Aula wider. Ich spürte ein Stechen der Scham in meinem Bauch.

»Zweitens: Daisy Dewitts Spind wurde zur Zielscheibe eines Akts von Vandalismus, ebenso wie die *Masthead*-Redaktion. Die Täterin, ebenfalls eine Schülerin der Keene High, wurde kurz darauf überführt. Die Aktion war *tatsächlich* nur als Streich gedacht. Sie war wütend, weil sie bei der Namenstagsaufführung keine Rolle bekommen hatte.«

Nun mischte sich Gelächter unter das ernste Gemurmel. Caroline tat mir leid, wo immer sie auch war, irgendwo hier in der Aula. Auch wenn McGinnis sie nicht namentlich genannt hatte, war sie in diesem Raum alles andere als anonym. Sie musste sich im Augenblick ziemlich gedemütigt vorkommen.

»Aber dann, kurz nach dem Zwischenfall mit dem Spind, wurde Melanie Forest als vermisst gemeldet. Ebenso wie zuletzt auch Daisy Dewitt. Im Rucksack ihrer Freundin wurde eine warnende Botschaft entdeckt, und später fanden wir eine Nachricht mit exakt demselben Wortlaut auch in Daisys Geldbeutel, der sich in ihrem Spind befand.«

Eine weitere Warnung? Ich setzte mich auf meinem Stuhl auf. Hinter dem Chief wurden nebeneinander zwei Bilder an die Wand projiziert: Eins zeigte die Nachricht, die Lena gefunden hatte, das andere die aus Daisys Geldbeutel – ein Modell von Kate Spade, rot und mit einem Fleck auf dem Leder, den Daisy nicht mehr weggekriegt hatte, ganz gleich, mit wie vielen teuren Fleckentfernern sie es auch probiert hatte. Ein Kaffeebecher mit kaputtem Deckel hatte hier seine Spuren hinterlassen. Der Geldbeutel lag neben einer Asservatentüte flach auf einem Tisch und daneben exakt die gleiche Nachricht wie die aus Lenas Rucksack.

Mir schnürte sich die Kehle zu und mein Kopf fühlte sich auf einmal ganz heiß an. Ich hatte nicht gewusst, dass der Chief Daisys Spind durchsucht hatte, obwohl das natürlich Sinn ergab. Und was immer ich heute Abend auch hier zu sehen erwartet hatte, es war ganz sicher nicht das hier. Ich hatte Daisys Geldbeutel mindestens einmal täglich gesehen, in den letzten … fünf Jahren? Mindestens. Wenn nicht sogar länger. Unter diesen Umständen wurde ich bei dem Anblick jedoch von einem eiskalten Schauer geschüttelt.

Mom musste meine Gedanken gelesen haben – darin war sie ziemlich gut –, denn sie strich mir beruhigend über den Rücken.

»Und schließlich«, endete der Chief, »kurz bevor uns Daisys Verschwinden gemeldet wurde, erhielten meine Beamten einen Hinweis auf einen weiteren Akt von Vandalismus im Zusammenhang mit dem Namenstag, in diesem Fall draußen auf dem Festplatz.« Ich spürte seinen Blick wieder auf mir, diesmal wirkte er jedoch teilnahmsloser.

»Was ist mit dem Mädchen? Mit der Schülerin?«, rief jemand hinter mir dazwischen. »Der, die hinter den anderen Aktionen steckte?«

»Wir konnten die betreffende Person als Verdächtige in den Fällen der vermissten Mädchen ausschließen, ebenso für den Zwischenfall mit dem Vogel und die Sache auf dem Festplatz«, antwortete McGinnis.

Ich hätte dafür getötet, zu wissen, wie definitiv er Caroline tatsächlich »ausschließen« konnte, aber ich glaubte auch nicht, dass er uns anlog. Ich war mir zu neunundneunzig Prozent sicher, dass Caroline wirklich nichts mit dem Verschwinden der beiden zu tun hatte. Außerdem hatte sie mir die Wahrheit darüber gesagt, dass sie mir gefolgt war ... und über ein paar andere Dinge.

Aber auch wenn wir uns in dieser Hinsicht absolut sicher waren, mussten wir immer noch zwei *vermisste Schülerinnen* finden.

»Leider haben wir nicht sehr viele Spuren, was Melanie Forests Verschwinden betrifft«, fuhr McGinnis fort, und Mrs Forests Gesicht nahm einen kränklichen Olivton an. »Auch wenn wir die Möglichkeit einer Verbindung nicht ausschließen, lässt die Tatsache, dass Daisys Entführer ...«

Beim Wort »Entführer« schwankte Mrs Dewitt auf ihrem Stuhl. Daisys Vater legte einen kräftigen Arm um sie und richtete sie wieder auf.

»… eine Nachricht mit einer Drohung hinterlassen hat, eher vermuten, dass keine Verbindung besteht.«

Melanies Mutter stieß ein kehliges Heulen aus und ihr Mann führte sie hastig von der Bühne.

»Deshalb«, sagte die Bürgermeisterin und umklammerte fest ihr eigenes Mikrofon, »möchten wir jeden, der irgendwelche Informationen zu den beiden vermissten Mädchen hat, bitten, sich bei der Polizei zu melden. Und bitte, unterstützen Sie die Dewitts und die Forests in dieser schrecklichen Zeit nach Kräften.«

»Beten Sie für uns«, sagte Daisys Vater schlicht in sein Mikrofon, und seine Stimme dröhnte in einem weichen Bariton über die Menge.

»Hoffen und beten? Ist das *wirklich* das Beste, was wir tun können?«

Diesmal erkannte ich die Stimme sofort. Es war Theo, natürlich, ganz offensichtlich entsetzt darüber, dass die Stadt auch nur eine Sekunde zögerte und nicht schon längst den Stecker für den kompletten Namenstag gezogen hatte.

»Mr MacCabe«, knurrte McGinnis. »Haben Sie vielleicht eine bessere Idee?«

Theo stand von seinem Platz am Gang auf, ging zum Rand der Bühne und stellte sich so hin, dass er den Chief und alle anderen dort oben ebenso sehen konnte wie die Zuschauermenge.

»Ihr könnt mich gerne als verrückt bezeichnen, Leute«, begann er, sein üblicher höhnischer Tonfall ein oder zwei Oktaven höher als gewöhnlich, »aber wie wäre es, wenn wir … oh, ich weiß auch nicht … *den Namenstag absagen*?« Er warf die Hände in die Luft. »Irgendjemand da draußen will jedenfalls eindeutig, dass wir das tun! Und es kann ganz sicher nicht schaden, dieser Bitte nachzukommen!«

Ein paar weitere zusammengeknüllte Flyer flogen in Theos Richtung, und er wich ihnen unbeholfen aus.

»Wir können sie nicht gewinnen lassen!«, rief jemand.

Doch, das können wir, wenn das Leben unserer Freundin auf dem Spiel steht.

»Ganz im Gegenteil: Das können wir sehr wohl«, widersprach Theo und sprach aus, was ich dachte. »Und außerdem ›verlieren‹ wir nicht, wenn wir dadurch unsere Mitschülerinnen wiederbekommen.« Er ließ den Blick flehend über die Menge wandern. »Bitte, sagt mir, dass ich nicht der Einzige in diesem Raum bin, der findet, dass das Wohlergehen zweier Menschen wichtiger ist als ein dämliches *Stadtfest*!«

Ich zuckte zusammen. Er hätte es nicht als »dämlich« bezeichnen sollen. Das würde hier sicher nicht gut ankommen.

»Ich stimme ihm zu«, meldete sich eine neue Stimme, und eine weitere schlaksige Gestalt gesellte sich zu Theo an den Bühnenrand. *Parker*. Sein Blick fand mich in der Menge und hielt mich fest. »Geschichte, Traditionen … all das ist definitiv *wichtig*.« Seine Stimme blieb an dem Wort hängen, so als sei er in Wahrheit der Ansicht, dass die persönliche Geschichte von einigen in dieser Stadt *vielleicht*, nur vielleicht, nicht ganz so wichtig war, wie sie glaubten.

Oder vielleicht interpretierst du auch nur zu viel hinein.

»Aber es könnte wahrscheinlich trotzdem nicht schaden, wenn wir in diesem Fall Vorsicht walten lassen«, fügte er hinzu und wandte die Augen dabei keine Sekunde von meinem Gesicht ab. »Es steht schließlich das Leben von echten Menschen auf dem Spiel.«

Okay. Ein Punkt für Parker.

Doch nein. Ich kam wieder zu mir und schüttelte energisch den Kopf. Verstand er es denn wirklich nicht? Die Tatsache, dass Daisys Leben auf dem Spiel stand, bedeutete schließlich erst recht, dass ich mich nicht zurückhalten konnte. Dass ich mir keinen Moment des Zögerns leisten konnte. Ich mochte Parker wirklich sehr, aber wenn ich mich zwischen ihm und einer Ermittlung entscheiden musste, wusste ich genau, welche Wahl ich treffen würde.

»Glauben Sie mir, wir haben die Situation bereits ausführlich hier oben auf der Bühne diskutiert«, erwiderte

Rektorin Wagner. »Und wir sind zu dem Schluss gekommen, dass es am besten ist, darüber abstimmen zu lassen. Schließlich geht es hier um *Ihre* Stadt. Und um *Ihre* Töchter.«

Am Bühnenrand gab Daisys Mutter ein leises Wimmern von sich.

Der Chief erhob sich. »Ich bitte um Handzeichen. Wer ist dafür, dass wir den Namenstag wie geplant feiern?« Ich drehte mich auf meinem Sitz. Allein ein flüchtiger Blick sagte mir, dass die Mehrheit überwältigend war. Melanies Mutter entgleisten die Gesichtszüge, und meine Mom schlang ihren Arm noch fester um meine Schultern.

Die Gegenfraktion war vielleicht zahlenmäßig unterlegen, aber ihre Reaktion fiel entschieden vehementer aus. Die Leute machten ihrem Ärger lautstark Luft, und der Chief nickte seinen Leuten zu, die daraufhin mit ausgebreiteten Armen durch die Gänge zogen, um wieder für Ruhe zu sorgen.

Mein Vater tätschelte mir den Rücken. »Ich wünschte, ich könnte behaupten, dass mich das überrascht. Aber diese Stadt ...«

Mir klappte die Kinnlade herunter. »Und ... das war's?« Meine Augen füllten sich mit heißen Tränen. »Dad, wir können doch jetzt nicht einfach ... nicht einfach aufgeben! Es geht hier um *Daisy*!«

Er seufzte. »Glaub mir Schatz, das weiß ich. Und ich

wünschte wirklich, ich könnte hier und jetzt noch irgendetwas tun.«

»Rede mit ihm!«, flehte ich ihn an, und meine Stimme brach. »Rede mit McGinnis. Auf dich wird er hören.«

Dad schenkte mir ein halbherziges Lächeln. »Ich glaube, du überschätzt meinen Charme und meine Überzeugungskraft, Schatz. Oder du unterschätzt den Einfluss, den seine Wähler auf ihn ausüben. Vergiss nicht, dass der Polizeichef hierzulande gewählt werden muss! Aber so oder so, die Sache ist noch nicht vorbei. Du weißt, dass Daisys Eltern nicht ruhen werden, bis sie sie gefunden haben.«

»Und Melanie«, fügte ich hinzu. »Ich meine, natürlich drehe ich wegen Daisy fast durch, aber Melanie schwebt genauso in Gefahr. Ihre Mom hatte recht. Es ist richtig ekelhaft, dass der Chief erst alle Hebel in Bewegung gesetzt hat, nachdem eine *Dewitt* verschwunden ist.«

»Nancy«, sagte mein Vater mit ruhiger Stimme, »ich weiß, dass du sehr aufgewühlt bist und dir Sorgen um deine Freundin machst. Und ich mache dir deswegen sicher keinen Vorwurf. Ich mache mir genauso große Sorgen um sie, ehrlich. Aber ein Grund dafür, dass die Suche erst nach *Daisys* Verschwinden ausgeweitet wurde, könnte nicht nur ihr Nachname sein, sondern auch die Tatsache, dass nun *zwei* Mädchen vermisst werden.«

Ich schoss ihm einen Blick zu. »Okay, klar. Geh *logisch* an die Sache ran.«

Er küsste mich auf die Stirn. »Gehen wir nach Hause. Die Vorbereitungen für den Namenstag werden wie geplant weitergehen …«

»Lächerlich«, schnaubte ich und verschränkte die Arme vor der Brust.

»Vielleicht«, räumte er ein. »Aber deine Mom und ich bleiben an dem Fall dran. Genau wie der Rest der Stadt. Auch diejenigen, die dafür gestimmt haben, den Namenstag wie geplant zu feiern.«

Verräter. Ich blickte zur Bühne. Theo war immer noch dort. Er wirkte furchtbar aufgebracht, aber nun stand ein Mädchen neben ihm: Anna, Carolines Freundin vom Schulhof. Ich wusste, dass sie mit Melanie, Caroline und Daisy in der Theater-AG war. Was auch immer sie zu ihm sagte – in dem hektischen Getümmel konnte ich ihre Lippen nicht lesen –, es schien ihn einigermaßen zu beruhigen. Nach einer Minute verließ er mit ihr den Saal, mit hängenden Schultern und gesenktem Kopf.

Dad nahm meine Hand und drückte sie. Er fühlte sich warm an, sein Griff tröstlich. »Wir werden sie finden, Nancy«, sagte er. »Versprochen.«

Ich nickte. Mein Vater brach seine Versprechen nie. Es war eine der großartigsten seiner vielen großartigen Eigenschaften.

Aber diesmal musste er sich keine Sorgen machen.

Weil noch jemand anders an dem Fall dranblieb:

Ich.

Kapitel 19

– Samstag –

Sie kommen bei Tagesanbruch.

»Wenn du sie abrichtest, kommen sie natürlich, wann immer du sie rufst. Und es ist am besten, wenn sie abgerichtet sind. Sonst entwickeln sie schneller einen eigenen Willen, als du glaubst.

Und das will schließlich niemand.

Sie müssen … gehorchen.«

Ich will fragen: Wer bist du?, *aber ich stecke wieder in meinem Traum fest, tief eingetaucht, im selben Albtraum: breite Bodendielen unter meinen nackten Füßen, ein offenes Fenster, ein in der Brise tanzender Vorhang …*

Der beißend, widerlich süße Geruch von Verrottung, ein Hauch von … Dünger? Ja, Dünger, wie neulich abends auf dem Marktplatz in der Stadt.

Du vergisst etwas, Nancy. Etwas Wichtiges. Ein Detail, der Schlüssel zu allem, was sich ereignet hat, seit …

Ich erstarre. Im Traum weiß ich es.

Die Raben kehren zurück.
Sie kommen bei Tagesanbruch.
Ich höre sie.
Sie kommen wieder. Und ich bin ihr Ziel.

Ich erwachte heftig keuchend zum morgendlichen Gezwitscher der Vögel. Kein Geräusch, das ich normalerweise mit Todesangst in Verbindung brachte. Aber vielleicht galten in dieser neuen Post-Daisy-Welt ja andere Regeln.

Ich erschauderte. *So was darfst du noch nicht mal denken, Drew.*

Sie ist nicht für immer fort. Weil du *sie finden wirst.*

Du vergisst etwas, Nancy. Dieser Gedanke war mir gekommen – nein, diese Gewissheit. Ich konnte das Gefühl definitiv von »Gedanke« auf »Gewissheit« hochstufen. Aber wie dem auch sei: Irgendetwas hatte ich übersehen.

Die Ironie war nur, dass nicht einmal das Wissen, *dass* ich etwas vergessen hatte, meiner Erinnerung auf die Sprünge zu helfen schien.

Ich kletterte aus dem Bett und wickelte mich in meinen kuschligen Morgenmantel, in der Hoffnung, er könnte mich im Gegensatz zu meinen Gedanken ein wenig trösten. Es funktionierte nur bedingt. Das Geräusch der Kaffeemaschine, als ich langsam nach unten trottete, wirkte hingegen etwas behaglicher. Mom und Dad saßen in der Küche, die Zeitung zerpflückt und großflächig auf dem Tisch ausgebreitet.

»Morgen, Schatz«, begrüßte mich Mom und blickte auf, als ich durch die Tür trippelte. Sie lächelte, aber die Besorgnis stand ihr ins Gesicht geschrieben. »Konntest du ein bisschen schlafen?«

Dieser Geruch … das Schlagen der Vogelflügel.

Ich schenkte ihr mein strahlendstes Lächeln, das genaue Gegenteil davon, wie ich mich fühlte. »Ja. Warum?«

Sie legte die Stirn in Falten. »Nur so … Ich dachte … ich hätte dich im Schlaf reden gehört.«

»Dann muss ich wohl geträumt haben.« Ich schenkte mir Kaffee in meine Lieblingstasse, auf der zwar nicht DIE ZUKUNFT IST WEIBLICH stand, sondern das berühmte Vierziger-Jahre-Motiv der Frau mit gepunktetem Kopftuch und hochgekrempelten Ärmeln zu sehen war, und darüber der Schriftzug: WE CAN DO IT, aber ich fand, dass es der Sache ziemlich nahekam. Ich setzte mich an den Tisch, trank einen Schluck und versuchte, unter den wachsamen Augen meiner Eltern nicht zu grüblerisch auszusehen. Ich wollte nicht, dass sie sich Sorgen machten. Noch mehr Sorgen.

»Klang nicht nach einem besonders angenehmen Traum. Aber wenn du dich nicht mehr daran erinnern kannst, dann war er wohl doch nicht so schlimm, schätze ich.« Sie schob einen Teller mit Toast zu mir, und ich nahm mir eine Scheibe und biss zaghaft hinein.

Knirsch. Das Geräusch erinnerte mich aus irgendeinem Grund an das Knistern des Laubs im Stadtpavillon. Obwohl ich wusste, dass es nur Parker gewesen war, beschlich mich wieder dieses Gefühl, beobachtet zu werden, zäh und klebrig wie ein Ölfilm. Ich erschauderte unwillkürlich. Ich legte die Scheibe Toast zurück auf den Teller und schob ihn wieder von mir weg.

»Bist du sicher, dass es dir gut geht?« Diesmal war es Dad, der mich wachsam beäugte. »Du siehst ein bisschen … kränklich aus.«

»Oh, hör schon auf«, erwiderte ich und tat, als würde ich erröten. »Mit Schmeicheleien erreichst du bei mir gar nichts.«

»Mach dich nicht über deine armen alten Eltern lustig«, sagte Mom. »Ja, wir machen uns Sorgen um dich. Verklag uns doch. Dies sind besorgniserregende Zeiten, und wir behalten uns das Recht vor, uns für eine Weile in Helikoptereltern zu verwandeln.«

Ich schluckte. *Dabei hatte ich es gerade geschafft, mal drei Minuten lang nicht an Daisy zu denken.* »Tut euch keinen Zwang an …«

Plötzlich blieb mein Blick an etwas hängen: Dads Brieftasche. Sie lag auf dem Regal unter dem Festnetztelefon, das immer noch an der Wand hing, obwohl ich nicht glaubte, dass irgendjemand den Apparat benutzt hatte, seit ich geboren worden war. Das Regal war im Prinzip ein Landeplatz für alles Wichtige: Schlüssel,

Bargeld, Handys … Deshalb war es eigentlich auch nicht weiter seltsam, dass Dads Brieftasche dort lag.

Es war nicht *seltsam* … aber es rührte an irgendetwas in meinem Verstand. War es … Konnte es … ein Puzzleteil sein?

Eine *Brieftasche*. Ich dachte wieder an die Versammlung im Rathaus. Chief McGinnis hatte uns erzählt, dass er in Daisys Geldbeutel eine Nachricht entdeckt hatte … und dass seine Männer ihn in ihrem Spind gefunden hatten. So weit, so plausibel. Daisy hätte ihr Portemonnaie nicht in einer Million Jahren freiwillig in ihrem Spind zurückgelassen. Daher konnte man davon ausgehen, dass der dort entdeckte Geldbeutel ein eindeutiges Indiz dafür war, dass sie jemand entführt hatte.

Niemand hatte hingegen eine Nachricht von Melanie gefunden oder irgendwelche Hinweise erwähnt. Der einzige Hinweis darauf, dass sie verschwunden war, war die Tatsache, dass sie nicht zu ihrem Treffen mit Theo erschienen war … und auch anschließend nirgendwo mehr aufgetaucht war.

Ja, sie war fort. Nein, sie war nicht notwendigerweise von denselben Tätern entführt worden … oder unter denselben Umständen verschwunden wie Daisy.

Aber wenn Melanies Geldbeutel nicht zurückgelassen worden war – was dann? Ich musste es wissen.

Ich sprang abrupt von meinem Stuhl auf. »Ich muss los«, verkündete ich und stürzte den letzten Schluck

Kaffee hinunter. »Mir ist gerade wieder eingefallen, dass ich noch was aus der Schule brauche.«

»Für den Namenstag?«, fragte Mom. »Die Kostüme sind übrigens fertig. Wenn du magst, kannst du sie gleich mitnehmen und in der Schule abgeben.«

»Danke«, sagte ich und beugte mich nach unten, um ihr einen flüchtigen Kuss zu geben. »Mach ich.«

Daisys Spind war als Tatort abgesperrt, aber mit einem Paar Latexhandschuhen und meinem Dietrich-Set kam ich problemlos überall rein. Die gute Nachricht war: Dank meines Albtraums war ich so früh aufgewacht, dass sämtliche Korridore in der Schule vollkommen verlassen waren, obwohl hier, genau wie überall in der Stadt, die letzten Vorbereitungen für den Namenstag stattfanden. Ich warf einen Blick auf meine Uhr.

Aber wahrscheinlich werden sie nicht mehr allzu lange verlassen sein.

Wenn ich das hier wirklich durchziehen wollte, dann jetzt.

Die Polizei hatte Daisys Vorhängeschloss mit einem Bolzenschneider geknackt, den Schrank dann aber mit einem neuen gesichert. Ich hielt den Atem an, während ich mit dem Dietrich im Schloss wackelte, aber schon nach einer Sekunde war ein befriedigendes *Klick* zu hören. Ich holte tief Luft, bevor ich den Spind meiner vermissten Freundin öffnete, um ihn selbst zu durchsuchen.

Es war, als sei ich in eine glücklichere Zeit zurückgereist. Vor mir sah ich Daisys Leben von vor zwei Tagen, wie in der Zeit erstarrt. Ich wurde von einem kurzen Schwindel erfasst, nicht auf die Flut der Gefühle gefasst, die mich überkam.

Daisys graue Ledertasche, in der sich höchstwahrscheinlich ihr Geldbeutel befunden hatte, ließ sich in eine Umhängetasche oder einen Rucksack verwandeln, je nachdem, wonach ihr gerade war. In magnetischen Bilderrahmen an der Innenseite der Tür steckten Fotos von Daisy, Lena und mir, auf denen wir in einem Chinarestaurant außerhalb der Stadt, das hin und wieder Motto-Abende veranstaltete, Karaoke sangen, wenn auch mehr schlecht als recht. Wenn ich die Augen zumachte, konnte ich mich noch gut an diesen speziellen Abend erinnern: Das Motto war »Achtzigerjahre« gewesen. Wir hatten uns alle drei die Haare zu hohen Pferdeschwänzen toupiert und fingerlose Netzhandschuhe getragen. Zum Essen gab es Dim Sum, Suppe mit Klößen und Spareribs, die ich immer noch schmecken konnte, wenn ich mich nur genug anstrengte.

Ich betrachtete ein weiteres Foto, das Daisy und Cooper beim Homecoming zeigte: Daisy in ihrer Cheerleader-Uniform, Cooper mit vor Schweiß verlaufener schwarzer Football-»Kriegsbemalung«. Wir hatten das Spiel gewonnen. Wie kam Cooper mit dieser ganzen Sache klar?, fragte ich mich.

Ich schniefte laut, und mir wurde bewusst, dass eine Träne über meine Wange kullerte.

Keine Zeit für Gefühlsduseleien, Drew. Ich hatte schließlich Wichtigeres zu tun. Aber wenigstens erinnerte mich diese kleine Reise in die Vergangenheit daran, wofür ich das alles machte.

Eine Sache, die ein guter Detektiv und ein guter Schauspieler gemeinsam haben? Sie wissen beide, dass die Motivation entscheidend ist.

Daisys Spind bot genau das, was ich erwartet hatte – bis hin zum noch immer darin schwebenden Tuberose-Duft ihres Michael-Kors-Parfüms, das sie jeden Morgen auflegte. Es tat weh, aber alles war so, wie es sein sollte.

Als Nächstes würde ich einen Blick in Melanies Spind werfen.

Noch mehr polizeiliches Absperrband, noch ein Vorhängeschloss. Und noch eine Gelegenheit, mit meinen Dietrichen zu üben.

Ist wie Fahrradfahren.

Auch Melanies Spindtür gab ein sanftes *Klick* von sich und ließ sich so leicht öffnen wie ein Buch.

Wenn mir der Anblick von Daisys Spind wie eine Reise in glücklichere Zeiten vorgekommen war, dann war das hier … die Postapokalypse? Nein, das war dann doch ein bisschen zu krass, schließlich legte es eine Flut der Zerstörung nahe. Denn das, was ich in Melanies

Spind fand, war das exakte Gegenteil davon. Um genau zu sein, war es das komplette Gegenteil von allem – von *irgendetwas*.

Er war absolut und vollkommen leer.

In Melanies Spind hatte niemand eine Nachricht hinterlassen.

Dort hatte niemand *irgendetwas* hinterlassen.

War Melanies Entführer nur besonders gründlich?, fragte ich mich. *Oder war sie schlicht unter anderen Umständen verschwunden als Daisy?*

Eigentlich war es gar keine Frage.

Ich spürte, wie mir jemand auf die Schulter tippte, und schreckte hoch.

»Entspann dich, Nancy!« Es war Lena. Sie hob entschuldigend die Hände. Parker war bei ihr. »Wir sind's nur.«

»Was macht ihr denn hier?«, fragte ich. »Es ist doch noch irre früh.«

»Es ist praktisch schon die ganze Stadt auf den Beinen. Heute wird der Namenstag gefeiert!« Vorgetäuschte Begeisterung, die Lena mit einem Augenrollen unterstrich. »Die halbe Schule ist auf dem Festplatz und baut die Bühnen und die Kulissen auf.«

»Die Aufführung«, hauchte ich. »Sie ist heute.«

»Theoretisch, ja«, erwiderte Lena. »Aber wenn man bedenkt, wie unbedingt sie irgendjemand da draußen verhindern will, kann ich mir einfach nicht vorstellen, dass sie tatsächlich stattfindet. Es kommt mir so rücksichtslos vor.«

»Phoebe Keller ist Daisys Zweitbesetzung, richtig?« War es möglich, dass wir die offensichtlichste Verdächtige übersehen hatten? Es wäre ein ziemliches Klischee, aber auch eine unglaubliche Erleichterung, diesen Fall doch noch unerwartet schnell zu lösen.

Parker schaute mich an. »Ich weiß, worauf du hinauswillst, aber leider täuschst du dich. Als ich mit Phoebe gesprochen habe, hat sie mir glaubhaft versichert, dass sie überhaupt nicht auftreten *will*. Sie hat kein gutes Gefühl dabei, Daisys Rolle zu übernehmen. Wie sich herausstellt, gehört sie auch zum Team ›Kein Namenstag‹.«

»Du … hast mit Phoebe gesprochen?« Ich spürte ein leichtes Kribbeln: eine nervöse Aufregung, weil er denselben Impuls gehabt hatte wie ich. Dicht gefolgt von einem gereizten Stechen, weil er diesem Impuls ohne mich gefolgt war.

Ich hatte das Gefühl, in Parker endlich jemanden gefunden zu haben, der mir ebenbürtig war.

Aber war es vielleicht möglich, dass das tatsächlich gar nicht so positiv war?

Ich schüttelte den Kopf und versuchte, den Gedanken wieder loszuwerden. »Team ›Kein Namenstag‹, ja? Davon könnten wir wahrscheinlich noch ein paar mehr gebrauchen. Obwohl … wenn McGinnis wirklich hart bleibt und die Feier durchzieht, könnte sich das zu meinem Vorteil auswirken und den Kidnapper aus seinem Versteck locken.« *Wenn er Daisy nicht vorher umbringt.* Ich schob auch diesen Gedanken beiseite. »Und wer übernimmt dann ihre Rolle?«

Lena runzelte die Stirn. »Keine Ahnung. Vielleicht niemand. Ich glaube, Stephenson hat das Stück noch schnell umgeschrieben und die Figur komplett herausgestrichen.«

»Das würde ich ja befürworten ... wenn es mir nicht wie ein böses Omen vorkäme.«

»Also, wonach suchst du hier?«, wollte Parker wissen. »Und wie sehr wird dir McGinnis den sprichwörtlichen Hintern aufreißen, wenn er sieht, dass du dich unerlaubt an einem Tatort zu schaffen gemacht hast?«

»Ah«, erwiderte ich, »genau deshalb mache ich es ja, wenn er nicht dabei ist. Damit er es nicht sehen *kann.*« *Und außerdem habe ich dafür gesorgt, dass Karen – Freundin der Familie und Polizistin unseres Vertrauens – sozusagen für mich Schmiere steht. Nicht, dass ich dieses Privileg schamlos ausnutzen wollte oder so.*

»Sehr lustig. Aber mal ernsthaft: Hast du irgendwas gefunden?«

»In Daisys Spind schon, ja. Dort hab ich *alles* gefunden. Es ist, als hätte sie sich im wahrsten Sinne des Wortes in Luft aufgelöst. Was natürlich durchaus Sinn ergibt, wenn sie entführt wurde, weil ihr Kidnapper sicher nicht dafür gesorgt hat, dass sie zum Trost wenigstens die

Fotos bei sich hat, auf denen zu sehen ist, wie sie mit ihren besten Freundinnen alte Madonna-Hits grölt und Suppenklöße isst.«

Lenas Augen leuchteten vor nostalgischen Tränen. »Das Foto hatte sie immer noch?«

Ich nickte. *»Hat«,* korrigierte ich sie mit fester Stimme. »Sie ist nicht fort. Na ja, ich meine … *ist* fort, aber nicht für immer. Wir dürfen nicht die Vergangenheitsform benutzen.«

»Du hast recht. Und Melanies Spind?« Sie zeigte darauf.

»Melanies Spind ist das genaue Gegenteil von Daisys. Soll heißen: blitzsauber, keine Spur von irgendetwas, das Melanie hinterlassen hätte. So als hätte jemand Zeit gehabt, ihn auszuräumen. Und wer auch immer das getan hat, der hatte sicher einen guten Grund dazu.«

»Was denn für einen Grund? Will der Entführer vielleicht sichergehen, dass sie mit ihren Mathehausaufgaben nicht hinterherhinkt?«, fragte Parker.

»Das ist *eine* Theorie.« Ich hatte jedoch meine eigene. Aber ich wollte erst noch ein bisschen weitergraben, bevor ich darüber sprach.

»Dann bist du hier also fertig?«, wollte Parker wissen. Er verlagerte unruhig das Gewicht von einem Bein aufs andere. Ich konnte die Hoffnung, die aus seiner Frage sprach, beinahe greifen.

»Nein … noch nicht.« Ich konnte sehen, dass es nicht

die Antwort war, auf die er gehofft hatte. Ich wollte eine Hand ausstrecken und ihn trösten, aber irgendetwas hielt mich zurück. Meine beste Freundin wurde vermisst. *Ich* war diejenige, die Trost brauchte.

»Dann kommst du also nicht mit uns zum Festplatz?«, fragte Lena und wirkte aufrichtig enttäuscht.

»Ich kann nicht.« Ich gestikulierte vage in Richtung des Spinds, aber sie verstand es.

»Willst du, dass wir hierbleiben? Wir könnten dir helfen«, bot Parker an.

»Danke«, sagte ich, »aber ehrlich gesagt wäre es hilfreicher, wenn ihr zwei auf den Festplatz geht, wie wir es geplant hatten. Ihr müsst die Augen und Ohren für mich offen halten, während ich diese Spur verfolge.«

»Welche Spur?«, fragte Lena. »Hier ist doch nichts.«

»Genau das ist ja der Punkt«, erwiderte ich. »Ich verspreche euch, dass ich euch später alles erkläre. Aber könnt ihr in der Zwischenzeit auf Wachposten gehen und alles für mich beobachten? Wenn der Entführer – oder wer immer auch hinter all den seltsamen Dingen steckt, die hier vor sich gehen – irgendetwas Großes vorhat, dann höchstwahrscheinlich heute. Er kann uns immer noch auf dem falschen Fuß erwischen, ganz egal, wie sehr wir alle glauben, wir seien in höchster Alarmbereitschaft.«

»Wenn du das wirklich denkst«, sagte Parker, und tiefe Sorgenfalten gruben sich in seine Stirn, »*warum* bestehst du dann darauf, weiterzumachen?«

»Aus demselben Grund, aus dem du mit Phoebe gesprochen hast«, antwortete ich. »Das hier ist ein Rätsel, das gelöst werden will.« Ich zuckte mit den Schultern. »Ich weiß, dass das nervenaufreibend ist. Aber es ist nun mal das, was ich tue.«

Er schaute Lena an, die nickte. »Wenn es dich irgendwie tröstet: Sie ist sehr gut in dem, was sie tut.«

»Okay«, erwiderte er, atmete langsam aus und fuhr sich mit einer Hand durchs Haar, woraufhin es unglaublich entzückend in sämtliche Richtungen abstand. Ich ging einen Schritt auf ihn zu und strich es wieder glatt. Als Erwiderung streichelte er mir mit einer Hand über die Wange. »Augen und Ohren offen halten – kriegen wir hin. Was noch?«

»Ehrlich gesagt … auf dem Rücksitz von meinem Auto liegt eine Tasche mit den Kostümen, die meine Mom genäht hat. Könnt ihr die zum Festplatz mitnehmen?«

»Wird erledigt«, versicherte Lena.

Parker gab mir einen Kuss. »Schick mir ’ne Nachricht.«

»Mach ich«, versprach ich. »Und ihr zwei haltet mich auf dem Laufenden.«

Anna Gardner war leicht zu finden. Google präsentierte mir ihre Adresse schon beim ersten Versuch: 18 Maiden Lane. Als ich vor dem Haus anhielt, stand nur ein Auto in der Einfahrt. Ich betete, dass dies bedeutete, dass Anna allein zu Hause war, auch wenn mir das fast ein bisschen zu viel verlangt vorkam. Doch wenn es sein musste, würde ich schon einen Weg finden, ihr die Fragen zu stellen, die ich ihr stellen musste, selbst wenn ihre Eltern dabei waren. Trotzdem wäre es schön, wenigstens mal ein kleines bisschen Glück zu haben, seit diese ganze Katastrophe ihren Lauf genommen hatte.

Ich klingelte und strich nervös mein Shirt über meiner Jeans glatt, während ich darauf wartete, dass jemand die Tür öffnete. Ein paar quälende Augenblicke lang hörte ich nichts als Stille.

Dann ging die Tür endlich auf.

Ein kleines bisschen Glück. Halleluja.

Es war Anna. Sie wirkte völlig verwirrt, mich zu sehen, was durchaus berechtigt war. »Ähm, Nancy Drew?«, fragte sie blinzelnd. »Was machst du denn hier?«

»Sind deine Eltern zu Hause?«, erkundigte ich mich als Erstes.

»Nein, ich bin allein …«, antwortete sie zögerlich, beinahe so, als würde sie sich meinetwegen Sorgen machen. *Da sind wir schon zwei, Anna.*

»Oh, okay.« Das war eine Erleichterung. Kleines Glück Nummer zwei. Ich fragte mich, ob meine Glückssträhne wohl schon bald wieder ein Ende nehmen würde. Normalerweise tat sie das früher oder später. »Und du willst auch nicht zum Namenstag?«

Sie verzog das Gesicht. »Ich kann nicht glauben, dass sie ihn nicht abgesagt haben. Nur Horseshoe Bay würde eine Veranstaltung wie den Namenstag trotz eines verschwundenen Mädchens wie geplant durchziehen, obwohl der Entführer ausdrücklich *verlangt* hat, dass wir ihn absagen. Trotz *zweier* verschwundener Mädchen, besser gesagt.«

»Aber du bist in der Abschlussklasse«, erwiderte ich.

Sie setzte ein seltsames schiefes Grinsen auf. »Trotzdem.«

»Dann hast du also keine Rolle bei der Aufführung bekommen?«

Sie zog die Augenbrauen hoch. »Das war schon immer eher Melanies Ding. Ich meine, wir sind zwar zusammen in der Theater-AG, aber sie war diejenige, die das alles richtig ernst genommen hat. Wenn Mel nicht dabei ist, macht es mir irgendwie keinen Spaß.«

»Weißt du«, sagte ich und versuchte, es eher beiläufig und nicht allzu abrupt klingen zu lassen, auch wenn ich befürchtete, dass es mir nicht wirklich gelang, »ich hab gestern Abend gesehen, wie du dich mit Theo unterhalten hast. Im Rathaus.«

»Schön für dich.« Sie schoss mir einen Blick zu. »Wir sind Freunde. Wir unterhalten uns.«

»Die Sache ist nur«, fuhr ich fort, »dass eine Menge Leute – Theo eingeschlossen – unbedingt der Ansicht sind, dass die Feierlichkeiten abgesagt werden sollten.

Vor allem, wenn wir riskieren, dass die beiden verschwundenen Mädchen nicht wieder nach Hause zurückkommen, wenn wir den Namenstag durchziehen. Aber du hast gestern Abend trotzdem nichts gesagt.«

»Eine Menge Leute haben gestern Abend ›nichts gesagt‹. Es war fast die ganze Stadt anwesend. Wenn jeder von uns beschlossen hätte, etwas zu sagen, dann säßen wir jetzt immer noch dort.« Anna verschränkte abwehrend die Arme über der Brust.

»Stimmt«, erwiderte ich. »Aber da wäre auch noch die kleine, verteufelte Tatsache, dass Melanies Spind komplett leer geräumt wurde, während Daisys noch genauso chaotisch aussieht wie beim letzten Mal, als sie ihren ganzen Kram darin abgeladen hat.«

»Sag mir bitte, dass du damit auf irgendetwas hinauswillst«, entgegnete sie. »Nur weil ich nicht hinter dem Namenstag stehe, heißt das nicht, dass ich total wild darauf bin, dass du bei mir die große Enthüllungsnummer à la ›Poirot im letzten Kapitel des Buches‹ abziehst. Wenn ich für so was in Stimmung wäre, würde ich mir jetzt gerade ein True-Crime-Drama auf Netflix anschauen.«

Autsch. Ich wartete ab, während sie ungeduldig zu zappeln begann und die Lippen schürzte. Aber sie knallte mir die Tür nicht vor der Nase zu, und im Augenblick reichte mir das als Ermunterung.

»Okay, Folgendes«, wagte ich einen Vorstoß. »Die beiden Spinde bieten jeweils ein komplett unterschiedliches Bild. In Daisys Fall wurde eine Nachricht hinterlassen, und Daisys Familie und Freunde sind total aufgebracht, weil die Feierlichkeiten *nicht* abgesagt wurden. Du hingegen warst gestern Abend total tiefenentspannt und hast es offensichtlich sogar geschafft, Theo wieder runterzukühlen.«

»Und wenn ich den manischen Glanz in deinen Augen sehe, vermute ich, dass du der Ansicht bist, das hätte ›irgendetwas zu bedeuten‹.« Sie malte mit den Fingern sarkastische Anführungszeichen in die Luft, wie mit kleinen gehässigen Klauen.

»Beim Verschwinden der beiden mag vielleicht ein gewisser thematischer Zusammenhang bestehen«, fuhr ich fort, »aber die Umstände unterscheiden sich völlig. Da bin ich mir ganz sicher. Und ich vermute, du bist das auch. Weil du irgendetwas weißt. Sonst wärst du nicht so gelassen. Und was immer du weißt, du hast es Theo erzählt. So konntest du ihn gestern Abend aus dem Rathaus lotsen, obwohl er kurz davor war, zur nächsten Tirade auszuholen.«

Sie verdrehte die Augen und stieß ein mächtiges Seufzen aus, bevor sie eine Hand in die Hüfte stemmte und mich von oben bis unten beäugte. »Okay«, sagte sie schließlich langsam, »zunächst mal: Ich bestätige weder irgendeinen Teil dieser hanebüchenen Verschwörungstheorie, noch streite ich irgendetwas ab. Klar?«

»Glasklar. Und superhilfreich.«

Sie schüttelte den Kopf. »Wie stehen die Chancen, dass du wieder abziehst, wenn du nicht bekommst, was du willst?«

Ich schenkte ihr mein strahlendstes Lächeln. »Dreimal darfst du raten.«

»Gott.« Sie stöhnte, zog die Tür weiter auf und winkte mich ins Haus. »Na schön, komm rein.«

Ich betrat die Diele. »Soll ich die Tür hinter mir zumachen?«

Sie schüttelte erneut den Kopf. »Nein, warte einfach 'ne Sekunde hier. Ich muss nur meine Tasche holen.« Sie verschwand den Flur hinunter.

»Machen wir 'nen Ausflug?«, rief ich ihr nach. »Wohin denn?«

Ihre Stimme drang aus einem Nebenraum zu mir. »Das wirst du schon sehen«, antwortete sie. »Ich will dir die Überraschung nicht verderben.«

Und im nächsten Moment stand sie wieder vor mir, die Tasche über der Schulter, und ließ einen Autoschlüssel vor meiner Nase baumeln.

»Ich fahre selbst. Du kannst mir folgen.«

Kapitel 20

Das Dunes Motel befand sich gut neunzig Minuten außerhalb von Horseshoe Bay und so weit von einer Aussicht aufs Meer entfernt, dass der Name einer gewissen Ironie nicht entbehrte, auch wenn ich nicht glaubte, dass diese Ironie Absicht war. Es war ein ziemlich heruntergekommenes einstöckiges Gebäude, und über der Rezeption, die auf jeder Seite von fünf Zimmern flankiert wurde, hing schief ein verwittertes Namensschild. Auf dem Parkplatz standen nur zwei Autos. Eines von ihnen war ein Kombi, der schon bessere Tage gesehen hatte – wahrscheinlich zur selben Zeit, als auch das Motel noch in voller Pracht erstrahlte. Den anderen Wagen erkannte ich sofort wieder … vom Parkplatz der Highschool.

Ich stieg aus dem Auto und ging zu Anna, die in einer Lücke vor Zimmer Nummer drei geparkt hatte – direkt neben dem unglaublich vertrauten Wagen. Mir rutschte das Herz in die Hose, als sie langsam das Fenster herunterließ.

»Du wusstest es«, warf ich ihr vor. Meine Stimme klang völlig tonlos. »Du wusstest die ganze Zeit, dass sie hier war, und du hast nichts gesagt. Was zur Hölle hast du dir nur dabei gedacht?« Ich konnte es einfach nicht glauben. Und mir war schmerzlich bewusst, dass ich meine Energie auf dieses vorgetäuschte Drama verschwendet hatte, während meine beste Freundin wirklich in Gefahr schwebte und ihr allmählich die Zeit davonlief.

»Na ja«, sie zuckte mit den Schultern. »Sie ist meine Freundin, aber ich bin schließlich nicht ihre Aufpasserin. Sie hat mich gebeten, den Mund zu halten. Also warum lässt du *mich* nicht einfach in Ruhe und stellst sie selbst zur Rede?«

Ich biss wütend die Zähne zusammen. »Nach dir.«

Anna ging mir den kurzen Weg zu Melanies Motelzimmer voraus, trat dann jedoch einen Schritt zur Seite und überließ mir die Ehre, an die Tür zu klopfen. Ich hob eine Faust, um dagegenzudonnern – ich war bereit, die Tür einzuschlagen –, drehte mich jedoch noch einmal zu Anna um. »Erwartet sie uns?«

Anna schüttelte den Kopf. »Sie würde nie und nimmer die Tür öffnen, wenn sie wüsste, dass ich dich hergebracht habe. Dir geht ein gewisser Ruf als, du weißt schon … Schnüfflerin voraus. Das soll keine Beleidigung sein.«

»Hab ich auch nicht so verstanden.« *Ganz im Gegenteil: Es ist ein Kompliment. Ich* bin *eine Schnüfflerin.* Ich klopfte.

»Wer ist da?«, drang nach einer kurzen Pause Melanies misstrauische Stimme zu uns.

Ich schaute Anna an.

»Ich bin's, Mel«, rief sie und stellte sich näher an die Tür.

»Oh, okay …« Nach einer weiteren Pause hörte ich das Klirren einer Türkette, bevor die Tür aufschwang.

Es war mein zweiter unangekündigter Hausbesuch an diesem Tag, und Melanie sah ungefähr genauso begeistert aus, mich zu sehen, wie Anna vor ihr. Wahrscheinlich sogar noch weniger.

Du hast ja keine Ahnung. Wenn Melanies Verschwinden *nicht* mit Daisys in Zusammenhang stand, dann schwebte Daisy in noch viel größerer Gefahr, als ich es mir hätte vorstellen können. Ich hatte keine Zeit für weitere Sackgassen.

»Hey«, sagte ich. »Hast du 'ne Minute?«

Ohne eine Antwort abzuwarten, drängte ich mich an ihr vorbei.

Das Dunes Motel war so weit von einem Luxusresort entfernt, wie es nur sein konnte. Melanies Zimmer wäre schon stickig und trostlos gewesen, wenn sich darin nicht tagelang eine Jugendliche wie eine geheimnisvolle, menschenscheue Nebenfigur aus einer dieser Teenie-

Serien im Fernsehen versteckt hätte. Das einzige kleine Fenster war von einem Verdunkelungsrollo bedeckt, das sich offensichtlich nicht mehr ganz aufrollen ließ, wodurch so gut wie kein natürliches Licht in den Raum drang. Die Holzverkleidung an den Wänden war von Rissen durchzogen und splitterte überall ab. Der Teppichboden war typische Industrieware, in einem Farbton, der vermutlich »Motelbeige« heißt. Er war von mysteriösen Flecken übersät, wodurch ein nicht sonderlich attraktiver Verbinde-die-Punkte-Effekt entstand, der vom Bett bis zum Badezimmer reichte.

Ich war allerdings nicht unbedingt scharf darauf, auch das Bad zu besichtigen.

Ich setzte mich auf den kleinen Stuhl, der direkt unter dem Fenster stand. »Wie geht's?«, fragte ich übertrieben fröhlich.

Melanie stieß ein Schnauben aus, ließ sich auf das Bett fallen und drapierte ihre gertenschlanken Arme und Beine in einer dramatischen Pose so, dass sie aussah wie eine anmutige Gottesanbeterin, der man übel mitgespielt hatte. Sie trug einen Trainingsanzug, der richtig cool an ihr ausgesehen hätte, wenn nicht offensichtlich gewesen wäre, dass sie ihn ununterbrochen getragen hatte, seit sie hier eingecheckt hatte. An einer der Taschen entdeckte ich einen Fleck – wahrscheinlich Kaffee, den diversen leeren Styroporbechern nach zu urteilen, die überall im Zimmer herumstanden.

Sie sah Anna an. »Ich kann nicht glauben, dass du sie hierhergebracht hast.«

Anna verdrehte die Augen und verteidigte sich: »Sie hat es selbst rausgefunden. Und, ich meine, du guckst doch auch Nachrichten. Du hast dein Handy schließlich dabei.«

»Du hast dein *Handy* dabei?«, platzte ich heraus. »*Wieso* haben sie dich dann nicht längst geortet?« Selbst wenn sie die Standortfunktion deaktiviert hatte, hätte schon eine oberflächliche Google-Suche zu einem ganzen *Schwarm* talentierter Hacker geführt, die in der Lage gewesen wären, sie trotzdem anhand ihres Smartphones aufzuspüren.

»Ich habe *ein* Handy dabei«, korrigierte sie. »Ich weiß, dass du glaubst, du wärst die Einzige, die ein paar Tricks auf Lager hat, aber ich bin genauso clever wie du.«

»Offensichtlich«, erwiderte ich und gestikulierte auf die verwahrloste Kulisse, in der wir uns befanden. »Was uns direkt zu meiner nächsten Frage bringt: *Was zur Hölle soll das?*«

Sie lachte. »Du musst dich schon etwas genauer ausdrücken.«

»Alle machen sich Sorgen um dich!«, rief ich frustriert. »Wenn du die Nachrichten guckst, dann weißt du auch, dass meine Freundin ebenfalls vermisst wird. Und es sieht ganz so aus, als sei sie tatsächlich gekidnappt worden und hätte ihre Entführung nicht nur vorgetäuscht, um sich die deprimierendste Auszeit in der Geschichte zu gönnen. Du hast damit etwas losgetreten, Melanie. Etwas Gewaltiges.«

»Ach ja?« Sie schüttelte den Kopf. »Ich habe überhaupt nichts losgetreten. Der *Rabe* hat das alles ausgelöst. Ich habe das ganze Chaos nur für mich ausgenutzt.«

»Aber *warum*?«

»Das kapierst du sowieso nicht!«, explodierte sie.

»Das kommt auf 'nen Versuch an.«

»Ja, klar. Du kommst aus der perfekten Bilderbuchfamilie: Deine Eltern lieben dich und unterstützen dich, ganz egal, *was* du tust. Ich meine, du schnüffelst ständig überall rum und steckst deine Nase in alles Mögliche rein, und die Leute in der Stadt können dich deswegen echt nicht ausstehen.«

»Danke!«

»Aber deine Eltern sagen sich nur: Was soll's? Es ist ihnen völlig egal. Ich meine, sie stehen trotzdem voll hinter dir.«

»Und deine nicht?«

Sie senkte den Blick Richtung Teppichboden und strich mit der großen Zehe über einen Fleck von der Größe eines Zehncentstücks. »Sie sind keine schrecklichen Menschen oder so. Sie haben mich nie, du weißt schon, misshandelt oder was auch immer. Aber sie verstehen mich auch nicht.«

Ich lehnte mich auf meinem Stuhl vor. »Nur damit

ich das wirklich begreife«, begann ich mit vor unterdrückter Wut zitternder Stimme. »Du hast deine eigene Entführung vorgetäuscht und eine wahnsinnige Verbrecherjagd in der Stadt ausgelöst, weil *deine Eltern dich einfach nicht verstehen*?« Ich spuckte ihr die Worte praktisch ins Gesicht. »Melanie, meine beste Freundin wird wirklich vermisst! Begreifst du das?«

»Siehst du?«, rief sie aus, und Tränen bildeten sich in ihren Augen. »Ich wusste doch, dass du es nicht verstehst! Es geht um mehr als nur um irgendwelche dämlichen Ängste. Ich will Schauspielerin werden! Eine richtige Schauspielerin! Und in Filmen mitspielen! Und ich glaube, ich habe wirklich das Zeug dazu.«

»Oh, ich kenne dein schauspielerisches Talent«, erwiderte ich. »Aber dass du wirklich so was tun würdest?«

»Sie ist eben voller Leidenschaft«, warf Anna ein. Sie saß neben Melanie auf der Kante des Doppelbetts und legte eine Hand auf die Schulter ihrer Freundin, um sie zu trösten.

»Ich will auf die Schauspielschule gehen, in Kalifornien. Aber meine Eltern wollen, dass ich in die Anwaltskanzlei meines Vaters einsteige.«

»Du bist siebzehn«, erwiderte ich genervt. Ich hatte im Moment wirklich keine Zeit für ihr persönliches Drama. »Du hast noch jede Menge Zeit, herauszufinden, was du willst, ohne gleich … ich weiß auch nicht … Alarmstufe Rot auszulösen.«

»Sie wollen, dass ich hier im Nordosten aufs College gehe und am Wochenende nach Hause komme, um im Büro auszuhelfen und schon mal einen Einblick in alles zu gewinnen. Ich soll am College einen Vorbereitungskurs in Rechtswissenschaften belegen und anschließend in Harvard Jura studieren, genau wie mein Dad. Und dann soll ich in seiner Kanzlei anfangen, sobald ich mein Staatsexamen in der Tasche habe. Er weiß sogar jetzt schon, in welchem Büro ich irgendwann mal sitzen werde. Es ist alles bis ins letzte Detail geplant.«

»Das klingt echt … stressig«, räumte ich ein. »Aber … das hier?« Ich blickte mich im Zimmer um und sah, wie die Staubmäuse die vereinzelten Lichtstrahlen einfingen, die den Weg in den Raum gefunden hatten. »Hättest du stattdessen nicht einfach mal mit ihnen reden können?«

»Sie hat's versucht«, antwortete Anna für sie. »Glaub mir.«

»Du hast ja keine Ahnung, wie sehr ich es versucht habe«, fügte Melanie hinzu. »Aber es hat nichts gebracht. Und in ein paar Monaten mache ich meinen Abschluss.« Sie überkreuzte die Beine und rutschte auf dem Bett nach hinten, um eine bequemere Position zu finden. »Ich wurde an allen Schauspielschulen angenommen, bei denen ich mich beworben habe, weißt du? Ich hab sogar schon die Anzahlung für die Studiengebühren geleistet und alles. Von meinem eigenen Ersparten, weil ich meinen Eltern nichts davon erzählen konnte. Aber dann hab ich Post von den Schulen bekommen, die *sie* für mich ausgesucht haben, bei denen ich mich nur beworben habe, weil *sie* mich dazu gezwungen haben.«

»Hast du nur Absagen gekriegt?«, fragte ich

»Natürlich nicht!«, spuckte sie aus. »Das ist es ja gerade – ich *kriege* keine Absagen! Ich wurde überall angenommen! Und dann haben *sie* entschieden, wohin ich gehen soll, so als sei ich überhaupt kein richtiger Mensch mit eigenständigen Gedanken oder einer eigenen Meinung.«

All die Wut und Frustration, die in mir aufgestiegen waren, seit ich hierhergekommen war, lösten sich langsam wieder auf und wurden durch eine neue Woge der Dringlichkeit und der Angst um Daisy ersetzt. Sicher, Melanies Klagelied war zwar nichts anderes als eine Variante der klassischen »Armes-reiches-Mädchen«-Geschichte, aber das bedeutete nicht, dass es keine Berechtigung hatte. Es klang wirklich hart. Und als jemand, deren Eltern tatsächlich immer hinter ihr gestanden hatten, genau wie Melanie es gesagt hatte, konnte ich mir noch nicht einmal annähernd vorstellen, wie sie das alles so lange ausgehalten hatte. Ehrlich gesagt: Es war unglaublich, dass ihre Sicherungen nicht schon viel früher durchgebrannt waren.

»Und deshalb bist du weggelaufen«, sagte ich.

»Na ja, anfangs war das der Plan«, erwiderte sie. »Als dieser Vogel gegen das Fenster geknallt ist, wusste ich:

Das ist meine Chance. Verschwinden, dem Fluch die Schuld dafür geben und das Ganze superdramatisch aufziehen, genau wie im Kino. Ich würde zu einer Internetberühmtheit werden und mich einfach nach L. A. absetzen, befreit von der Herrschaft meiner Eltern. Und einfach meinen Traum leben.«

»Okay, das verstehe ich ja. Aber das ist trotzdem ziemlich übertrieben für ein kleines bisschen Unabhängigkeit.«

»Glaubst du ernsthaft, sie würden die Studiengebühren bezahlen, wenn ich nicht auf ein College gehe, dass sie für mich ausgewählt haben? Nein, ich musste diese kleine Show abziehen, wenn ich in der Lage sein wollte, mich selbst über Wasser zu halten, sobald ich es nach Kalifornien geschafft hatte.«

»Und warum bist du dann immer noch *hier*?«, fragte ich. »Zwischen hier und L. A. muss es doch haufenweise schäbige Motels geben. Je weiter du von zu Hause entfernt bist, desto unwahrscheinlicher ist es schließlich, dass deine Eltern dich finden.«

»Klar«, blaffte sie mich an. »Aber genau das ist ja das Problem: Ich wollte eigentlich nur eine Nacht lang hierbleiben. Um ein bisschen zur Ruhe zu kommen, weißt du? Und dann … ich weiß auch nicht … Nach der ersten Nacht fiel es mir einfach viel schwerer, tatsächlich abzuhauen, als ich es erwartet hatte. Und mich wirklich ins kalte Wasser zu stürzen.«

»Du musst zurück nach Hause«, sagte ich. »Was immer du auch von deinen Eltern denken magst, sie machen sich schreckliche Sorgen um dich. Und es tut mir ja leid, aber es bringt die Ermittlungen rund um den Namenstag wirklich total durcheinander, dass dein Verschwinden damit in Verbindung gebracht wird. Ich meine, du willst doch sicher noch nicht mal ein winziges bisschen dafür verantwortlich sein, falls wir Daisy nie wiederfinden, oder? Und McGinnis könnte wirklich noch eine weitere Zeugin gebrauchen, die eine Aussage zu der Sache mit dem Raben macht ...«

Ich verstummte, als plötzlich ein Bild aus meinen Albträumen in meinem Kopf aufblitzte.

Die breiten Bodendielen. Das Flattern der Flügel.

Gehorsam.

Ich schnappte nach Luft und sprang auf.

»Ich muss los«, erklärte ich knapp.

»Ernsthaft?«, fragte Anna.

»Ernsthaft«, antwortete ich. »Mir ist gerade etwas wieder eingefallen. Etwas sehr Wichtiges.«

Ich setzte mich ins Auto und holte mein Handy heraus. Mein Herz hämmerte wie wild. Hastig rief ich das Foto auf, das ich von der Nachricht gemacht hatte, die Daisys Entführer Lena hinterlassen hatte. Sie *wirkte* unauffällig, sicher ... aber als ich auf den Bildschirm tippte und das Bild heranzoomte ... da! Da war es!

In der zerrissenen Ecke.

Ein Streifen von Rot.

Derselbe Farbton wie bei … einem Rotkehlchen.

Die einzelnen Teile fügten sich mit einem Mal perfekt zusammen. *Jackpot*.

Der Rabe.

Mein Albtraum.

Daisys Mutter, kalt und hochmütig, mit einem roten Schal.

Es ergab plötzlich alles einen Sinn.

DIE RETTUNG

Diese Leute, sie klammern sich an ihren Hoffnungen fest. An ihren Fakten. An ihren rationalen Erklärungen. Ein Fluch? Niemals.

Selbst nach einem unerklärlichen Unfall mit einem der Festwagen, durch den drei Highschool-Schüler für ihr Leben entstellt wurden, klammerten sie sich weiter an Fakten.

Selbst nach dem Jahr, als der Leuchtturm in Flammen aufging.

Selbst nachdem ein für die Jahreszeit völlig ungewöhnlicher Hurrikan den Feierlichkeiten ein vorzeitiges Ende bereitete und das Rathaus zerstörte.

Zufall. Ein tragischer Unfall. Pech. Alle drei Episoden, sämtliche Zwischenfälle, wurden mit einer dieser Erklärungen abgetan. Sie alle ließen sich ganz leicht mit der bekannten, der realen Welt begründen.

Aber ich bin hier, um sie an die Wahrheit zu erinnern. Ihnen das Gegenteil zu beweisen. Ihnen klarzumachen, dass Fakten und Erklärungen nicht die einzigen Dinge sind, die in den Schatten lauern, hier in Horseshoe Bay.

Das Mädchen wird nichts unversucht lassen.

Aber auch sie wird schon bald daran glauben.

Kapitel 21

Die Fahrt war kurvenreich, die Straße für gut fünf Kilometer unbefestigt, bevor ich das Anwesen endlich erreichte. Das Grundstück war mit keinem Navi zu finden. Wenn man nicht wusste, wo es war, wusste man auch nicht, dass es existierte.

Aber ich wusste es.

Auch wenn mein letzter Besuch hier schon sehr lange her war. Auch wenn es der erste und einzige gewesen war – ich wusste es.

Ich hatte nur Melanie aufspüren und mir von ihr bei der Sache mit dem Raben einen kleinen Schubs in die richtige Richtung geben lassen müssen, um diese Erinnerung *endlich* wieder freizusetzen, die tief in meinem Unterbewusstsein vergraben gewesen war und mich endlos geneckt hatte.

OAKLAND GREEN. Auch das Schild sah man nur, wenn man wusste, dass man danach suchen musste: die

Umrisse eines Eichenblatts, in Holz geschnitzt und an einen niedrigen Baumstamm genagelt, der am Rand der Landstraße stand. Hier war man tief in den Wäldern von Maine, weit hinter Stone Ridge oder der Gegend, in der sich die Sommerlager befanden.

Hier lebte Daisys Familie.

Beim ersten Mal war ich in den Sommerferien hier gewesen. Ich war damals noch klein, und meine Eltern hatten meinen Kinderrucksack für mich gepackt und mich hier abgeliefert, damit ich ein langes Wochenende mit Daisy auf dem Wohnsitz ihrer Familie verbringen konnte. Ihre Mutter kam oft auf die Farm, um Vögel zu beobachten, ihr Lieblingshobby. Das Anwesen erstreckte sich über mehrere Gebäude in den unterschiedlichsten Zuständen des Verfalls, wobei viele von ihnen für Daisy und mich verboten waren. Nicht, dass ich besonders erpicht darauf gewesen wäre, mich allzu weit vom Hauptgebäude der Farm zu entfernen. Die Bäume rund um das Grundstück standen besonders dicht, um die Dewitts vom Rest der Welt abzuschirmen, wie mir jedoch erst später klar wurde, und sie wirkten irgendwie bedrohlich.

Selbst als ich noch jünger war, bevor ich meine detektivischen Instinkte geschärft hatte, war mir bewusst gewesen, dass die Dewitts Geheimnisse hatten.

Überall waren Vögel – was auf einer Farm auf dem Land, umgeben von Wald, natürlich nicht ungewöhnlich erschien. Aber wenn Daisy und ich auf den Schaukeln im Garten hinter dem Haus spielten, konnte ich einfach nicht aufhören, immer wieder über meine Schulter zu blicken, angespannt und nervös, und darüber nachzudenken, wo sie sich vielleicht versteckten. Und uns beobachteten.

In jener Nacht, während eines Sommergewitters, war plötzlich ein ganzer Schwarm Raben unruhig geworden. Die wild flatternden, laut krächzenden Vögel hatten mit den Flügeln unerbittlich gegen das Fenster des Zimmers geschlagen, in dem Daisy und ich unsere Schlafsäcke ausgerollt hatten. Während sie tief und fest schlief, hatte ich starr vor Schreck zugesehen, wie das Glas unter ihrem unnachgiebigen Ansturm schepperte und bebte, wie eine Szene aus einem Horrorfilm. Dabei hatte mir schon als Kind nichts so schnell Angst eingejagt.

Am nächsten Morgen war mir alles wie ein böser Traum vorgekommen. Am Frühstückstisch war Daisy genauso fröhlich und plapperte genauso munter drauflos wie immer, ohne die nächtliche Störung mit einem Wort zu erwähnen. Ich nickte nur und starrte mit verzerrter Miene in meine Schüssel mit labbrigen Cornflakes.

Aber ich habe diese Farm nie wieder besucht.

Aus dem Zusammenhang gerissen wirkte die Erinnerung vielleicht eher harmlos. Ein bizarres Erlebnis mit Natur und Tier war in einer ländlichen Kleinstadt in

Maine schließlich nichts Ungewöhnliches. Nicht jeder würde dabei mehr als zehn Jahre später eine Verbindung zu einem Raben mit einer Nachricht im Schnabel ziehen.

Aber ich bin eben nicht jeder.

Kapitel 22

In der Ferne kam das Farmhaus in Sicht, oben auf einem Hügel, wie die Villa in einem Gruselstreifen. Das Originalgebäude, ein eher schlichtes Blockhaus, war über dreihundert Jahre alt. Es war über eine Reihe von Korridorerweiterungen mit einem Steinhaus aus dem neunzehnten Jahrhundert verbunden, an das ein »modernerer« Flügel im traditionellen Saltbox-Stil aus Holz anschloss, dessen Wurzeln weiter zurückreichten als die Ankunft irgendeines Mitglieds meiner Familie hier in Maine. Obwohl die einzelnen Anbauten nicht zusammenpassten, wirkte das Haus an sich sehr solide, irgendwie weise, die Fenster wie große, durchdringende Augen, allzeit wachsam und mögliche unerwünschte Eindringlinge stets fest im Blick.

Wie mich.

Ich lenkte den Wagen an den Rand des Weges und hielt nach einer kleinen Lichtung im Wald Ausschau, auf der ich parken konnte und vor fremden Blicken weitestgehend geschützt war.

Es war noch immer hell, die Sonne stand hoch am Himmel. Trotzdem nahm ich meine schwarze Strickmütze aus dem Handschuhfach und setzte sie auf. Es erschien mir irgendwie angemessen.

Jetzt blieb nur noch die Frage: Warum hatten die Dewitts solche Anstrengungen unternommen, um die Schule und die ganze Stadt so sehr in Angst und Schrecken zu versetzen? Und, noch schlimmer: Warum hatten sie dafür gesorgt, dass ihre eigene Tochter verschwand?

Die Blockhütte verfügte über einen soliden Keller, der ursprünglich zur Lagerung von Lebensmitteln in den Wintermonaten gedient hatte, inzwischen jedoch zu einem unterirdischen Schutzraum umgebaut worden war. Ich erinnerte mich noch daran, wie uns Daisys Onkel, der ebenfalls auf der Farm wohnte, den Raum damals gezeigt hatte. »Hier hat man es schön gemütlich, selbst beim Jüngsten Gericht«, hatte er gesagt.

Beim Jüngsten Gerücht … oder bei einer Entführung.

Ich war auf eine Reihe von Hindernissen gefasst, oder wenigstens auf einige schwer zu knackende Schlösser. Aber als ich den Eingang zum Keller erreichte, erwartete mich nichts weiter als eine gewöhnliche alte Doppeltür aus Metall, die mir keine allzu großen Schwierigkeiten bereiten sollte. Die beiden Flügel wurden nur von einer

Kette zusammengehalten, die mit einem simplen Vorhängeschloss gesichert war.

Ich zog mein Dietrich-Set aus der Tasche. *Geh niemals ohne aus dem Haus.*

Ich steckte einen von ihnen ins Schloss, drehte ihn hin und her … und er zerbrach. Das Ende landete in meiner Handfläche, wie ein verwundetes Insekt.

Mist.

Ich durchwühlte meine Tasche und suchte verzweifelt nach etwas Nützlichem. *Aha!* Ein Döschen mit Lippenbalsam. Ich schnappte mir eine Büroklammer aus dem Set, schöpfte damit eine ordentliche Portion Lippenbalsam aus der Dose, steckte die Büroklammer ins Schloss und wackelte damit ein bisschen darin herum, bis die abgebrochene Hälfte des Dietrichs herausfiel.

Zweiter Versuch.

Diesmal gab das Schloss sofort nach. *Wie sagt man noch gleich so schön? Gut geschmiert ist halb gewonnen.*

Ich öffnete die Türflügel, zuckte unwillkürlich zusammen, als ich das Kreischen des aneinanderreibenden rostigen Metalls hörte, und wappnete mich innerlich für das, was ich finden würde, wenn ich die Leiter in den feuchtkalten Raum hinunterstieg.

»Daisy?!«

Aus irgendeinem unwahrscheinlichen Grund stand dort unten ein Himmelbett. Es wirkte so makellos wie aus dem Märchen, was den Anblick allerdings nur umso unheimlicher machte. Und … da war sie – Daisy! Hager und blass, aber ansonsten unversehrt, soweit ich sehen konnte. Sie hatte sich ganz klein zusammengekauert und schien zu schlafen.

»Daisy!«, rief ich erneut, diesmal energischer.

Sie schreckte aus dem Schlaf hoch und setzte sich auf. »Nancy?« Sie blinzelte ungläubig, aber im nächsten Moment erkannte ich an ihrem Ausdruck, dass sie realisierte, dass ich tatsächlich hier war. Ihre Augen füllten sich mit Tränen. »Wir müssen von hier verschwinden.«

»Okay, nur, damit ich das richtig verstehe«, sagte ich, nachdem ich ein paar Sekunden Zeit gehabt hatte, um die Tatsache zu verarbeiten, dass das hier wirklich *Daisy* war, direkt vor meinen Augen, und dass sie nicht nur vollkommen unversehrt und *gesund* war, sondern allem Anschein nach auch nicht annähernd so geschockt darüber, von ihrer eigenen Familie gekidnappt worden zu sein, wie ich es erwartet hätte. »Du wusstest es?«

»Nicht sofort«, gab sie zu. »Aber ich hab dir doch erzählt, dass sich meine Eltern wegen der Aufführung total seltsam verhalten haben, oder? So als wollten sie nicht, dass ich dabei mitmache?«

»Ähm, ja«, antwortete ich, aber in meinem Kopf drehte sich alles. *»Oh, Daisy!«* Die Erleichterung darüber, dass sie tatsächlich vor mir stand, überkam mich erneut, überwältigte mich völlig, und ich musste einfach die Arme um sie schlingen und sie an mich drücken, um zu wissen, dass sie wirklich da war. Dass wir beide wirklich und wahrhaft hier waren. Ich roch ihr Parfüm: den vertrauten Tuberose-Duft. »Ich kann das einfach nicht glauben.«

»Ich weiß. Tja, wie es aussieht, gibt es doch jemanden, der alles über den Fluch des Namenstags weiß. Nicht nur einen Jemand, um genau zu sein – und sie sind alle mit mir verwandt.«

»Deine *Familie* hat dich entführt«, rekapitulierte ich. Selbst jetzt, als ich vor ihr stand und sie anschaute, war es beinahe unbegreiflich. »Aber wie? Und … haben sie dir wehgetan?« Heiße Wut kochte in mir hoch, wenn ich nur daran dachte.

»Nein, mir geht's gut, ehrlich. Ich bin nur … durcheinander. Ich glaube, sie … äh … haben mich unter Drogen gesetzt«, fügte sie hinzu.

»Was?«

»Eine Schlaftablette, nichts Gefährliches«, erwiderte sie und winkte ab. Ich kaufte ihr dieses Winken nicht eine Sekunde lang ab, aber das war jetzt nicht der richtige Zeitpunkt, um sie deswegen zu drängen. Das Einzige, was sie jetzt von mir brauchte, war meine volle Unterstützung, sobald wir von hier verschwunden und wieder in Sicherheit waren.

»Was?!« Ich starrte sie an. »Daisy, das ist total gefährlich – und völlig verrückt! Wie kannst du … Nein, ver-

giss es, wir reden später darüber. Aber … was ist hier eigentlich genau passiert?«

»Als meinen Eltern klar wurde, dass ich die Aufführung auf keinen Fall sausen lassen würde, noch nicht mal nach dem Raben und dieser Warnung im Gras, sind sie wohl zu Plan B übergegangen, schätze ich, und haben mich hierhergebracht. So schlimm ist es hier eigentlich gar nicht, abgesehen davon, dass ich kein Internet hatte. Und es ist sowieso bald alles vorbei. Es sollte … na ja, eigentlich sollte es nie so weit kommen. *Glaube* ich jedenfalls.« Ihre Stimme zitterte, und ich wusste, dass es sie große Mühe kostete, sich zusammenzureißen.

»Daisy«, sagte ich mit Entsetzen in der Stimme, »in dem Moment, als dich *deine eigene Familie unter Drogen gesetzt hat*, sind sie ganz offiziell zu weit gegangen.« Ich blickte mich um. »Aber damit ist *jetzt* Schluss. Wer ist sonst noch hier?«

»Nur mein Onkel«, antwortete sie. »Ich glaube, meine Eltern sind nach Horseshoe Bay zurückgefahren, um den Schein zu wahren.«

»Natürlich.« Die Versammlung im Rathaus. Ich dachte an Mrs Dewitts schauspielerische Leistung zurück. Sie war wirklich ein echter Profi. Sie war diejenige, die nach Hollywood hätte durchbrennen und ihr Glück beim Film versuchen sollen, nicht Melanie.

Ich blickte auf mein Handy. Ein Balken. Daisy hatte recht, was das Internet oder anderen Empfang hier draußen betraf. Trotzdem schickte ich eine Nachricht an die Notrufnummer und versuchte, meinen Eltern, Lena und Parker meinen Standort zu schicken, nur für den Fall.

»Wir verschwinden von hier«, sagte ich dann.

Ich packte Daisy am Handgelenk und führte sie zur Kellertür, die immer noch offen stand. Sie kletterte die Leiter hinauf und ich folgte ihr.

Ich trat ins Sonnenlicht hinaus und erstarrte urplötzlich, als ich hinter mir das Knacken eines Zweigs hörte.

Dann wurde alles schwarz.

Kapitel 23

Ich erwachte mit Kopfschmerzen. Meine Handgelenke waren hinter meinem Rücken gefesselt.

»Was ist hier los?« Meine Zunge fühlte sich ganz dick und pelzig an.

»Wir sind nicht entkommen«, antwortete Daisy schlicht. Ihre Stimme klang seltsam weggetreten, richtig unheimlich, und mir wurde schlagartig bewusst, dass ich wach und aufmerksam genug für uns beide sein musste. Ich drehte mich nach links, von wo ihre Stimme gekommen war, musste jedoch feststellen, dass das Pochen in meinem Schädel schlimmer wurde, wenn ich mich bewegte. Auch Daisy war an einen Stuhl gefesselt. Es war einer der antiken Küchenstühle mit gerader Lehne aus dem Steinhaus, an die ich mich unglaublicherweise noch von meinem Übernachtungsbesuch erinnern konnte.

Im Raum war es so dunkel, dass ich nicht genau erkennen konnte, wo wir waren oder wer bei uns war, auch wenn ich die Anwesenheit einer weiteren Person deutlich spüren und vermutlich erraten konnte, um wen es sich handelte.

»Onkel Horton?«

»Höchstpersönlich.«

Eine dürre, spinnenartige Gestalt kroch aus den Schatten, eine Petroleumlampe in der Hand. Im Schein der Lampe erschienen die Wangenknochen in seinem ausgemergelten Gesicht noch hohler, und es sah beinahe so aus, als würde sich ein Ghul oder ein Gespenst über uns auftürmen.

Hastig speicherte ich die Details unserer Umgebung ab:

An einen Stuhl gefesselt.

Keine Fenster.

Nur eine Tür.

Daisy.

Horton.

Ich zerrte mit den Handgelenken an dem Seil. Es gab nicht nach.

»Was zur Hölle haben Sie mit uns vor?«, fragte ich und versuchte, meine Stimme ruhig klingen zu lassen, obwohl mein Herz wie wild in meiner Brust hämmerte. Ich erinnerte mich wieder daran, dass Daisy gesagt hatte, es hätte niemals so weit kommen sollen. Immer diese berühmten letzten Worte …

»Oh, Kindchen, du warst schon immer neugieriger, als gut für dich war«, antwortete Horton. »Wir waren nie der Ansicht, dass du eine gute Freundin für Daisy bist.«

»Wir?«

Eine Gruppe von Menschen trat aus den Schatten, jeder von ihnen mit einer eigenen Laterne in der Hand. *Zeit, deine Umgebung neu einzuschätzen.*

Ich kannte sie nicht alle ... aber ich *erkannte* Daisys Eltern, ganz vorne in der Mitte. Dann waren sie also nicht mehr in Horseshoe Bay. Nur ein Zufall – oder hatten sie gewusst, dass ich kurz davorstand, alles herauszufinden?

Mrs Dewitt trug wieder einmal einen ihrer Vogelschals. Der Anblick jagte mir einen eisigen Schauer über den Rücken.

»Ich schätze, wenn irgendjemand etwas über den Fluch des Namenstags weiß, dann wohl diese Familie«, sagte ich trotzig.

»Der Fluch des Namenstags, ja«, begann Mr Dewitt und räusperte sich dramatisch, so als wollte er im nächsten Moment einen Shakespeare-Monolog darbieten. »Eine lokale Legende – so unbekannt sie auch sein mag, was selbstverständlich kein Zufall ist – erzählt von einer Gruppe Jugendlicher aus der Gemeinde der ersten Siedler, die spurlos verschwanden. Doch wer bei dieser Erzählung niemals erwähnt wird, ist der

Mann, der angeblich für ihr Verschwinden verantwortlich war …«

»Er war ein Dewitt«, ging mir schlagartig auf. *Natürlich*. Es ergab alles einen Sinn. Jetzt war mir vollkommen klar, warum Daisys Familie nicht wollte, dass sie bei *dieser* Aufführung mitmachte.

»Exakt. Jonathan wurde fälschlicherweise verdächtigt. Er war *unschuldig*.« Mr Dewitts Gesicht war vor Wut so verzerrt, dass er nicht mehr in der Lage zu sein schien, weiterzusprechen.

Mrs Dewitt übernahm für ihn. »Wir haben unser eigenes Päckchen zu tragen, unseren eigenen Fluch. Als die Tradition der Namenstagsfeier wiederbelebt wurde, haben die Dewitts dieses Vorhaben unterstützt. Das mussten wir, um unser hohes Ansehen in der Gemeinde nicht zu gefährden, wenn du verstehst. Doch im Laufe der Zeit folgte bei diesen verfluchten Feierlichkeiten eine Tragödie der nächsten. Und in jedem Jahr, in dem ein Dewitt in die Aufführung involviert war, ereignete sich eine wahre Katastrophe. Es darf nie mehr ein Dewitt an dieser Feier teilnehmen.«

»Das ist der Fluch?« Mir jagte der nächste eisige Schauer über den Rücken. Selbst wenn dieser Zusammenhang wirklich bestand, lag die Ursache für das, wovon die Dewitts mir gerade erzählt hatten, ganz sicher nicht jenseits unserer realen, greifbaren Welt. Es bewies einzig und allein, wie sehr diese Familie durch ihre Verbitterung den Bezug zur Realität verloren hatte. Und das war mindestens genauso Furcht einflößend.

»Und Ihre Familie war mächtig genug, sämtliche Hinweise darauf in den historischen Aufzeichnungen der Stadt entfernen zu lassen?«

»Mein Liebes …« Mrs Dewitt zeigte mir mit einem eiskalten Lächeln die Zähne. »Du hast ja keine Ahnung, wie mächtig wir sind.«

Oh, ich hatte durchaus eine Ahnung. Diese Menschen glaubten tatsächlich, Flüche seien real. Sie hätten bei dem Bild, das ich in meinem Rückspiegel gesehen hatte, wahrscheinlich noch nicht mal mit der Wimper gezuckt.

»Jetzt verstehe ich alles«, erwiderte ich. »Sie haben sämtliche Hinweise auf den Fluch aus den städtischen Aufzeichnungen gelöscht. Davon abgesehen kam es so selten vor, dass ein Dewitt bei einer der Aufführungen mitmachte, dass niemand sonst je erkannte, was es mit diesem ›Fluch‹ tatsächlich auf sich hatte.«

»Kein Wunder, dass du als städtische Spürnase bekannt bist«, bemerkte Mr Dewitt. »Das ist korrekt. Und irgendwann verwandelte sich die ganze Geschichte nur in eine weitere urbane Legende. Und blieb größtenteils begraben.«

»Aber warum habt ihr mir nie etwas davon erzählt?«, wollte Daisy wissen.

»Weil wir wollen, dass die Einzelheiten des Fluchs für immer begraben *bleiben*«, presste Horton durch zusammengebissene Zähne hervor. »Es ist der einzige Grund dafür, dass wir uns dieser Schmach bisher entziehen konnten. Aber angesichts dessen, was auf dem Spiel stand, waren wir der Ansicht, wir würden schneller zum Ziel kommen, wenn wir den Fluch erneut heraufbeschwören – ohne dass irgendjemand wirklich etwas darüber erfährt. Jedenfalls, wenn *du* nicht gewesen wärst, Nancy Drew.« Das Gift in seiner Stimme ließ mich beinahe erzittern, aber ich schaffte es, seinem Blick standzuhalten.

»Ich hätte es verstanden«, versicherte Daisy. Eine Träne kullerte über ihre Wange. »Ich hätte gar nicht erst für eine Rolle vorgesprochen. Das hier ist doch … Wahnsinn. Ihr habt mich *pseudo-gekidnappt*!«

Ich rutschte auf meinem Stuhl hin und her und versuchte reflexartig, eine Hand zu heben, obwohl ich gefesselt war. »Und mich *echt* gekidnappt.« Daisy war offensichtlich verständnisvoller als ich, was vermutlich daran lag, dass es hier immer noch um ihre Familie ging.

»Du glaubst, du hättest es verstanden, mein Kind«, säuselte ihre Mutter, »aber ich weiß es besser. Eure Generation ist so zynisch … Ihr seid nicht abergläubisch oder glaubt an Flüche.«

»Na ja, so langsam lasse ich mich vom Gegenteil überzeugen«, warf ich ein. Ich musste wieder an die baumelnden Beine denken und versuchte, das Bild aus meinem Kopf zu vertreiben. »Allerdings nicht, was diesen ganzen Hokuspokus betrifft. Aber wenn es tatsächlich einen Namenstagsfluch gibt, dann wurde er durch Ihr durchgeknalltes Verhalten ausgelöst.«

»Glaub, was du willst«, erwiderte Mrs Dewitt und warf mir einen vernichtenden Blick zu. »Aber wenn das Verschwinden meiner liebsten Daisy nicht ausreicht, damit diese Stadt den Namenstag absagt, dann vermag es vielleicht ein weiterer Vermisstenfall.« Sie funkelte mich mit zusammengekniffenen Augen an. »Oder vielleicht müssen wir uns für dich auch eine … dauerhaftere Lösung einfallen lassen.«

Daisy heulte nun hemmungslos und wurde von tiefen Schluchzern geschüttelt, bei denen sich das Seil, mit dem sie an den Stuhl gefesselt war, straff um ihre Brust spannte.

Urplötzlich wurde die Luft vom Geräusch kreischender Vögel erfüllt. Ich blickte Daisy an. »Was ist hier los?«

Das flatternde Flügelschlagen … der unerbittlich trommelnde Rhythmus aus meinen Albträumen … schwoll um uns herum an und drang von allen Seiten näher, bis ich das Gefühl hatte, er käme aus meinem eigenen Körper.

»Irgendetwas kommt«, flüsterte Daisy.

Ich neigte den Kopf zur Seite, hoch konzentriert. Ganz langsam wurde mir bewusst, dass ich unter dem Geräusch der wilden Vögel noch etwas anderes hören konnte.

Etwas, das mich zum Lächeln brachte.

Meine Arme und Beine waren zwar noch gefesselt, und die dicke Schnur grub sich in meine Knöchel …

Aber die Fesseln um meine Handgelenke lockerten sich allmählich.

Kapitel 24

Eines hatte der gute alte Onkel Horton offensichtlich nicht bedacht, als er Daisy und mich gefesselt hatte: Er hatte eine seiner Laternen ziemlich dicht neben meinem Stuhl abgestellt. Und er hatte mich nicht fest genug gefesselt.

Ich bewegte die linke Hand hin und her, um meinen Spielraum auszutesten.

Dann raunte ich Daisy zu: »Auf mein Zeichen.«

»Was?«

Ich riss mit einem Ruck meine linke Hand los …

Und warf die Lampe um. Das Glas zerschmetterte, die Flammen züngelten an der Wand empor.

Die Dewitts begannen zu kreischen, verfielen sofort in Panik und rannten in sämtliche Richtungen davon, wie … nun, »wie aufgescheuchte Hühner« lautete das Sprichwort eigentlich, aber unter den gegebenen Umständen kamen mir eher Raben in den Sinn.

»Daisy!« Mrs Dewitts Augen leuchteten wild und voller Panik.

»Keine Angst!«, rief ich. »Ich hab sie.« Ich hob meine nun freien Hände, löste hastig die Fesseln um meine Beine und eilte zu Daisy, um sie ebenfalls zu befreien.

»Wie zur Hölle hast du …?«, stammelte sie.

»Ich bin eben ziemlich einfallsreich«, schnitt ich ihr das Wort ab und packte sie an der Hand. »Wir müssen von hier weg.«

»Ich kann sie nicht einfach hier lassen …« Sie blickte auf ihre Familie. »Ich weiß, dass sie schreckliche Ungeheuer sind, aber trotzdem …«

»Wir lassen sie nicht hier.« Ich hielt inne und gab ihr eine Minute, um das Geräusch zu identifizieren, dass in der Ferne immer lauter wurde.

Als sie es schließlich erkannte, hellte sich ihre Miene auf. »Sirenen.«

Ich nickte. »Wie sich herausstellt, war ein Balken Empfang genug.« Ich hielt ihr meine Hand hin. »Können wir dann jetzt?«

»Ja, *bitte.*«

Wir rannten los.

Epilog

Ich kann nicht glauben, dass ich hier festsitze, anstatt bei der Aufführung mitzumachen.«

Daisy blickte Lena und mich stirnrunzelnd von ihrem Krankenhausbett aus an.

Die Feuerwehr war eingetroffen, kurz nachdem ich Daisy und mich von unseren Fesseln befreit hatte, und wir waren von der Farm entkommen, ohne dass irgendjemand ernsthaft verletzt wurde. Die Dewitts befanden sich mit McGinnis und Karen auf der Polizeiwache, wo sie einem Verhör unterzogen wurden. Mein Vater, der einen Anruf von Karen erhalten hatte und fast zur selben Zeit am Krankenhaus eingetroffen war wie Daisy und ich im Krankenwagen, hatte mir versichert, dass sie höchstwahrscheinlich noch eine ganze Weile dort bleiben würden. In gewisser Weise war es die reinste Ironie: Am Ende hatten die Dewitts bekommen, was sie gewollt hatten. Der Namenstag war letztlich doch noch abgesagt worden.

Irgendwie glaubte ich trotzdem nicht, dass es das Happy End war, das sie sich erhofft hatten. Außerdem bezweifelte ich, dass die Feierlichkeiten damit ein für alle Mal zu Ende waren. Selbst wenn die Dewitts ihre Geheimnisse nicht mehr allzu lange würden geheim halten können, die Tatsache, dass sie auf Jonathans Unschuld beharrten – was sich mit Glynnis' Vermutung deckte, man hätte damals nur nach einem Sündenbock gesucht –, nagte an mir. Denn wer trug dann die Schuld daran? Ein ungelöstes Rätsel, das wohl niemals gelöst werden würde. Aber wenigstens war meine Freundin in Sicherheit.

Ich wandte meine Aufmerksamkeit wieder Daisy zu. »Es ist doch nur für eine Nacht, zur Beobachtung«, tröstete ich sie. »Du wurdest gefangen gehalten und unter Drogen gesetzt, deshalb kann ich mich in diesem speziellen Fall ganz gut mit einer solchen Vorsicht anfreunden.«

»Du hast leicht reden.« Sie schniefte. »Du bist schließlich frei und ungebunden.«

»Nicht ganz«, widersprach ich ihr. »Ich muss morgen mit meinen Eltern im Revier eine offizielle Aussage zu den Ereignissen auf der Farm machen. Und ich habe das dumpfe Gefühl, dass sie mich zumindest in den kommenden Tagen mit Adleraugen bewachen werden.«

Dad hatte sehr deutlich gemacht, dass ihre Sorge um mein Wohlergehen jede Wut darüber, dass ich mich selbst in Gefahr gebracht hatte, um im Fall von Daisys Verschwinden zu ermitteln, bei Weitem überwog. Das bedeutete jedoch nicht, dass ihre Verärgerung vollkommen abgeklungen war. Wahrscheinlich warteten sie nur darauf, bis sich der erste Schock nach dem ganzen Drama gelegt hatte.

Es würde ein langes Wochenende werden. Aber das störte mich nicht – jedenfalls nicht allzu sehr. Daisy war wieder zu Hause und in Sicherheit. Das Rätsel war gelöst. Das Leben war ziemlich perfekt, wenn man sämtliche Umstände betrachtete.

»Speziallieferung!« Ein riesiger Strauß aus Luftballons tauchte in der Tür auf.

»Daisy, die Beine von deinem Freund sind hier. Mit den Ballons aus *Oben*, wie es aussieht«, scherzte Lena.

»Bloß kein Neid«, sagte Daisy und errötete vor Freude, als Cooper den ausladenden Ballonstrauß durch die Tür bugsierte und direkt auf ihr Bett zusteuerte.

»Hier«, sagte Lena und holte ihr Handy heraus. »Dank meiner meisterhaften Berichterstattung in den sozialen Medien können wir die Vorbereitungen zu dem in diesem Jahr etwas gestutzten Namenstag noch einmal in all ihrem Glanz Revue passieren lassen.«

Sie reichte Daisy das Smartphone. Diese scrollte durch die Bilder, ein leises nostalgisches Lächeln auf den Lippen. Plötzlich quietschte sie laut. »Oh, erinnert ihr euch noch daran? *Meine besten Freundinnen sind am Verhungern*!«

»Ich erinnere mich noch, dass wir fast eine Stunde

lang auf unsere bestellten Käsefritten warten mussten«, antwortete Lena.

»Lass mich mal sehen.« Ich schnappte mir das Handy. Freitag vor einer Woche – aber es kam mir eher wie ein halbes Jahr vor. Da waren wir, freudestrahlend, ohne den Hauch einer Ahnung, was der diesjährige Namenstag für uns bereithielt. »Damals waren wir nichts als kleine unschuldige Lämmchen auf der Weide.«

»Na ja, genau genommen im Diner«, korrigierte mich Daisy.

»Obwohl ich auch einen kleinen Abstecher in den Wald gemacht habe«, erinnerte ich sie. »Aus ermittlungstechnischen Gründen.«

Ich blinzelte. Eine Sekunde lang kam es mir so vor, als würde der Handybildschirm flackern. Ich kniff die Augen zusammen. Da, auf dem Foto, über meinem Kopf …

Ein Gesicht. Blass, aber dennoch zu erkennen. Ausgezehrt und verängstigt. Aber auch wütend.

Ich blinzelte erneut. Es war verschwunden. Jetzt waren wieder nur wir drei auf dem Bild zu sehen: Lena, Daisy und ich, hoffnungsvoll, fröhlich und voller Vorfreude auf den Namenstag.

»Nancy?«, fragte Daisy unsicher. »Du siehst aus, als hättest du ein Gespenst gesehen.«

Definitiv nicht. »Nur Halluzinationen, vor lauter Erschöpfung.« Ich gab Lena das Smartphone zurück. »Es ist nichts.«

Der Pavillon auf dem Marktplatz fühlte sich an diesem Abend anders an, nachdem die Namenstagsfeierlichkeiten – glücklicherweise – doch abgesagt worden waren. Die meisten Leute waren zu Hause und genossen die Ruhe und den Frieden, die *endlich* wieder in Horseshoe Bay eingekehrt waren, seit sich die Vermisstenfälle um Daisy und Melanie – und um mein eigenes Verschwinden – schließlich aufgeklärt hatten.

Und diesmal saß Parker neben mir, von Anfang an, anstatt in den Schatten zu lauern und mir einen Schrecken einzujagen. Doch in dieser vermeintlichen Ruhe kehrten auch Erinnerungen aus meinem Unterbewusstsein an die Oberfläche zurück, die ich seit Langem verdrängt hatte.

Oder zumindest war das die Version der Geschichte, von der ich mich selbst zu überzeugen versuchte, um die Bilder zu erklären, die ich gesehen hatte: Diese unheimlichen Momentaufnahmen, die noch immer auf unerklärliche Weise zurückkehrten, obwohl der Rest des »Fluchs« längst ans Licht gezerrt und mithilfe rationaler Erklärungen seziert worden war.

»Ich kann nicht glauben, dass tatsächlich Daisys Eltern hinter der Sache mit dem Fluch steckten«, sagte Parker. »Und dass sie ihre *eigene* Tochter entführt haben. Glaubst du, Daisy wusste von Anfang an Bescheid?«

Ich lehnte mich an seine Brust und genoss die Wärme. »Ich weiß es nicht. Verdrängung ist eine ziemlich starke

Kraft. Vielleicht hat sie es in gewisser Weise geahnt. Sie *hat* mir erzählt, dass sie sich seltsam verhalten haben, als sie ihnen erzählt hat, dass sie eine Rolle bei der Aufführung bekommen hat. Und sie wollte auch nicht, dass ich zu Rektorin Wagner gehe, als der Rabe gegen das Fenster geknallt ist.«

»Ist es damit wahrscheinlicher oder *weniger* wahrscheinlich, dass sie Bescheid wusste?«

»Sie *musste* es wissen. Ich meine, es war ein *Rabe*. Aber ich schätze, sie dachte … wenn wir es niemandem erzählen und einfach alles wie gewohnt weiterläuft … würden sie irgendwann aufgeben und die ganze Sache mit dem Fluch einfach gut sein lassen.«

»Das war ziemlich optimistisch von ihr.«

»Ja, sie hat definitiv unterschätzt, wie tief ihre Familie in diese ganze Geschichte mit dem Fluch verstrickt war.« Ich schmiegte mich noch näher an ihn und schlang die Arme um seinen Körper. »Aber falls es dich irgendwie tröstet: Ich glaube, es ist ihr spätestens in dem Augenblick klar geworden, als sie sie entführt und gedroht haben, ihre beste Freundin umzubringen.«

»Gut«, sagte Parker und gab mir einen Kuss auf die Stirn. »Ich wünschte nur, es wäre nie so weit gekommen.«

»Ich auch. Vor allem, weil ich diejenige war, die sie umbringen wollten.«

Parker setzte sich auf und zog mich mit sich. Er legte

die Hände auf meine Schultern und blickte mir tief in die Augen. »Ich hab's verstanden. Du bist von der ganz harten Truppe. Und eigentlich ist das echt heiß, weil du noch dazu total klug und stark bist. Aber mal ernsthaft, Nancy: Das war *gefährlich*. Und du … ich weiß auch nicht … machst einfach Witze darüber?«

»Ich habe meine beste Freundin und mich selbst auf eigene Faust aus den Fängen gefährlicher Kidnapper gerettet«, erwiderte ich. »Ich glaube, ich habe mir das Recht verdient, Witze darüber zu machen, wenn mir der Sinn danach steht.«

»Mit dir zusammen zu sein wird mich noch mal vorzeitig ins Grab bringen.«

Ich schenkte ihm ein leises Lächeln und versuchte es mit der Flirttaktik. »Dann willst du also mit mir zusammen sein, ja?«

»Obwohl es für mein Stresslevel alles andere als vorteilhaft ist, ja«, antwortete er.

»Ausgezeichnet«, sagte ich. »Nun, da das Rätsel um den uralten Fluch gelöst ist, sollte es hier wieder ziemlich ruhig zugehen. Die perfekten Umstände für eine aufkeimende Romanze.«

Er küsste mich, langsam und intensiv, und meine Zehen rollten sich unwillkürlich in meinen Schuhen auf. Es war ein Kuss, der es schaffte, die lauernden Fragen zu unterdrücken, die noch immer in mir rumorten, wenn es um Parker ging. Darüber, was seine etwas altmodische

Tendenz, sich Sorgen um mich zu machen, für zukünftige Rätsel bedeuten konnte, die vielleicht schon bald am Horizont auftauchten.

Denn es schienen *ständig* neue Rätsel aufzutauchen. Selbst wenn ich nicht nach ihnen suchte.

Ich dachte, das Mädchen würde die Wahrheit ans Licht bringen. Aber am Ende war ihre Loyalität zu ihrer Freundin, ihre Vorliebe für logische, irdische Erklärungen ... doch stärker als all die anderen Aspekte der Legende. Als das Bedürfnis, die schmutzige Geschichte der Stadt aufzudecken.

Für den Moment.

Und ich kann das akzeptieren.

Für den Moment.

Mein Geist verweilt nun schon so lange hier ... Sie wird gewiss einen Weg finden, sich die Zeit zu vertreiben, bis der nächste große Moment naht. Die nächste Gelegenheit zur Vergeltung.

Foto: © Jen Painter

Autorin

Micol Ostow hat jüdische und puertoricanische Wurzeln und arbeitet als Lektorin und Schriftstellerin. Wenn sie eine Deadline einhalten muss, kommt sie mit sehr wenig Schlaf aus. Sie wohnt in New York und ist oft damit beschäftigt, Unmengen Kaffee, Käse und Schokolade zu konsumieren.

Von Micol Ostow sind bei cbj erschienen:

Riverdale – Der Tag davor (Band 1; 31295)
Riverdale – Raus aus der Stadt (Band 2; 31303)
Riverdale – Tod auf dem Festival (Band 3; 31347)
Riverdale – Der Cheerleader-Mord (Band 4; 31379)

Foto: © privat

Übersetzerin

Doris Attwood ist Diplom-Übersetzerin. Nach ausgedehnten Reisen durch Neuseeland und Kanada arbeitet sie nun seit vielen Jahren als freiberufliche Übersetzerin. Am liebsten übersetzt sie Kinder- und Jugendbücher. In ihrer Freizeit liest sie gerne, genießt auf Trekkingtouren mit ihrem Mann die Natur und testet mit Freunden neue Backrezepte.

Mehr über cbj auf Instagram unter @hey_reader